GUIONIE LANDRIEU 1987

LE DOCTEUR

HERBEAU

PAR JULES SANDEAU.

QUATRIÈME ÉDITION

REVUE ET CORRIGÉE.

PARIS

CHARPENTIER, LIBRAIRE-ÉDITEUR,

19, RUE DE LILLE, FAUBOURG ST-GERMAIN.

1852

LE

DOCTEUR HERBEAU.

519

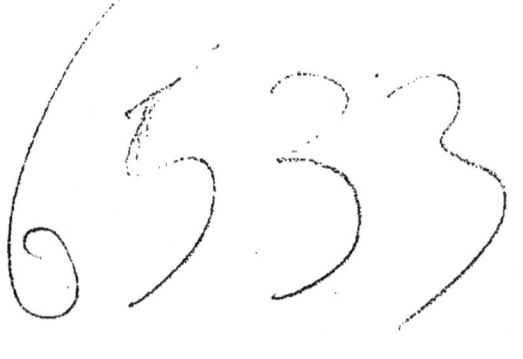

CORBEIL, typographie de CRÉTÉ.

LE
DOCTEUR HERBEAU

PAR

JULES SANDEAU.

—

QUATRIÈME ÉDITION

REVUE ET CORRIGÉE.

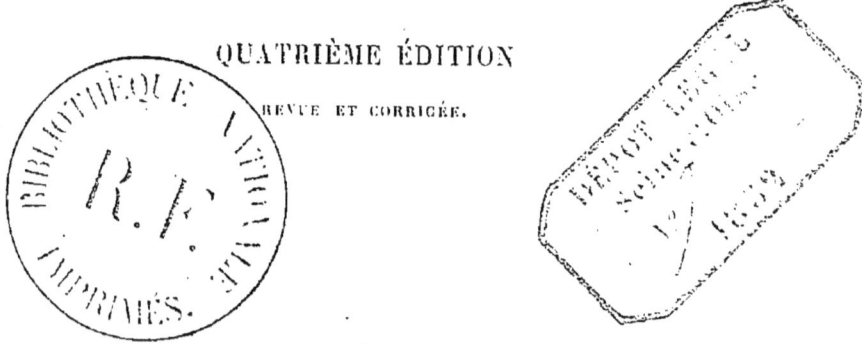

PARIS

CHARPENTIER, LIBRAIRE-ÉDITEUR,

19, RUE DE LILLE, FAUBOURG SAINT-GERMAIN.

—

1851

A JULES JANIN.

SON AMI

JULES SANDEAU.

LE

DOCTEUR HERBEAU.

CHAPITRE PREMIER.

En quelle année naquit le docteur Herbeau, Aristide Herbeau, docteur de la Faculté de médecine de Montpellier, membre du conseil municipal de Saint-Léonard, chevalier de la Légion d'honneur, une des figures les plus poétiques qu'ait ensevelies l'ombre des temps modernes ? A quelle époque vint-il exercer la médecine à Saint-Léonard ? C'est ce que nul ne saurait dire. Il n'est personne qui se rappelle avoir assisté aux débuts du docteur Herbeau, personne qui se souvienne qu'un autre docteur ait existé à Saint-Léonard avant le docteur Herbeau. On l'a toujours connu avec la même perruque, le même ventre et le même jonc à pomme d'or ; il a toujours eu cinquante ans, le même cheval, la même femme, la même culotte de velours et les mêmes souliers à boucles d'argent. Son cheval, c'était une jument, avait nom *Colette :* horrible bête, d'un gris sale, mais d'un trot

1

solide, qui boitait toujours en sortant de l'écurie, mais
qui, au bout d'une heure, allait comme un petit vent.
Madame Adélaïde Herbeau était une grande femme
sèche, acariâtre, et d'un tempérament jaloux. Le
docteur, qui était versé dans la connaissance de l'antiquité grecque, se consolait en songeant à Socrate.

C'était bien à coup sûr le plus aimable des docteurs,
d'une bonté vraie, d'une humeur facile, d'une naï-
veté charmante. Il aimait le chevalier de Parny, citait
volontiers Horace, recherchait la société des femmes,
et jouissait auprès du beau sexe d'une réputation de galanterie qui aurait pu justifier la jalousie d'Adélaïde,
s'il n'avait porté dans ses mœurs une austérité qui
eût fait honneur à un esprit nourri de lectures moins
profanes. Je ne dirai rien de son habileté pratique :
ses clients ne s'en plaignaient pas. Il tuait les uns,
guérissait les autres, et tout le monde était content.
Sans rivaux, sans confrères, il régnait seul à Saint-
Léonard. A la ville et aux alentours, on ne vivait, on
ne mourait que par le docteur Herbeau. Aussi quelle
existence occupée que la sienne! Rarement le soleil
levant le surprenait auprès d'Adélaïde. En été, à trois
heures du matin, à six heures en hiver, par la bise,
par la pluie, par la glace, le docteur était sur *Colette*,
trottant dans les sentiers, gravissant les monts, cô-
toyant les eaux de la Vienne. Et c'était le bon temps!
Il visitait la ferme, le château, la chaumière, et partout il trouvait des visages amis et des cœurs bien-
veillants. — Monsieur Herbeau! s'écriait-on aussitôt
qu'il paraissait le long de la haie, ses ailes de pigeon au vent, la face épanouie, le ventre mollement

ballotté par le trot régulier de sa monture ; — et les enfants d'accourir ; l'un prenait la bride, l'autre l'étrier, un troisième venait en aide aux courtes jambes du docteur. La ménagère rinçait les verres, et, pendant qu'Aristide prescrivait ses ordonnances, l'enfance joyeuse, grimpée sur *Colette*, promenait le pacifique animal, qui baissait humblement la tête et prenait son triomphe en patience. Au château, c'était bien autre chose ! On y aimait la gaieté d'Aristide, sa bonhomie et sa grâce parfaite. Aussi quel touchant accueil et quelles tendres prévenances ! Il s'y rencontrait bien parfois quelques esprits dénigrants et sceptiques qui traitaient assez légèrement la science du cher docteur ; mais ce que je puis affirmer, sans crainte d'être démenti, c'est que tous les gens bien portants le voyaient avec plaisir et faisaient de lui le plus grand cas.

Il était roi de la ville. Si deux maisons rivales choisissaient le même jour pour réunir à leur table les gloutons de Saint-Léonard, on se disputait le docteur presque à main armée (de fourchettes, s'entend), et c'étaient des querelles dont l'acharnement rappelait les divisions des Capulets et des Montaigus. Pour prévenir à la fois ces façons d'agir malséantes et les inimitiés que lui aurait nécessairement attirées soit un double refus, soit une préférence plus imprudente encore, le docteur avait décidé qu'en pareille occurrence on le tirerait au sort. Dans les derniers temps, on le jouait en un cent de piquet. Un soir, chez la directrice de la poste aux lettres, le brigadier de gendarmerie proposa au receveur des contributions in-

directes de jouer madame Herbeau à qui perd gagne.
Ce mot incisif et méchant fut rapporté le lendemain
à madame Herbeau, qui ne le pardonna jamais à la
gendarmerie royale. L'année suivante, une épidémie,
qui frappa particulièrement les gendarmes, s'étant
déclarée dans le pays, madame Herbeau menaça Aristide d'une séparation judiciaire s'il visitait un seul
gendarme de Saint-Léonard. Belle occasion dont ne
profita pas Aristide ! Époux soumis et résigné, il refusa ses soins à la gendarmerie souffrante : tous les
gendarmes guérirent. Je suis loin d'approuver cette
soumission d'Aristide aux rancunes d'une épouse im-
placable. Un médecin se doit à l'humanité tout entière.
Toutefois, si l'on songe aux orages que le docteur,
en résistant aux ordres d'Adélaïde, eût infailliblement
déchaînés sur sa tête, peut-être l'excusera-t-on d'a-
voir sacrifié à la tranquillité de son ménage les intérêts de la société, frappée dans ses enfants les plus
chers.

Il faut bien reconnaître, hélas ! qu'en toutes choses
le docteur ployait ainsi sous la volonté conjugale. Aristide tremblait sous un regard de madame Herbeau,
comme la perdrix sous l'œil magnétique du chien qui
la tient en arrêt. Souvent, dans les cercles brillants
de la ville, on le voyait, auprès des jeunes beautés,
se livrant à toutes les grâces d'un esprit attique et léger. Sa figure rayonnait ; Horace et Parny voltigeaient
sur ses lèvres ; de ses petits yeux sortaient des jets
de flamme, et ses mains, enhardies par la poésie latine, osaient parfois des libertés toutes paternelles.
Mais soudain ses traits se cristallisaient, un nuage

cuivré passait sur son front, ses mains se retiraient confuses. C'est qu'un regard de madame Herbeau, parti, comme une flèche, de la table de jeu, avait traversé le salon et frappé Aristide au cœur. Le reste de la soirée, le docteur était triste et muet. On le voyait errer comme une chauve-souris, autour des parties de boston, insensible aux agaceries des femmes, morne, inquiet, et se crispant douloureusement aux approches de l'orage qu'il entendait gronder à l'horizon. L'orage éclatait au retour. Auprès d'Adélaïde, les transports d'Othello, la jalousie d'Hermione, n'eussent été que fureur de ramier et colère de gazelle. C'étaient toute la nuit des cris, des larmes, des sanglots, des tonnerres mêlés de pluie et de grêle à renverser des chênes druidiques ; comme le roseau, Aristide ployait la tête, attendant, pour la relever, qu'un rayon de soleil vînt rendre un coin d'azur au ciel.

De ces scènes déplorables, qui ne se renouvelaient que trop souvent, le docteur avait retiré je ne sais quelle outrecuidance juvénile, dont il ne se rendait pas bien compte à lui-même, mais qui n'en était pas moins réelle. A force de s'entendre déclarer coupable, le bon docteur en était arrivé à douter de son innocence, à sentir je ne sais quelle velléité de fatuité posthume se glisser dans son cœur et se loger sous sa perruque. Il finit par interpréter la jalousie de madame Herbeau en faveur de ses agréments personnels, et sa vanité, fleur hivernale, éclose sous les transports jaloux d'Adélaïde, grandit au milieu des orages, comme ces violiers qu'a semés la tempête et qui croissent sur les ruines, battus des vents et de la

1.

tourmente. Hélas ! il la caressait avec amour cette
fleur épanouie sur ses rameaux jaunissants, et ne
prévoyait pas qu'elle dût un jour attirer la foudre sur
l'arbre de ses prospérités !

Adélaïde était donc la plaie du docteur, l'ombre
de son soleil, l'eau qui trempait son vin, le rugueux
revers de sa médaille d'or. Quelle existence n'a
pas un mal secret qui la ronge ? La plus belle rose
cache un ver destructeur au fond de son calice, disait
à ce propos un poëte de Saint-Léonard. Au reste, le
docteur puisait aux réalités de la vie des consolations
beaucoup plus positives que celles qu'auraient pu lui
offrir toutes les muses limousines. Il avait fait de son
jonc à pomme ciselée un véritable sceptre, qui régnait sans partage sur dix lieues à la ronde, et,
grâce aux contributions qu'il levait tous les ans sur
la santé de ses sujets, il préparait à ses vieux jours
cette médiocrité dorée qu'avait chantée son cher Horace. Déjà sa maison s'élevait, blanche et coquette,
sur la place des *Récollets*, dominant les riches prairies, les champs baignés par la Vienne, et les fabri-
ques de porcelaine semées au pied du coteau. Déjà,
sur les flancs de la colline, couraient les allées sa-
blées d'un jardin où, nouveau Zénon, le docteur
promenait ses rares loisirs. On y remarquait un
kiosque dont l'architecture, excessivement chinoise,
faisait honneur au goût d'Aristide Herbeau, qui, plus
heureux que Perrault, fut à la fois un habile archi-
tecte et un grand médecin. C'était là que, durant les
soirées chaudes et sereines, il aimait à rassembler les
intelligences d'élite qui faisaient revivre alors à Saint-

Léonard les beaux jours de la cité de Périclès. Il leur montrait avec orgueil les bordures de jacinthes et d'œillets qui encadraient symétriquement ses planches de légumes, et ne manquait jamais de citer l'*utile dulci* de son bien-aimé poëte, précepte que les beaux esprits de la ville, versés dans la latinité du siècle d'Auguste, étaient parvenus à traduire ainsi : — Mêlez les œillets aux choux-fleurs et les jacinthes aux navets. — Les petites réunions du kiosque furent célèbres dans le pays, on en parle encore à Limoges. Il s'y buvait une énorme quantité de bière. La politique en était bannie ; mais les arts, la science et la littérature s'y voyaient traités avec une supériorité qu'on ne rencontre guère que dans les salons de Saint-Léonard. Les poëtes du lieu y lisaient de petits vers, et parfois les dixièmes muses d'alentour venaient y montrer le coin de leurs bas azurés. Aristide présidait ces assemblées avec une aménité qui lui gagnait tous les cœurs ; aux grandes solennités, il maniait lui-même le téorbe et la lyre, et l'on comprenait bien, à l'entendre, qu'Apollon, dieu des plantes salutaires, fût aussi le dieu des savantes mélodies.

La maison du docteur était petite, mais l'intérieur en était élégant et habilement disposé. Il est vrai que les cheminées fumaient, qu'il fallait passer par la cuisine pour arriver à la salle à manger, que les tapis en étaient proscrits, le carreau glacé ; qu'on y gelait en hiver, qu'on y grillait en été ; mais c'était d'ailleurs un véritable bijou. Enfin, l'écurie de *Colette*, bonbonnière où la paille était moins rare que l'avoine, rappelait confusément les écuries du châ-

teau de Condé aux habitants de Saint-Léonard qui ne
connaissaient pas Chantilly. Ajoutez que le docteur Herbeau était adjoint au maire, membre du
conseil municipal, chevalier de la Légion d'honneur : que si le présent était riant, l'avenir était plus
riant encore ; qu'au bout de quelques années de labeur
Aristide pourrait se retirer dans un noble repos,
laissant l'exemple de ses vertus et l'exploitation de
sa clientèle à son fils, Célestin Herbeau, élève en
médecine à la faculté de Montpellier, jeune bachelier
qui faisait déjà pressentir, par sa haute capacité, le
digne successeur de son père ; et vous conviendrez
que la destinée, en infligeant Adélaïde au docteur,
avait pris soin d'envelopper cette pilule amère dans
le miel le plus doux. Mais rien n'est stable ici-bas :
le bonheur de l'homme est bâti sur le sable, un coup
de vent suffit à le balayer.

CHAPITRE II.

Par une belle soirée d'avril, Aristide Herbeau,
monté sur *Colette*, suivait, tout pensif, le sentier qui
mène du château de Riquemont à Saint-Léonard. Il
venait de visiter madame Riquemont, mariée depuis deux ans, et depuis deux ans affligée d'un mal
qui déroutait tout l'art du docteur. C'était, à vrai
dire, un mal étrange, qui n'avait pas de nom, résis-

tait à tous les remèdes, changeait chaque jour de place, de symptômes et de nature, mettait en défaut tous les systèmes et faisait tourner la cervelle du cher Aristide. Aristide, qui avait probablement lu dans Hippocrate qu'il vaut mieux dire une sottise que confesser son ignorance, avait fini par déclarer que madame Riquemont était affectée d'une gastrite passée à l'état chronique, et depuis deux ans il la traitait en conséquence. Pour M. Riquemont, il prétendait que sa femme avait des vapeurs, et ne s'en souciait pas autrement.

Je professe une vive sympathie pour les maris en général. Je me suis toujours senti au cœur une extrême tendresse pour ces parias des temps modernes, et je me dis parfois que ces pauvres bourreaux pourraient bien être plus à plaindre que leurs victimes. J'ai vu partout tant de féroces tyrans égorgés par de faibles opprimées, tant de cruels sacrificateurs immolés par de tendres martyres, tant de voraces vautours déchirés par d'aimables colombes, que je commence à craindre que la littérature contemporaine n'ait pris la pitié à l'envers. Jamais on ne m'a vu dans les rangs de ces galants chevaliers, croisés pour conquérir l'indépendance de l'épouse, et je n'ai pas encore déposé mon offrande de maris sur les autels de cette liberté, ensanglantés déjà par plus d'une hécatombe. C'est donc avec un véritable désespoir que je me vois contraint d'avouer que M. Riquemont était un de ces types malheureux qui défrayent les romans à la mode, un de ces époux chargés de crucifier la femme, messie des sociétés

nouvelles. Ce n'est pas que M. Riquemont descendît
en ligne directe de Barbe-Bleue : à Dieu ne plaise !
C'était tout simplement un honnête butor, qui pensait qu'une femme n'a rien à demander au ciel quand
son mari ne la bat pas et ne l'oblige point à laver la
vaisselle. Je puis même assurer qu'il aimait réellement madame Riquemont ; seulement il l'aimait à sa
manière, en véritable rustre qu'il était. Comme il lui
laissait le loisir de veiller à ses heures, de dormir
son sommeil et de manger sa faim, qu'elle avait des
bois et des prairies, un toit solide et chaud, des serviteurs soumis, une table abondante, il l'estimait heureuse entre les heureuses, et n'imaginait pas qu'en
dehors de félicités si belles il y eût quelque petit
bonheur à rêver.

En acquérant le château d'un noble ruiné, M. Riquemont avait oublié de s'approprier en même temps
la grâce, le savoir-vivre et les manières élégantes
des hôtes qu'il avait remplacés. C'était un de ces
campagnards enrichis qui ne parviennent jamais à
briser la forme du moule à fromage où Dieu les a
coulés, un de ces châtelains d'hier, dont la seigneurie
sent toujours un peu l'étable à vaches d'où elle est
sortie. Celui-là sentait l'étable moins encore que l'é-
curie. La grande occupation de son existence, le but
le plus direct de sa destinée, était d'élever des chevaux, de propager la pure race limousine. Il vivait
avec ses poulains, il les appelait ses enfants, et une
belle jument poulinière avait à ses yeux plus de prix
que la plus belle femme du monde. Que madame
Riquemont fût malade, il s'en inquiétait peu, tant

la santé de ses élèves absorbait sa sollicitude. Une molette troublait son sommeil, un javart lui donnait la fièvre. Excellent agronome d'ailleurs, habile horticulteur, chasseur intrépide, nature abrupte, mais active; esprit borné, mais doué d'une rare intelligence pour tout ce qui ne sortait pas de sa juridiction, il augmentait chaque année ses revenus, méprisait souverainement les écrivains et les poëtes ; jetait au feu les livres de madame Riquemont, sous prétexte que les romans perdent les femmes ; raillait impitoyablement toute science qui ne traitait pas de l'agronomie ou de l'hippiatrique, et ne trouvait pas que la pensée pût avoir un plus bel emploi que celui qu'il en faisait lui-même. Il avait quarante ans, des traits durs, mais honnêtes, un appétit féroce, et presque toujours une gaieté brutale, trop grossière pour blesser ses victimes, mais assez lourde pour les assommer.

Mademoiselle Louise de Marsanges, riche héritière de la Creuse, échappait à peine aux joies de l'enfance lorsque M. Riquemont l'avait demandée en mariage. Elle était orpheline, et n'avait plus qu'une grand'mère, qui ne voulait pas mourir avant d'avoir assuré la destinée de sa petite-fille. M. Riquemont jouissait dans tout le pays d'une belle réputation de probité et d'esprit : de probité, parce qu'il ne volait personne ; d'esprit, parce qu'il faisait fortune. Madame de Marsanges était bien vieille, et sentait approcher l'heure de la séparation éternelle. Tremblant pour l'avenir de Louise, elle fit passer son effroi dans le cœur de la jeune enfant. Louise comprit en pleurant

que la mort de sa grand'mère la laisserait seule,
sans appui, sans soutien, et, moins cependant pour
prévenir le malheur qu'on lui laissait entrevoir que
pour rasséréner les derniers jours de sa vieille amie,
elle accepta la main qui lui était offerte. Quelques
semaines après le mariage de Louise, madame de
Marsanges emportait au ciel tout le bonheur de sa
petite-fille.

Louise était une nature élégante, fine et délicate :
mélange d'espièglerie charmante et de douce mélancolie, car l'enfance folâtre n'était pas morte en elle,
et déjà son cœur s'ouvrait aux rêveries de l'inquiète
jeunesse. Le premier mois de son séjour à Riquemont ne fut pas sans charme pour elle. M. Riquemont lui montra avec orgueil ses bois et ses guérets,
ses coteaux couronnés de blés noirs, ses prairies où
bondissaient les poulains pétulants, espoir de ses
haras. Louise aimait les beaux chevaux : elle eut un
beau cheval, ardent à la course, docile à la voix de
sa belle maîtresse. Ce fut pour elle une grande joie
de se sentir emportée, les cheveux au vent, par le
galop d'un coursier rapide. Puis elle s'intéressa aux
travaux de la campagne. Tout était nouveau pour
elle, M. Riquemont lui expliqua tout. Elle visita les
étables ; elle eut une génisse de prédilection. Vers la
chute du jour, elle aimait à voir les troupeaux passer sur la terrasse en revenant des pacages. On
était alors à l'époque de la moisson ; elle alla voir
couper les blés, et revint, chaque soir, assise sur les
gerbes dorées, traînée par les bœufs mugissants. Elle
éleva des couvées de perdreaux ; elle eut ses oiseaux

et ses fleurs. Elle apprit à battre la crème, moins blanche que ses blanches mains. Elle gouverna son ménage avec la joie d'une reine de quinze ans.

Malheureusement, toutes ces petites félicités n'étaient guère faites pour amortir l'énergie d'un cœur de dix-huit ans. Au bout d'un mois, Louise s'aperçut que toutes les ressources de l'esprit de M. Riquemont avaient été absorbées par la culture des champs et par l'éducation des chevaux. Elle demanda des livres, M. Riquemont lui conseilla de méditer la *Maison Rustique*. Un jour, entre une dissertation sur l'entretien des prairies artificielles et une discussion sur l'éparvin d'une jument, elle essaya de glisser quelques mots littéraires : M. Riquemont lui signifia qu'il avait en horreur les femmes pédantes et beaux esprits. Elle manifesta le désir d'aller quelquefois à Aubusson, où elle avait laissé toutes ses affections d'enfance : M. Riquemont lui déclara qu'il détestait la sensiblerie et la locomotion chez les femmes. Pendant le premier mois de son mariage, M. Riquemont avait accompagné Louise dans toutes ses courses. Au bout d'un mois, — Louison, lui dit-il, tu connais maintenant le pays et les habitudes ; point de gêne entre nous, mon enfant ; je vais à mes affaires et te laisse à tes plaisirs. — A partir de ce jour, M. Riquemont ne rentra guère au gîte que pour manger et pour dormir. Louise voulut se plaindre de la solitude où se consumaient ses jours ; M. Riquemont lui demanda sérieusement si elle était folle. Elle le pria de vouloir attirer au château quelques personnes de la ville ; M. Riquemont répondit que

2

les nouvelles connaissances étaient dangereuses. La pauvre enfant fit quelques prévenances au vieux curé du village : M. Riquemont cria qu'il n'aimait ni les jésuites ni les cafards, et qu'il n'entendait pas que sa femme frayât avec des Tartuffes. Le second mois de son mariage, Louise se promenait le long des haies, et déjà bien des pleurs avaient mouillé ses yeux.

L'automne approchait, saison des rêveuses tristesses. Louise vit ses beaux jours se flétrir et tomber avec les feuilles des charmilles. Elle passait ses heures solitaires dans le parc, inquiète, inoccupée, mêlant le deuil de son âme au deuil de la nature. C'est ainsi qu'elle vit en quelques semaines le soleil décliner dans le ciel et la jeunesse dans son cœur. Son beau front se voila, ses joues se décolorèrent, l'azur de ses yeux se ternit, et la gaieté, cette riante fleur de son printemps, pâlit et mourut sur sa tige.

L'hiver fut plus sombre encore. Louise le passa presque tout entier sous le manteau d'une vaste cheminée, morne, affaissée, ou bien lisant quelques livres qu'elle dérobait aux regards de son mari, mais qui ne faisaient qu'aggraver son mal, car tous lui parlaient de bonheur et d'amour. M. Riquemont sortait le matin et ne rentrait que le soir, à l'heure du repas. Il rentrait assez ordinairement escorté de quelques maquignons ou de quelques rustres du village. C'était au milieu de ces aimables convives que Louise allait s'asseoir, silencieuse et résignée; heureuse encore lorsque sa tristesse n'offrait pas à son mari un sujet de quolibets grossiers ou de reproches amers.

Vers le printemps, la santé de madame Riquemont s'altéra si visiblement, que M. Riquemont s'en aperçut lui-même; il s'en préoccupa médiocrement, disant que c'étaient des vapeurs. Toutefois, pour l'acquit de sa conscience, il fit appeler le docteur Herbeau.

Le docteur accourut, monté sur *Colette*. Il vit Louise, il étudia le mal, mais vainement. Le mal était partout et nulle part. Aristide commença par saigner le sujet et par lui administrer quelques grains d'émétique; remèdes anodins, disait-il, qui ne pouvaient aggraver le cas, s'ils ne le guérissaient point. Louise voulut bien résister aux ordonnances du docteur; mais M. Riquemont les lui signifia avec tant d'autorité, — disant que, si elle était réellement malade, elle se prêterait de meilleure grâce à la guérison, qu'il était las de l'entendre gémir, qu'il voyait bien que c'était un jeu et qu'elle voulait se donner des airs intéressants, qu'une bonne saignée la corrigerait de ces manies, qu'on serait trop heureux de jouir des bénéfices de la maladie sans en avoir les inconvénients, et tant d'autres absurdités pareilles, — que la pauvre Louise, pour conquérir le repos, se livra, comme une victime, à la lancette et à l'émétique du docteur. L'émétique détermina une violente inflammation à l'estomac de la malade; et comme la tristesse est un des symptômes moraux de la gastrite, et que l'affection présentait d'ailleurs tous les caractères d'une affection chronique, Aristide décida hardiment que Louise avait une gastrite passée à l'état chronique. Le mal était baptisé, mais Louise

n'en valait guère mieux, et son état empira sous les
soins assidus de la science.

Le docteur allait deux fois par semaine au château
de Riquemont. Il s'établit bientôt entre ces trois personnages une intimité dont les détails se lient nécessairement au dénoûment de cette histoire.

On comprend facilement qu'entre les mœurs rus-
tiques de M. Riquemont et la molle nature du docteur Herbeau, il n'était guère de sympathies possibles. Le langage fleuri d'Aristide, ses citations latines,
sa parole légèrement emphatique, ses manières
toutes proprettes, l'insoucieuse ignorance qu'il affectait à l'endroit du pur sang limousin, étaient odieux
au campagnard. D'un autre côté, les façons brusques
de M. Riquemont, son mépris de toute noble science,
ses gestes, ses discours, tout en lui révoltait le docteur; seulement, l'antipathie de ce dernier ne se ré-
vélait que par une réserve pleine de politesse, tandis
que celle du châtelain affectait des formes acerbes,
railleuses, impitoyables. C'étaient, à chaque instant
et à propos de toute chose, des plaisanteries de
mauvais goût qui frappaient le bon Aristide dans ce
qu'il avait de plus respectable. *Colette*, par exemple,
était le but accoutumé des sarcasmes du campagnard;
il n'épargnait pas davantage la perruque du docteur,
ses souliers à boucles d'argent, sa croix d'honneur et
son cher poëte. Et puis le docteur et le châtelain ne
différaient pas moins d'opinions que de caractères.
Essentiellement monarchique, Aristide Herbeau soutenait l'autel et le trône; c'était un esprit nourri des
plus saines doctrines de la *Gazette* et de la *Quotidienne*.

M. Riquemont, au contraire, était une des marion-
nettes que le libéralisme fit, pendant quinze ans,
danser au bout de ses mauvaises phrases. Il croyait
aux jésuites et prêchait à ses paysans la haine des
missionnaires. Le poisson et les légumes étaient impitoyablement proscrits de sa table le vendredi et le
samedi. Il empêchait sa femme d'aller à la messe ;
s'il rencontrait sur son chemin le curé de Riquemont, il détournait la tête avec affectation, afin de
ne le point saluer. Comme tous les libéraux, il con-
ciliait d'ailleurs le culte de l'empire avec celui de la
liberté, et coiffait, sans sourciller, Napoléon du bonnet de la république. Il recueillait avec soin dans son
département toutes les aventures scandaleuses où les
curés et les vicaires se trouvaient plus ou moins impli-
qués, et les adressait, revues et corrigées, au *Constitutionnel*, qui les lui renvoyait considérablement aug-
mentées. En littérature, il ne connaissait que *la Pucelle*
de Voltaire. Aristide évitait autant que possible les oc-
casions de se mesurer avec un si rude jouteur ; mais
celui-ci avait un art merveilleux pour l'amener, bon
gré, mal gré, sur le terrain de la discussion. Le docteur
y apportait des formes courtoises qui ne faisaient
qu'irriter le campagnard, et c'étaient alors, de la part
de ce dernier, des éclats de voix qui frappaient
Louise de stupeur et le docteur lui-même d'épouvante. Ainsi, M. Riquemont n'avait pas de plus
grande joie que de déclamer avec emphase, devant
Aristide, les passages de son journal, extraits du
carton aux vicaires. Aristide avait pris le parti de
subir patiemment ces lectures et de ne jamais y

répondre; mais, si, par malheur, en les écoutant, il
laissait échapper un sourire, ou s'il se permettait de
balancer, d'un air incrédule, sa jambe droite croisée
sur la gauche, le rustre, qui le guettait sournoi-
sement, s'interrompait aussitôt et l'apostrophait de
la façon la plus grossière. Et vainement Aristide
protestait de son innocence; vainement il se défen-
dait d'appartenir à la congrégation des jésuites; vainement il assurait qu'il n'était point un suppôt de la tyrannie, ajoutant qu'il appelait, avec autant d'ardeur
que M. Riquemont lui-même, le bonheur et la liberté
des peuples; M. Riquemont criait à l'hypocrisie, et
tenait le docteur Herbeau pour un séide du pouvoir.
Je ne saurais dire tout ce que le bout de ruban rouge
qu'il portait à sa boutonnière valut à ce pauvre bonhomme de sarcasmes amers et de brutales railleries.
Dieu sait cependant qu'il l'avait gagné d'une manière
bien innocente, et c'est le cas de raconter quelles
voies détournées prit la Providence pour attacher le
signe de l'honneur sur la poitrine d'Aristide : récompense tardive, inespérée, tant était épaisse la mousse
de modestie sous laquelle il cachait la violette de ses
mérites !

Ce grand fait s'accomplit durant les premières
années de la restauration. Un prince de la branche
aînée visitait les provinces du centre de la France.
Comme Limoges le possédait en ses murs, Saint-
Léonard sollicita l'honneur de le posséder à son tour.
Le prince daigna y consentir. Ce fut un beau jour pour
Saint-Léonard, le jour où il lui fut donné d'ouvrir
ses portes à l'auguste visiteur. Dès le matin, la ville

avait pris ses vêtements de fête. La façade de la mairie était pavoisée de drapeaux; les habitants, dans leur enthousiasme, avaient illuminé en plein jour. A midi, une députation, qui se composait des personnages les plus éminents de la cité, partit à cheval pour aller à la rencontre de l'altesse. De temps immémorial, Saint-Léonard n'avait vu, même en carnaval, une si belle cavalcade. Le docteur Herbeau s'y faisait remarquer par son bon air. Le maire de Saint-Léonard étant mort d'émotion l'avant-veille, en apprenant qu'il allait avoir à haranguer un prince du sang, c'était le docteur Herbeau qu'on avait chargé de ce soin, moins en sa qualité de premier adjoint qu'en raison de son éloquence. Il tenait dans l'un des arçons de sa selle une petite harangue qui devait lui faire quelque honneur près du prince et dans le pays. Malheureusement, ce jour-là, soit que *Colette* fût souffrante, soit qu'elle n'eût pas été jugée digne de figurer dans une pareille solennité, Aristide montait un cheval qu'il essayait pour la première fois. C'était d'ailleurs un fort pacifique animal, vrai mouton bridé, un cheval de meunier, je crois. Le docteur Herbeau, véritable centaure, qui n'eût pas craint de monter Bucéphale, était à l'aise là-dessus comme un prélat en son fauteuil. Il portait haut la tête et s'étalait d'une si fière grâce, que chacun en faisait la remarque au passage. Les femmes disaient en se le montrant : — Voyez, ma chère, quelle belle mine a le docteur Herbeau ! Il les saluait avec sa cravache, mais d'un geste si charmant, que toutes en étaient ravies.

Les choses allaient le mieux du monde, et la cavalcade trottinait depuis une heure sur la route, lorsqu'un nuage de poussière qui tourbillonnait au loin
comme une trombe annonça la venue du prince.
C'était bien le prince en effet. Descendu de voiture à
deux lieues de la ville, il arrivait à cheval, suivi de
son état-major. La députation de Saint-Léonard avait
fait halte, au commandement du docteur Herbeau.
Tous les cœurs battaient dans les poitrines. Le docteur tenait d'une main sa harangue, de l'autre les
rênes de son coursier. Le prince s'étant arrêté à
quelque distance, Aristide piqua des deux, et, se dé-
tachant de ses compagnons, s'avança vers l'altesse au
trot de sa monture. Mais, ô catastrophe imprévue!
comme le docteur, après s'être incliné, allait débiter
sa harangue, son diable de cheval se prit à cabrioler
comme une chèvre, et le pauvre Aristide, perdant
d'un seul coup la tête et les étriers, roula comme
une boule dans la poussière. Un murmure moqueur
s'éleva dans la suite du prince; mais le prince
l'étouffa d'un regard; puis, se penchant avec bonté
vers Aristide, qui, dans sa confusion, ne songeait pas
à changer d'attitude, il laissa tomber un de ces mots
exquis qui firent la popularité d'Henri IV, un de ces
mots charmants qui consolent de toutes les disgrâces,
un de ces adorables à-propos qui font la fortune des
rois.

— Monsieur, relevez-vous, lui dit-il.

Touché jusqu'aux larmes, Aristide se releva et
baisa la main de l'altesse.

Ce fut quelques mois après cette mésaventure que

le docteur Herbeau fut nommé chevalier de la Légion d'honneur. Cette histoire est bien connue dans le pays, et l'on y dit encore que le docteur Herbeau serait mort sans la croix s'il n'eût jamais monté un autre cheval que *Colette*. Je laisse à penser si c'était là pour M. Riquemont un magnifique sujet de quolibets. En vérité, le château de Riquemont était un cirque où deux fois par semaine le malheureux Herbeau était livré aux bêtes et endurait mille martyres.

Louise était le seul lien qui existât entre ces deux hommes. Le docteur avait apporté une espèce de distraction aux ennuis qui la dévoraient. Louise était dans cette situation de cœur et d'esprit qui ne connaît point de romans ennuyeux ni de visiteurs incommodes. Elle commença par trouver le docteur ridicule et par rire tout bas de sa perruque et de son ventre; elle finit par apprécier sa bonté et par l'aimer d'une amitié véritable. Les jours qui amenaient le docteur au château étaient les beaux jours de Louise, tant cette existence était délaissée. Du moins elle pouvait échanger avec lui quelques fragments d'idées, quelques lambeaux de sentiments. D'un autre côté, la jeunesse de madame Riquemont, sa grâce, sa beauté, sa tristesse, sa santé frêle et débile, avaient vivement intéressé le chevaleresque Aristide, et il s'était pris pour elle d'une noble et sincère affection. Malheureusement, le docteur ne comprenait pas que l'amitié la plus pure et la plus désintéressée pût emprunter auprès d'une femme, jeune et belle, un autre langage que celui de la vieille galanterie dont il était un des derniers représentants. Louise s'en

amusait innocemment ; mais M. Riquemont en prenait quelque ombrage, et son humeur se manifestait
par un redoublement d'épigrammes, qui tombaient
sur Aristide comme en été la grêle sur les toits.

Or, plus M. Riquemont se montrait dur et brutal,
plus Louise, par un sentiment de bonté délicate, se
montrait affectueuse et tendre.

Elle avait des secrets charmants pour amortir les
coups que son mari portait à l'amour-propre d'Aristide. C'étaient pour son cher docteur mille cajoleries
adorables, telles qu'une femme peut en avoir pour
un vieillard ou pour un enfant. Elle tournait autour
de lui comme une belle chatte blanche, lui donnant
ses petites mains à baiser, et ne l'appelant jamais
que son bien-aimé docteur. Elle se montrait plus
réservée en présence de M. Riquemont ; mais lorsqu'il s'éloignait pour aller visiter ses poulains, laissant Aristide tout meurtri sur le champ de la discussion, Louise alors se mettait à l'œuvre. Elle relevait
la victime et lui faisait de sa tendresse un édredon
sur lequel elle le berçait mollement. Aristide était
le médecin du corps de Louise ; Louise était le
médecin de l'âme d'Aristide. Si le mal qui la consumait lui laissait quelque trêve, elle prenait le bras de
son docteur chéri, et tous deux s'en allaient à pas
lents le long des charmilles. La jeune femme avait
un art exquis pour flatter les manies de son vieux
camarade. Le docteur savait un peu de botanique ;
Louise se faisait dire le nom des plantes et des fleurs,
l'histoire de leurs instincts et de leurs amours. Elle
aimait les poëtes que le docteur aimait. Elle regret-

tait que son éducation imparfaite ne lui permît pas
de lire Horace dans le texte. S'ils rencontraient *Colette* au retour de l'abreuvoir, elle s'approchait de
l'horrible bête, et flattait affectueusement son vilain
col gris. Elle cueillait de beaux bouquets de fleurs
des champs, et les offrait coquettement à son chevalier. Elle manquait rarement de lui passer un bluet
à la boutonnière, disant qu'elle aimait le bleu, et
qu'elle voulait que son cher docteur portât la couleur
de sa dame. Enfin, que vous dirai-je? elle cherchait
à se faire pardonner son mari.

Il arriva que le docteur, qui n'avait pas les percep-
tions du cœur bien déliées, et dont la vanité, ainsi
que je l'ai dit déjà, fleurissait, comme les primevères,
sous la neige, s'exagéra l'expansive tendresse de
Louise, en dénatura le sens, et qu'au lieu de remercier, dans son humilité, le butor qui lui valait de si
doux dédommagements, il ne rendit grâce, dans son
orgueil, qu'aux séductions de son génie et aux charmes de sa personne. Il imita ce vétéran de la grande
armée, qui s'enivrait régulièrement tous les jours
avec la liqueur destinée à laver ses blessures. Louise
ne comprit pas ce qui se passait dans cette âme, et
comme, chez elle, l'esprit avait autant besoin de distraction que le cœur, elle ne put résister au plaisir
d'assaisonner son intimité d'un petit grain de coquetterie et d'agacer parfois la sentimentalité surannée de son vieux ami, n'imaginant pas que ce jeu pût
avoir pour elle ou pour lui le moindre danger. Aristide fut dupe de ce petit manége, et la jeune femme,
un jour qu'elle craignait pour lui quelques nouvelles

bordées de sarcasmes, lui ayant conseillé gaiement de
réserver l'expression de ses beaux sentiments pour
les heures où son mari serait absent, le vieux Céladon
ne douta plus qu'il ne fût lancé dans une intrigue
amoureuse. Si l'on veut bien se rappeler que la jalousie d'Adélaïde autorisait depuis longtemps ces retours
d'une jeunesse évanouie, si l'on songe qu'après tout
le docteur n'était ni beaucoup plus vieux ni plus laid
que M. Riquemont, qu'il avait sur lui, par son intelligence et par ses manières, une supériorité incon-
testable, et qu'enfin, grâce à l'isolement de Louise,
il n'avait pas d'autre comparaison à redouter, peut-
être s'étonnera-t-on moins de la présomption du trop
inflammable Aristide. Et puis, il faut bien se dire
qu'en changeant de nature, son affection avait conservé la même allure et le même langage. C'était
une flamme discrète qui brûlait doucement dans son
cœur, sans éclat et sans bruit, et que Louise entretenait sans beaucoup de frais à son insu. Les passions avaient toujours traité M. Herbeau avec tant
d'indulgence, qu'il leur rendait politesse pour politesse, et son amour était à la fois si plein de confiance et de réserve, qu'il aurait pu vivre de longues
années auprès de Louise sans qu'elle se doutât que
l'expression de cet amour fût autre chose que le langage d'une antique chevalerie, et sans qu'il soup-
çonnât la tendresse de Louise de n'être que ce qu'elle
était véritablement, une douce amitié, relevée par
une coquetterie innocente. Cette petite intrigue, dont
il faisait tous les honneurs, remplissait de joie le
bon docteur, qui prenait hardiment pour des frégates

les coquilles de noix qu'il avait lancées sur le fleuve de *Tendre* ; d'une joie d'autant plus vive, que la conscience de son bonheur, quoique purement honoraire, suffisait aux exigences de sa passion et le vengeait secrètement des railleries de M. Riquemont. Pour M. Riquemont, il avait bien remarqué l'intimité qui existait entre sa femme et le docteur ; il l'avait même observée de près, et, bien qu'il n'eût rien découvert qui pût alarmer ses susceptibilités conjugales, il nourrissait contre Aristide je ne sais quelle humeur jalouse qu'il ne s'expliquait pas à lui-même, mais qui n'attendait qu'une occasion pour éclater. Les choses en étaient là depuis plusieurs mois, et ne semblaient pas devoir prendre de long-temps une face nouvelle : Louise toujours souffrante, le docteur toujours épris, le châtelain toujours brutal.

Le docteur revenait donc tout pensif du château de Riquemont, par une belle soirée d'avril ; il en revenait, sachant moins que jamais à quoi s'en tenir sur la maladie de Louise, car Louise était devenue la préoccupation continuelle d'Aristide. C'était la fleur de sa clientèle, le diamant de sa couronne : fleur étiolée, diamant dont chaque jour altérait le limpide éclat. A chaque visite nouvelle au château, la science du docteur recevait un vigoureux soufflet, et cette fois la pauvre fille revenait la joue toute meurtrie.

En approchant de la ville, les sombres rêveries d'Aristide firent place à des pensées plus sereines. Sans rivaux à Saint-Léonard, unique docteur dans la contrée, il se disait qu'en dépit de M. Riquemont lui-

3

même, la clientèle du château ne pouvait pas lui
échapper. Bientôt il aperçut son kiosque qui se dres-
sait majestueusement sur la colline, les volets verts
de sa maison blanche, la fumée de son toit qui flottait dans l'air bleu du soir. A ce glorieux aspect, son
cœur s'épanouit, et *Colette* elle-même fit entendre un
hennissement de joie. *Hoc erat in votis !* s'écria-t-il
en pressant les flancs de sa bête. Et, en gravissant le
coteau, il contemplait complaisamment la vaste étendue de pays qui se déroulait à ses pieds, et il pensait,
dans son orgueil, que, sous ce ciel et sur cette terre
qu'il embrassait de son regard, il n'était pas une
fièvre, pas une gastrite, pas un catarrhe, pas une inflammation, pas un pytiriasis, pas une jambe cas-
sée, qui ne fût le bien exclusif d'Aristide Herbeau,
docteur de la faculté de médecine de Montpellier,
membre du conseil municipal de Saint-Léonard, chevalier de la Légion d'honneur, et père de Célestin
Herbeau.

Seigneur, la foudre qui gronde sous vos pieds n'é-
clate point brusquement sur la terre. Vous voilez
votre ciel avant d'y déchaîner la tempête. Vous préparez la nature aux effets de votre colère ; à l'approche de vos orages, les animaux se retirent effrayés
dans leurs retraites, et vous envoyez aux plantes
elles-mêmes je ne sais quels pressentiments de tristesse et d'inquiétude. Pourquoi, Seigneur, avez-vous
traité l'homme moins favorablement que la gazelle et
la germandrée? Nos orages, à nous, éclatent
dans l'azur du ciel ; votre justice n'a point d'avant-
coureurs, c'est toujours au milieu de nos joies

que votre droite terrible s'appesantit sur notre tête.

Colette venait de s'arrêter devant la porte de son maître ; Aristide mit pied à terre, et, après avoir abandonné son destrier aux soins de Jeannette, grosse fille limousine qui cumulait dans le ménage des deux époux la triple charge de cuisinière, de palefrenier et de femme de chambre, il entra d'un pied joyeux dans sa maison. Adélaïde était absente. Aristide se jeta dans une bergère habillée d'une toile grise, et, après avoir promené un regard caressant sur ses fauteuils de velours d'Utrecht, sur ses flambeaux de bronze, enveloppés d'une gaze toute souillée par les mouches irrévérencieuses, après avoir contemplé avec amour sa pendule dorée, surmontée du Temps armé d'une faux, ses rideaux à carreaux rouge et blanc, qui faisaient un damier de chaque fenêtre : *O Melibœe, deus*, s'écria-t-il en se couchant sur le dos, *nobis hœc otia fecit !* car il savait un peu de Virgile. Jeannette le surprit dans cet état de béatitude, les pieds en l'air, les mains endormies sur le ventre.

— Qu'est-ce, Jeannette? demanda Aristide sans tourner la tête.

— C'est un monsieur, répondit Jeannette, un étranger qui n'est pas de la ville.

— Idiote que vous êtes ! s'écria le docteur sans changer de position ; s'il n'est pas de la ville, c'est qu'il est étranger ; s'il est étranger, c'est qu'il n'est pas de la ville : vous faites là un pléonasme, petite, un horrible pléonasme.

— Un étranger qui n'est pas de la ville, répéta Jeannette sans s'émouvoir, et qui vient pour l'ha-

biter. Il a dit qu'il était bien fâché de n'avoir trouvé
ni monsieur ni madame...

— Mettez de la suite dans vos idées, Jeannette ;
mettez de la suite dans vos idées, mon enfant, s'écria
le docteur. Il fallait commencer votre discours par
dire qu'un étranger était venu faire visite au docteur
Herbeau et à son épouse. Procédons par ordre, si la
chose est possible. N'opérons pas la saignée avant
d'avoir fait la ligature. Et quel est cet étranger ?
semble-t-il jouir d'une robuste constitution ?

— Il a dit, répéta Jeannette avec un imperturbable
sang-froid, qu'il était bien fâché de n'avoir trouvé ni
monsieur ni madame, mais qu'il serait plus heureux
une autre fois ; et il m'a remis ce chiffon, ajouta-t-elle
en tirant de sa gorgette une carte satinée qu'elle présenta au docteur.

— Quelque surnuméraire de l'enregistrement, dit
Aristide en se parlant à lui-même ; quelque commis
à pied des droits réunis ; mauvaise clientèle ! tout ce
monde-là est obligé de se bien porter. Voyons, Jeannette, voyons cette carte, ajouta-t-il en tendant la
main, mais sans tourner la tête, et toujours dans la
même attitude.

Jeannette ayant glissé la carte entre l'index et le
pouce, le docteur la pressa légèrement, la soupesa
quelques instants avec un sourire goguenard, la flaira
d'un air impertinent, puis enfin abaissa sur elle un
regard nonchalant.

O Balthasar ! lorsqu'au milieu de tes courtisans et
de tes femmes, tu aperçus une main mystérieuse
traçant des mots fatals sur le marbre de ton palais ;

ô Robinson ! lorsqu'un jour, dans ton île, tu découvris l'empreinte d'un pas humain sur le sable; ô Leporello ! lorsque tu vis entrer dans la salle de ton maître la blanche statue du commandeur; certes, ô mes amis ! chacun de vous dut passer un horrible quart d'heure de terreur et d'effroi. Eh bien ! il était réservé au docteur Herbeau de résumer en une seule minute ces trois quarts d'heure de classique épouvante.

Aristide se leva d'un seul jet, comme les diablotins à ressort lorsqu'on ouvre la boîte où ils sont comprimés. Il se tint un instant sur ses jambes, droit, roide, immobile, terne, les yeux hagards; puis il retomba lourdement sur sa bergère, comme un taureau sous la massue de l'abattoir. De sa main glacée s'était échappée la carte de l'étranger, mais sur la porcelaine luisante il avait lu un nom écrit en lettres de feu; et ce nom, il le voyait partout, sur ses bronzes, sur ses rideaux, sur ses fauteuils, et jusque sur sa culotte de velours, partout flamboyant, terrible, ineffaçable comme la tache que Miranda portait au cœur.

Il demeura longtemps ainsi; enfin, se tournant vers Jeannette, qui le regardait d'un air hébété, il demanda une lumière. L'infortuné cherchait à douter de son désastre. Peut-être ses yeux l'avaient-ils abusé. Le malheur est si prompt à l'espoir ! L'âme qui se noie s'attache à tous les brins d'herbe que lui jette la brise du rivage. Lorsque Jeannette eut apporté la lumière demandée, Aristide releva la carte d'une main tremblante, et l'approchant du suif enflammé, il lut une seconde fois ce nom, ce nom fatal

3.

qu'il n'avait que trop bien lu d'abord, aux pâles
lueurs du crépuscule, ce nom dont chaque lettre s'in-
crustait, en plomb brûlant, dans la chair du docteur,
ce nom sorti de l'enfer : *Henri Savenay, docteur-
médecin de la faculté de Paris.*

— Je suis ruiné, s'écria-t-il avec un morne désespoir ; ma femme est ruinée, mon fils est ruiné, nous
sommes tous ruinés !

Au retour de madame Herbeau, ce fut bien autre
chose, vraiment ! Elle apporta sous le toit domestique
toutes les rumeurs de la ville. L'arrivée du nouveau
docteur avait mis Saint-Léonard sens dessus-dessous.
Il n'était bruit dans Saint-Léonard que de l'arrivée
du nouveau docteur. Aristide avait des ennemis ;
quel être supérieur n'en a pas? Ses succès, ses cures
merveilleuses, ses longues prospérités, qu'aucune
gloire rivale n'était venue troubler jusqu'alors, lui
avaient fait bien des envieux, et déjà plus d'une voix
jalouse prophétisait la ruine de Sion. Comme l'ancien Aristide, on s'ennuyait de l'entendre appeler
juste. L'arrivée du nouveau docteur fut donc accueillie par plusieurs avec une joie secrète, et par
tous avec ce sentiment de bienveillance qui s'attache
en province à tous les visages nouveaux. En quelques
heures, le vieux soleil d'Aristide pâlit devant cet
astre d'un jour. Débarqué de la veille, Henri Savenay
avait à peine ouvert ses malles, qu'on exaltait déjà
ses talents : c'était un élève de Dupuytren, l'orgueil
de Dubois, l'amour d'Alibert, la providence des pauvres infirmes, l'espoir des mourants : que n'était-il
pas ? Il rendait la vue aux aveugles, la parole aux

muets, le mouvement aux paralytiques. Il avait à
peine montré le bout de son nez sur la place et sur
les boulevards, qu'on célébrait déjà sa grâce, son
esprit, l'élégance de ses manières. Certes, le docteur
Herbeau était un habile docteur, mais il avait fait son
temps ; puis *Colette* était bien vieille et demandait un
peu de repos ; puis la médecine avait dû faire bien
des progrès et laisser le cher docteur Herbeau dans
l'ornière ; puis Henri Savenay était de la faculté de
Paris, et Aristide Herbeau de la faculté de Montpellier ; et puis ceci, et puis cela.—Et l'on s'apitoyait sur
Aristide, on affectait pour lui une compassion cha-
ritable. Il était bien cruel à son âge, après avoir ré-
gné si longtemps sans rivaux, de voir partager son
empire et de ne laisser à son fils qu'une clientèle
morcelée. L'établissement de Célestin devrait nécessairement en souffrir. Il faudrait renoncer à des prétentions désormais trop ambitieuses. Madame Herbeau
ne serait-elle pas réduite elle-même à tenir sa maison sur un pied plus modeste ? Adieu les réunions du
kiosque et les flots de bière mousseuse ! Le docteur
Herbeau n'aurait plus désormais que de l'absinthe
dans sa cave, disait, à ce propos, un poëte de Saint-
Léonard. Et c'est ainsi que l'envie des méchants,
blottie sous le manteau de la pitié, s'y rigolait tout
à son aise, et pleurait de l'huile bouillante sur les
blessures du malheureux Herbeau.

La gendarmerie prouva bien dans cette occasion
que la vengeance, pour être le plaisir des dieux, n'est
pas moins celui des gendarmes. Tous les gendarmes
de Saint-Léonard laissaient éclater leur joie d'une

façon particulière, et déjà se mettaient en quête de
sympathies pour le nouveau docteur. Un gendarme,
nommé Canon, atteint d'une fièvre chaude, avait fait
appeler le jour même M. Savenay, et s'était montré,
deux heures après, sur la place des Récollets, attes-
tant à tous ceux qui voulaient l'entendre qu'il avait
été guéri par la seule vue de ce merveilleux médecin.
Les esprits impartiaux de la ville n'étaient pas dupes
de ce manége, et comprenaient bien que le gendarme
Canon n'avait d'autre but que de déprécier le docteur Herbeau ; mais à Saint-Léonard, comme en
maint autre lieu, les esprits impartiaux sont rares,
et il n'était bruit, sur la place et sur les boulevards,
que de la guérison miraculeuse de ce diable de Canon.
Le lendemain, la gendarmerie royale de Saint-Léonard se présenta en corps chez M. Savenay, pour lui
offrir sa clientèle. Le brigadier porta la parole ; mais
il le fit en termes si offensants pour Aristide et pour
son épouse, que le nouveau docteur se vit obligé de
l'interrompre au beau milieu de son discours. Cette
démarche des gendarmes et l'attitude pleine de dignité que M. Savenay sut garder en cette circonstance, produisirent une vive sensation dans la cité ;
le soir, on s'en entretint longuement au raout du percepteur. Mais n'anticipons point sur cette lamentable
histoire, et revenons, je vous prie, au chevet du docteur Herbeau.

Adélaïde entra dans l'alcôve d'Aristide, pareille à
une vieille lionne blessée. Elle apportait pendants à
son cœur saignant tous les traits décochés par la
pitié de Saint-Léonard. Aristide était couché. En en-

tendant le pas haletant de son épouse, il se leva sur son séant, et tous deux demeurèrent quelques instants à se contempler l'un l'autre en silence; puis le docteur, sans avoir dit une parole, retomba de tout son poids sur le lit et se cacha sous la couverture. Dans les circonstances difficiles de la vie, les femmes déploient plus de courage que les hommes. En voyant l'abattement de son mari, madame Herbeau se sentit grandir de dix coudées. Elle releva la couverture sous laquelle Aristide étouffait sa douleur, et par de douces paroles elle chercha à remonter cette âme affaissée. — Au bout du compte, lui dit-elle, ce n'est qu'un docteur de plus; ses débuts seront longs, son succès n'est point assuré; d'ailleurs vous avez besoin de repos, Aristide.

— Vous oubliez Célestin, dit le docteur désolé. Ma clientèle devait être sa dot; c'était une dot de roi.

— Eh bien! il aura une dot de prince. Deux docteurs peuvent fort bien vivre à Saint-Léonard, sans se faire tort l'un à l'autre. Dans toute écurie, il y a litière pour deux chevaux. Le pays est bon, et Dieu sait que vous ne l'avez pas gâté.

— Adélaïde! s'écria le docteur se dressant de nouveau sur sa couche, vous ne comprenez rien à ce qui se passe; vous ne voyez rien, vous ne prévoyez rien! Une pierre de votre maison se détache, et vous dites : — Ce n'est qu'une pierre qui tombe. — Une bardane croît dans votre jardin, et vous dites : — Ce n'est qu'une mauvaise herbe qui pousse. — Et moi, je vous dis que cette pierre qui se détache entraînera toutes les autres; que cette mauvaise herbe qui pousse étouffera toutes les bonnes. Tout est perdu, et Célestin mourra sur la paille. Ah ! vous ne la connaissez pas cette engeance de docteurs qui fourmillent, qui pullulent sur le pavé de Paris, et qui finiront par dévorer la France. Ce sont des oiseaux de proie qui s'attirent les uns les autres. Quand l'un d'eux tombe sur un cadavre, tous arrivent pour le dépecer. Avant deux ans, vous verrez une nuée de ces corbeaux voraces s'abattre sur le pays et disputer quelques os décharnés à l'appétit de notre Célestin.

Les sanglots interrompirent la voix du docteur, et madame Herbeau ne put s'empêcher de mêler ses larmes à celles de son époux.

Aristide avait raison : le bonheur est pareil aux murs de clôture ; la première pierre qui tombe entraîne toutes les autres. A peine quelques jours avaient passé sur cette nuit douloureuse, qu'un paysan de Riquemont, venu à la ville pour vendre des bestiaux, apporta au docteur une lettre ainsi conçue :

« CHER DOCTEUR,

« Mon mari a été pris hier d'une maladie qui demande toute votre sollicitude : M. Riquemont s'est mis pour moi en frais de tendresse. Il est bruit ici d'un nouveau médecin, récemment arrivé de Paris, et, pour l'acquit de sa conscience, M. Riquemont désire que vous puissiez vous consulter avec M. Savenay (c'est ainsi, je crois, qu'il se nomme) sur le misérable état de ma santé. Vous comprenez bien, cher docteur, que je n'attends rien de ce concours de la science, et que je ne l'ai pas sollicité ; puisque vos soins n'ont pu rappeler ma jeunesse envolée, ni ranimer mes forces éteintes, c'est que je dois mourir, et Dieu sait que je suis prête. Mais que voulez-vous? M. Riquemont est las de me voir souffrir : il faut bien pardonner quelque chose aux caprices de cet ennui. Soyez donc assez bon pour venir demain déjeuner au château ; M. Savenay sera notre convive.

« Adieu, le plus aimable et le plus aimé des docteurs.

« LOUISE R. »

Le même jour, M. Savenay reçevait un billet conçu en ces termes, qui, bien que fort vulgaires, avaient été nécessairement écrits sous la dictée de madame Riquemont :

« Monsieur le docteur Savenay est prié de vouloir se rendre demain au château de Riquemont, afin de pouvoir se consulter avec M. le docteur Herbeau sur l'état de madame Riquemont. En arrivant à l'heure du déjeuner, M. Savenay obligerait doublement M. et madame Riquemont.

« RIQUEMONT.

« Château de Riquemont, 27 avril 18.. »

Il serait difficile d'expliquer l'état de perplexité dans lequel la lettre de madame Riquemont jeta le docteur Herbeau. Sa culotte de velours déchirée par l'épine d'une haie, sa perruque pêchée à la ligne par quelque enfant malicieux, son kiosque en flammes, *Colette* poussive, tous ses clients bien portants, enfin toutes les catastrophes dont la prévision avait parfois effrayé son imagination timorée, l'eussent plongé, en se réalisant, dans une affliction moins tourmentée. La charge sonnait déjà, et la lutte allait commencer! Elle allait commencer par un combat singulier, par un duel au grand jour, face à face, sur le même terrain, sur un terrain où le pauvre Aristide n'avait encore marché qu'en tâtonnant. Et quelles armes inégales, grand Dieu! Henri Savenay tout frais émoulu, Aristide Herbeau tout rouillé par une longue sécurité. Et quelle honte pour ce dernier s'il allait faillir à la première passe! Quel affront si le nouveau docteur allait la découvrir, la source de ce mal, si longtemps et toujours vainement cherchée par Herbeau! Quel désastre s'il allait le dompter et le vaincre, ce mal contre lequel s'était brisée la science d'Aristide! Que dirait le pays? que dirait M. Riquemont? que dirait Louise elle-même? La clientèle du château ne serait-elle pas le prix du vainqueur? Angoisses du cœur, qui pourra vous peindre? qui pourra dire tout ce qu'Aristide avala de couleuvres durant la nuit qui précéda cette joûte solennelle?

La nouvelle que M. Savenay venait d'être appelé au château de Riquemont pour conférer avec M. Herbeau sur la santé de la jeune châtelaine s'était en moins de quelques heures répandue dans toute la ville. L'état maladif de madame Riquemont préoccupait depuis longtemps les habitants de Saint-Léonard. Les ennemis d'Aristide en murmuraient tout

haut ; ses amis osaient à peine le défendre tout bas.
On attendait donc impatiemment le résultat de ce
grand concours de la science. Il s'agissait désormais
de savoir si le sceptre resterait entre les mains du
docteur Herbeau, ou s'il passerait entre celles du docteur Savenay : grave question qui devait se vider le
lendemain au château de Riquemont.

Ce fut encore Adélaïde qui releva le courage
abattu de son époux. — Aristide, lui dit-elle,
il ne faut pas vous dissimuler que votre honneur, votre réputation et l'avenir de Célestin dépen-
dent du jour de demain. Toute la contrée a les yeux
sur vous : vaincu, elle vous délaisse ; triomphant,
elle est toute à vous. Vous triompherez, c'est mon
cœur qui me le dit. Qu'est-ce, après tout, que ce Savenay ? On le vante, on le prône : qu'a-t-il fait ? qui
l'a vu ? Allez, prenez courage, et songez que vous allez
combattre pour vos autels et pour vos foyers.

Elle ignorait, la malheureuse, que son infidèle
époux eût, avec les intérêts de sa gloire et l'avenir
de Célestin, d'autres droits non moins doux à défendre ! Sa noble assurance ranima le cœur d'Aristide. Pareil aux guerriers qui visitent leurs armes la
veille de la bataille, il passa la nuit entière à fourbir
sa science, à épousseter son cerveau, à feuilleter tous
les ouvrages de médecine qui composaient sa bibliothèque. Adélaïde avait tiré de l'armoire une chemise
à jabot, une cravate brodée, des manchettes de den-
telle, des bas fins et luisants, une perruque toute neuve.
A cinq heures du matin, Jeannette étrillait *Colette* et
lavait les harnais. A six heures, Adélaïde parfuma

4

d'eau de Cologne le mouchoir d'Aristide, et noua un
ruban neuf à la boutonnière de son habit. C'était
l'habit qu'il portait aux jours de cérémonie, un habit
bien large, bien étoffé, à la taille longue, aux basques flottantes, coupé dans un petit drap de Châ-
teauroux, qui, vu à la brune, jouait le drap de Lou-
viers d'une façon toute merveilleuse. A six heures et
demie, le docteur emprisonna ses jambes dans des
bottines à courroies, et, comme sept heures sonnaient à l'église de la ville, il enfourchait bravement
Colette. Toute sa personne respirait un mâle courage; son front était serein et son air vaillant. Il se
pencha sur sa selle pour déposer un baiser sur le
front d'Adélaïde; puis, coupant l'air avec sa cravache, il enfonça ses éperons dans les flancs de Colette, qui partit au pas en boitant.

L'enthousiasme du docteur fut court. A peine Aristide eut-il perdu de vue le chapeau chinois de son
kiosque et la girouette de sa maison, qu'il sentit ses
forces faiblir et son courage chanceler. La cravache,
si fanfaronne à l'heure du départ, pendait noncha-
lamment sur le flanc du destrier; la bride, tenue
mollement par une main paresseuse, flottait sur le
cou de Colette, et Colette, pour se conformer aux
tristes pensées de son maître, allait d'un pas lent et
rêveur, enlevant par-ci par-là des touffes de gazon
au sentier et des branches vertes aux buissons. Vainement les paysans qui se rendaient à Saint-Léonard,
les pâtres qui traversaient le sentier, les jeunes filles
filant leur quenouille de chanvre et menant paître
les moutons sur la colline, vainement les femmes, les

enfants, les vieillards, qui rencontraient le docteur, lui envoyaient le salut accoutumé ; le docteur passait sans se découvrir, sombre, silencieux, le front baissé ; et chacun de se dire : Qu'a donc le docteur Herbeau ?

Vous demandiez, bonnes gens, ce qu'avait le docteur Herbeau, lorsque, par une belle matinée de printemps, vous le vîtes passer, se rendant à Riquemont, brumeux comme une soirée d'hiver ? Quand bien même il vous eût confié les ennuis de son cœur, vous ne les auriez pas compris, âmes champêtres et naïves, qui avez toujours ignoré la vanité de la science, les tortures de l'ambition, les terreurs de l'amour, les angoisses de l'amour-propre. Il allait, encore tout meurtri par les rudes pensées qui l'avaient secoué la veille, aiguisant ses arguments, passant en revue toutes ses forces, se récitant à lui-même les volumes de sa bibliothèque, tour à tour agité par l'espoir et par la crainte, suivant qu'il trouvait sa mémoire docile ou revêche. Au bout de deux heures, il se fit dans ses souvenirs une telle confusion de textes, Hippocrate et Parny, l'ode et la phlyctène, l'élégie et la phlogose, se mêlèrent d'une façon si étrange dans son pauvre cerveau fatigué, qu'il crut sentir tous les rayons de sa bibliothèque dansant sous sa perruque une sarabande infernale. L'infortuné n'en était plus aux diables bleus, mais à tout ce que l'enfer a de plus noir en fait de diables. Je n'affirmerais pas que la raison d'Aristide eût tenu quelques heures de plus contre cet horrible cauchemar, et j'oserais même assurer qu'elle était déjà bien ébranlée

et près de céder, lorsque, heureusement pour la cervelle de son maître, Colette s'arrêta devant la grille
du parc de Riquemont. Aristide leva le loquet avec
le manche de sa cravache, et Colette, poussant avec
sa tête la porte obéissante, prit un petit trot tout
gaillard qui conduisit d'un seul trait le docteur sur la
terrasse du château.

Ce château était, avant que M. Riquemont l'oc-
cupât, un des rares refuges ouverts encore à la poésie
exilée. Le temps en avait tapissé les murs de rave-
nelles et de campanules. La girouette fleurdelisée
criait au vent sur la tringle rouillée ; l'écusson seigneurial se cachait humblement au-dessus de la porte
sous des touffes de pariétaire. L'intérieur en était
mystérieux et sombre ; on ne pouvait y marcher sans
éveiller un écho du passé. Les boiseries étaient de
chêne sculpté ; aux lambris pendaient les portraits
de famille dans leurs vieux cadres enfumés. Plus
impitoyable que le temps, M. Riquemont était
venu, et, avec ce tact exquis qu'il apportait en toute
chose, il avait remis à neuf et façonné à son image
ce vénérable et poétique débris. La fleur de lis de la
girouette s'était vue détrônée par un chasseur de fer-
blanc, précédé d'un chien en arrêt. Les murs, dé-
pouillés de leur robe de fleurs et de feuillage, avaient
été blanchis à la chaux. L'écusson seigneurial était
tombé sous le marteau. M. Riquemont avait fait
abattre les tourelles pour anéantir tout vestige de
féodalité. Il se vantait d'avoir aboli dans ses domaines la dîme, la corvée et le droit du seigneur. Il
avait fait une écurie de la chapelle. Louise avait sup-

plié vainement pour qu'on en fît du moins un colombier. Le château n'avait pas subi à l'intérieur une
profanation moins complète. On s'était chauffé tout
un hiver avec les boiseries de chêne, et M. Riquemont
les avait remplacées par un papier représentant des
Chinois en palankin et des Indiens sur des éléphants.
Aux vieux cadres, aux vieux portraits, avaient succédé les portraits lithographiés de Lafayette, de Benjamin Constant et du général Foy. La chambre à
coucher de M. Riquemont était particulièrement or-
née des batailles de l'empereur et de quatre tableaux
racontant la vie et la mort de Poniatowski. Louise
avait eu bien des luttes à soutenir pour préserver son
appartement du patriotisme de son mari ; encore
n'avait-elle pu obtenir de garder au chevet de son lit
un grand Christ d'ivoire qu'elle tenait de sa grand-
mère, M. Riquemont ayant signifié qu'il ne saurait
jamais se résoudre à encourager la superstition et le
fanatisme. Louise était, à vrai dire, en ce lieu la
poésie exilée dont je vous parlais tout à l'heure.

Le docteur l'aperçut assise sur le perron : pâle et
languissante, madame Riquemont tâchait de réchauffer ses membres glacés au soleil du printemps. Elle
n'avait jamais voulu se soumettre à garder le lit ni la
chambre ; elle traitait son mal en femme impérieuse
et coquette, et la douleur était plutôt esclave des caprices de Louise que Louise n'était esclave des exigences de la douleur. Aristide mit pied à terre, se
débarrassa de ses bottines, et, faisant voltiger son
mouchoir le long de ses jambes et sur ses souliers
pour en enlever la poussière, il marcha vers la jeune

4.

malade d'un air gracieux et pimpant. Il monta les degrés du perron avec une dignité parfaite, s'approcha galamment de madame Riquemont, et lui prit une main blanche et sèche qu'il porta tendrement à ses lèvres.

— Toujours aimable ! dit Louise en pressant la main d'Aristide.

— Et vous, toujours plus belle et plus charmante ! s'écria le délicieux Herbeau.

— Ah ! docteur, vous vous vantez , dit-elle en souriant.

Le docteur avait raison : madame Riquemont était charmante. Je ne sais quel mélange de finesse et de mélancolie donnait à ses traits quelque chose de la physionomie de la gazelle. Ses lèvres étaient minces et décolorées, mais encore armées d'un sourire à la fois doux et presque railleur, que n'avait pas émoussé la souffrance. Son front, net et pur, était veiné de bleu, et ses beaux yeux, dont l'azur se détachait sur la mate blancheur du visage, semblaient deux pervenches épanouies sur la neige aux premiers rayons du printemps. Ses cheveux blonds et fins, lissés en bandeau sur le front, se cachaient sous un bonnet de point d'Alençon, garni de rubans roses; sa taille, svelte comme la tige d'un jeune bouleau, était serrée par une douillette de soie verte. Ces goûts d'élégante simplicité étaient tout ce que Louise avait sauvé de sa jeunesse.

— Toujours un peu de fièvre, dit le docteur en interrogeant le pouls de la malade.

— Une fièvre continue, docteur, une fièvre continue! répéta-t-elle avec découragement.

— C'est une azodès, madame; vous avez une azodès, reprit gravement le docteur.

— Quelle horrible maladie! s'écria Louise; une
azodès, dites-vous? Qu'est-ce que cela, je vous prie?

— L'azodès, reprit le docteur, est une fièvre continue.

— Mon Dieu! dit Louise en se levant, que la
science est une magnifique chose! Prêtez-moi votre
bras, docteur, et menez-moi un peu le long de ces
haies dont le vent m'apporte les vertes senteurs. Vous
dites donc, ajouta-t-elle en s'appuyant coquettement
sur le bras d'Aristide, vous dites que j'ai une azodès?

— Et j'ajoute, divine Louise, que nous pratique-
rons de nouvelles émissions sanguines, afin de
maitriser la diathèse inflammatoire, dit le docteur
d'un ton solennel.

— Tenez, cher docteur, répondit Louise en regardant Aristide d'un air suppliant, je ne vous demande
qu'une seule chose.

— Demandez ma vie, madame! s'écria-t-il avec
chaleur.

— Eh! mon Dieu! je ne vous demande même pas
la mienne.

— Tout mon sang est à vous, Louise! ajouta le
docteur en pressant le bras de la malade.

— Eh bien! docteur aimé, dit Louise en souriant,
gardez votre sang et laissez-moi le mien. Tout ce que
je demande, ajouta-t-elle, c'est de pouvoir mourir

tranquillement. Que le soleil est doux ! dit-elle en
s'asseyant sur un tertre vert ; que l'air est enivrant
et pur ! Les oiseaux gazouillent sous la feuillée, les
insectes bruissent sous l'herbe, les herbes frémissent
à nos pieds, et la brise semble confier de doux mys-
tères aux fleurs qui s'entr'ouvrent pour les recevoir.
Quel luxe ! quels parfums ! quels flots de séve et de
vie débordent de toutes parts ! Toutes les joies s'é-
veillent et chantent sur la terre : c'est jour de fête
sous le ciel, et, seule, je suis triste à pleurer.

La pauvre enfant fondit en larmes.

— Voyons, voyons, dit le docteur véritablement
ému, il ne faut pas ainsi se désespérer. Les ressources
de la science sont inépuisables. Nous combattrons la
gastrite par les antiphlogistiques. Déjà le mal est
enrayé, et je réponds devant Dieu de votre prochaine
guérison, si toutefois des prétentions rivales ne viennent point contrarier mon système et me disputer la
gloire de vous sauver, seul prix, chère Louise,
qu'ambitionne ma sollicitude.

— Ah ! vous voulez parler du nouveau docteur ?
dit Louise avec nonchalance. Voyez, je l'avais oublié.
Ce n'est pas moi qui l'ai voulu, vous le savez bien,
n'est-ce pas ? Qui pourrait remplacer près de moi vos
soins et votre tendresse ?

— Personne, Louise, personne au monde, s'écria
le docteur attendri.

— Oh ! je le sais bien, allez ! n'est-ce pas vous qui
avez mis un peu de soleil dans ma pauvre existence ?
Vous m'avez aidée à vivre, et vous m'aiderez à mourir.

— Louise, chère enfant, ne parlez pas ainsi! dit Aristide d'une voix étouffée.

— Il faut bien en parler, puisque je sens que chaque jour emporte un débris de moi-même. Tenez, ajouta-t-elle en lui prenant une main qu'elle posa sur son cœur, vous avez beau faire, je sens là quelque chose qui me tue. Qu'est-ce donc? il me semble pourtant que ma vie pourrait être si belle! Ah! mon ami, je l'aime, cette vie qui m'échappe! Ah! sauvez-moi! s'écria-t-elle en se pressant effrayée contre lui, comme si elle eût aperçu un serpent se glisser à ses pieds.

Aristide la serra tendrement contre sa poitrine et osa la baiser au front.

— Vous vivrez, s'écria-t-il; vous êtes trop aimée pour mourir.

— Ah! vous aussi, vous êtes bien aimé, dit-elle.

— Louise, vous êtes adorée!

— Et vous aussi, et vous aussi! dit Louise en souriant à travers ses pleurs. Mais, soyons gais, monsieur Herbeau, ajouta-t-elle en passant précipitamment son mouchoir sur ses yeux; soyons gais, il le faut ; j'aperçois mon mari, et je ne veux pas qu'il puisse rire de mes larmes.

Aristide attribua ce mouvement à un tout autre motif, et crut de bonne foi que Louise craignait d'éveiller la jalousie de M. Riquemont. Il prit aussitôt un air grave et compassé, car c'était là le côté le plus plaisant de la passion du docteur. Il ne se serait point pardonné de troubler le repos domestique de madame Riquemont, et, pour cacher un bonheur imaginaire, il se donnait autant de mal que d'autres en auraient pris pour le réaliser.

Louise se leva, et, s'appuyant sur le bras du docteur, tous deux allèrent à la rencontre de M. Riquemont, qui venait, un fusil sur l'épaule, précédé d'une meute complète.

— Bonjour, papa Herbeau, dit le campagnard en frappant de sa main le ventre d'Aristide. Comment se porte la maman Herbeau? Et ce cher Célestin? avons-nous de ses nouvelles? marche-t-il toujours à grands pas dans la voie de vos vertus et de vos mérites? Et cette chère Colette? Vous, papa, toujours frais et fringant! décidément vous volez la santé de vos malades. Mais je ne vois pas M. Savenay. Ah ça! j'espère bien, docteur, que vous ne vous formaliserez pas de la présence d'un confrère au château. C'est une pure formalité; mais il faut tout prévoir : un malheur est si vite arrivé! Du moins, si on a fait, pour le prévenir, tout ce qu'il était humainement possible de faire, eh bien! ma foi, lorsqu'il arrive, on n'a rien à se reprocher; la conscience est calme et on dort tranquille. — Pas vrai, Louison? ajouta-t-il en se tournant vers madame Riquemont, qui ne répondit pas.

M. Riquemont parla longtemps ainsi, ajoutant à l'élévation des pensées et à la distinction du langage la grâce de son rire limousin et l'élégance de son geste rustique. Louise était rêveuse. Aristide marchait silencieux et tout occupé à garantir les basques de son habit des caresses de la meute qui gambadait autour de lui. M. Riquemont faisait à lui seul tous les frais de la conversation.

Comme ils arrivaient sur la terrasse, le garde-
champêtre remit à son maître un paquet de journaux
qu'il apportait de la ville : c'étaient le *Constitutionnel*,
le *Journal des Haras* et les *Annales agronomiques*.
Le châtelain déchira les bandes et se prit à parcourir
chaque feuille d'un air important. Il lisait depuis
quelques instants, quand tout d'un coup son visage
s'épanouit, ses narines se gonflèrent, son front s'illumina. Il interrompit sa lecture, et, cherchant du
regard le docteur Herbeau qui s'était éloigné de quelques pas :

— Papa Herbeau ! s'écria-t-il.

Le docteur s'étant approché :

— Écoutez ceci, papa ! dit M. Riquemont en lui
frappant sur le ventre.

Et, déployant les feuillets du journal, il lut complaisamment, à haute et intelligible voix :

« On nous écrit de Nantes, à la date du 20 avril
18.....

« Un fait déplorable, qui ne se renouvelle que trop
souvent dans nos campagnes, vient de se passer à
Tiffauges. Un vieillard de la commune étant mort
dans le plus affreux dénûment, et n'ayant pas laissé
de quoi subvenir aux frais de sépulture, le vicaire
de la paroisse s'est obstinément refusé à lui ouvrir
les portes de l'église et à le conduire à sa demeure
dernière. Vainement les enfants, les petits-enfants et
les arrière-petits-enfants du défunt, vainement ses
frères, ses sœurs, ses neveux et ses petits-neveux se
sont précipités aux genoux du ministre des autels ;
vainement ils ont arrosé ses mains de larmes brû-

lantes : le serviteur d'un Dieu de charité s'est montré
inflexible, et a fait jeter par sa servante tous ces malheureux à la porte. Jamais le village de Tiffauges
n'avait assisté à un plus lamentable spectacle. On dit,
et nous sommes portés à le croire, que ce refus de
sépulture n'a pas eu seulement pour cause une sordide
avarice : on assure que le fanatisme religieux et l'in-
tolérance politique y ont eu la plus grande part. Cet
infortuné vieillard avait servi avec distinction dans
les armées de la république, et, de retour dans ses
foyers, il s'était fait remarquer autant par l'élévation
de son caractère que par l'indépendance de ses idées
libérales. Le village l'a suivi jusqu'au cimetière et a
pleuré sur sa tombe. Tous les hommes de bien de
Tiffauges étaient là; il n'y avait qu'un vicaire de
moins. »

— Eh bien ! que dites-vous de cela? s'écria M. Riquemont.

— Je dis, monsieur, répondit le docteur, que c'est
un vicaire de moins dans les cartons de votre journal.

— Allons donc ! allons donc ! répliqua le campagnard en haussant les épaules. Les noms y sont,
docteur. On nous écrit de Nantes..... à Tiffauges.....
c'est clair comme le jour et précis comme un acte
authentique.

— J'ajouterai, monsieur, reprit humblement le
docteur, qu'en admettant que les faits se soient passés de la sorte, il n'en est pas moins déplorable de
les voir ainsi livrés à une publicité malveillante. Il
y a tant d'esprits disposés à frapper de la même ré-

probation l'abus qu'on fait de la religion et la religion elle-même ! Il faut craindre de les encourager.

— Nous y voilà ! Vous voteriez contre la liberté de la presse ! Vous voulez mettre la lumière sous le boisseau et la vérité dans le sac ! Le soleil vous effraye ; il vous faut l'ombre et le silence.

— Eh non ! monsieur, eh non ! répondit doucement le docteur ; mais il en est de certaines vérités comme de l'arsenic et de l'acétate de morphine : je pense qu'il serait imprudent d'en délivrer à tout le monde.

— Raisonnement de jésuite et d'apothicaire ! s'écria violemment le châtelain.

— Mon ami !... dit Louise d'une voix suppliante, en serrant furtivement la main d'Aristide.

— Que diable, aussi ! dit M. Riquemont avec humeur, le papa Herbeau s'emporte tout de suite comme une soupe au lait ; il n'est pas avec lui de discussion possible. Tenez, monsieur, écoutez ceci, je vous prie ; vous m'en direz votre avis.

Et il reprit la lecture du journal.

— On nous écrit de Langres...

— La patrie de Diderot, interrompit le docteur Herbeau.

— Qu'est-ce que cela, Diderot ? demanda M. Riquemont ; quelque cafard de votre connaissance ?

Le docteur sourit et ne répondit pas.

— On nous écrit de Langres...

— Célèbre pour sa coutellerie, interrompit de nouveau le docteur.

— Ah ça ! monsieur Herbeau, me laisserez-

5

vous finir? s'écria M. Riquemont avec impatience.

— Je vous écoute, monsieur, dit le docteur, qui comprit bien qu'il ne pouvait pas l'échapper.

— « On nous écrit de Langres, à la date du 21 avril 18...

« Il vient de se passer dans notre ville un fait dont il serait difficile de trouver l'équivalent dans les époques de barbarie les plus reculées. Une femme enceinte de huit mois se sentit prise de douleurs si violentes, qu'elle fit appeler en même temps un médecin et le vicaire de la paroisse. Le vicaire et le médecin accoururent. C'était par une nuit affreuse : les éclairs sillonnaient la nue; le tonnerre ébranlait les vitres; la cloche de l'agonie tintait à l'église voisine; la lueur blafarde d'une lampe éclairait seule la chambre funéraire. L'infortunée palpitait encore; son sang n'était point glacé; on pouvait douter que la vie l'eût abandonnée. Eh bien! dans un excès de zèle que nous ne savons comment qualifier, le vicaire, s'adressant au médecin qu'il avait assisté, lui intima l'ordre, au nom de Dieu, d'ouvrir les flancs de l'agonisante, afin que l'enfant ne mourût pas sans avoir été baptisé. Le médecin, bien connu dans le pays autant pour l'élévation de son caractère que pour l'indépendance de ses idées libérales, refusa courageusement de prêter son ministère à un pareil acte de férocité. Exaspéré par le noble refus de ce vertueux médecin, le zèle du vicaire ne connut plus de bornes; ce prêtre fanatique arma son bras d'un fer assassin... »

— C'est horrible, cela! s'écria Louise.

— « Et se précipitant sur la victime, au bruit de
la foudre, à la lueur des éclairs, au tintement de la
cloche funèbre... »

— Mais, monsieur, c'est horrible ! répéta Louise
en arrachant le journal des mains de M. Riquemont.

— Voilà donc où nous allons ! s'écria le châtelain
en croisant ses bras sur sa poitrine et en laissant
tomber sur le docteur Herbeau un regard foudroyant.
Voilà, monsieur, où vous voulez mener la France !
Qu'on vous laisse faire, et nous aurons, avant dix-
huit mois, les massacres de la Saint-Barthélemy, les
dragonnades, le rétablissement de la torture et les
horreurs de l'inquisition !

— Mais, monsieur..... hasarda timidement le
docteur Herbeau.

— Allons, voilà que vous vous emportez ! On ne
peut pas causer avec vous que la discussion ne dégé-
nère aussitôt en dispute.

Aristide poussa un profond soupir, regarda Louise
et se sentit vengé.

— Et que dit-on du nouveau docteur ? demanda
Louise, pour détourner le cours de la conversation.

— Oui, au fait ! s'écria M. Riquemont sans laisser
à Aristide le temps de répondre, que dit-on du nouveau docteur ? C'est un rival, un fossoyeur de plus
qui va vous disputer le cimetière de Saint-Léonard.
Est-il jeune ? est-il vieux ? Je suis curieux de le voir.
Chose singulière, tous les docteurs que j'ai connus
étaient vieux et laids. Au reste, monsieur, vous pouvez dormir tranquille ; vous n'avez point ici de rivalité à craindre, et si quelqu'un meurt au château, ce

ne sera que de votre main. — Pas vrai, Louison?

— Mon ami, dit Louise d'un air souffrant, vous êtes ce matin d'une gaieté impitoyable.

— En effet, dit Aristide, je trouve M. Riquemont excessivement gai.

— Oui, oui, très-gai, s'écria le campagnard en riant aux éclats. Et toi, Louison? Mais ce diable de Savenay ne vient pas, ajouta-t-il en tirant de son gousset une horrible montre de similor. Vous, papa, à la bonne heure; vous ne faites pas attendre vos malades, surtout lorsque l'aiguille du cadran marque en même temps l'heure de la consultation et celle du déjeuner.

Louise tourna vers le docteur un regard si long et si tendre, ses beaux yeux bleus eurent une expression à la fois si triste et si suppliante, qu'Aristide se sentit remué jusque dans le fond du cœur. Seulement, il ne comprit pas que c'était, comme toujours, le morceau de sucre qu'on donne aux enfants pour adoucir sur leurs lèvres l'amertume de la médecine qu'ils ont avalée, et cette fois, comme toujours, au lieu d'un sentiment de pure reconnaissance, il caressa un sentiment d'orgueil. Au reste, rien n'était moins exigeant que cet orgueil : un regard, une pression de main suffisait au bonheur d'Aristide. Il fallait que l'amour l'eût traité jusqu'alors bien frugalement, tant quelques miettes, tombées du cœur de Louise, lui faisaient de somptueux repas!

La tendresse de madame Riquemont, les paroles mêmes de son mari, bien que férocement brutales, avaient rassuré le docteur sur les chances de la lutte qui allait s'engager ; plein de sécurité, il attendait l'ennemi de pied ferme. L'ennemi ne tarda pas à se présenter. Au bout de quelques instants, le pas d'un cheval se fit entendre dans l'allée du parc, éloigné, mais vif et rapide ; et à peine les chiens s'étaient élancés en aboyant, que M. Savenay entra au galop sur la terrasse.

A quelques pas du groupe que formaient madame Riquemont, son mari et le docteur Herbeau, le cheval se cabra légèrement sous la pression presque imperceptible du mors. C'était un de ces beaux chevaux limousins qui semblent avoir absorbé la meilleure partie de l'esprit du terroir, aux jambes de cerf, au col de cygne, à la tête fine et brusquée. Ses naseaux aspiraient l'air avec fierté, ses oreilles se dressaient au vent ; sa robe, baidoré, étincelant au soleil, ressemblait au manteau d'un roi.

L'étranger mit pied à terre ; c'était un jeune homme, grand, svelte, d'un aspect froid et réservé, d'un costume élégant et simple. M. Riquemont s'était avancé pour le recevoir.

— Pardieu ! monsieur, s'écria-t-il, vous avez là un bel animal ! Combien vous coûte cette bête, monsieur ? Pure race limousine, monsieur ! Je vous l'achète ; cinquante louis, et topez là, ajouta-t-il en tendant la main.

L'étranger regarda M. Riquemont d'un air étonné, puis, apercevant madame Riquemont, il alla vers elle et la salua avec respect.

— Monsieur Savenay ? dit Louise avec un sourire bienveillant.

5.

— Oui, madame, répondit le jeune homme ; votre air souffrant m'apprend trop bien que c'est à madame Riquemont que j'ai l'honneur de parler.

Et comme il se tournait vers Aristide, le prenant sans doute pour M. Riquemont.

— M. Herbeau, dit Louise, mon cher et bon docteur, l'ami que rien ne décourage, le plus charmant de vos confrères, monsieur Savenay, celui dont la science éclairée et le dévouement infatigable ne m'ont jamais abandonnée.

S'inclinant devant M. Herbeau :

— Combien je suis heureux de vous voir, monsieur ! dit le jeune homme. J'ai eu l'honneur de me présenter chez vous et le malheur de ne pas vous rencontrer. Croyez que je me félicite d'avoir à conférer avec un homme si éclairé, et de pouvoir faire mes premières armes sous un maître que la science honore.

Louise adressa au jeune homme un regard qui voulait dire merci, et Aristide, serrant affectueusement la main de M. Savenay, se dit en lui-même :
— Voilà un garçon charmant, qui ne m'a pas l'air bien redoutable.

Cependant M. Riquemont était toujours en contemplation devant la monture de l'étranger, admirant le nerf détaché des jambes, la saillie des veines, gonflées d'un sang généreux, explorant du geste et du regard toutes les parties de la bête, et s'assurant qu'aucune infirmité cachée n'en déparait les admirables perfections. Le jeune docteur allait prendre le châtelain pour le vétérinaire du village, lorsque

Louise, s'appuya sur le bras d'Aristide, et marcha doucement vers M. Riquemont.

— Vous voyez, monsieur, dit-elle à Savenay, que mon mari est amateur de beaux chevaux ; et le vôtre est en effet superbe, ajouta la jeune femme en caressant de sa petite main le poitrail du noble animal, qui releva la tête avec orgueil.

M. Savenay salua M. Riquemont.

— Monsieur, lui dit le châtelain, je suis fou des belles bêtes, et vous me voyez enchanté de faire votre connaissance.

M. Savenay salua de nouveau ; puis, après avoir tenu, durant quelques instants, sous son regard préoccupé, madame Riquemont, son mari et le docteur Herbeau, il prit l'aisance habituelle de l'homme qui sait à quoi s'en tenir sur les choses et sur les personnes au milieu desquelles il se trouve engagé.

— Eh bien ! papa, s'écria M. Riquemont, que vous en semble ? voilà ce que nous appelons un cheval ! A la bonne heure ! c'est beau, c'est vaillant, c'est bien attaché, ça fait honneur à son cavalier. Mais qu'est-ce, je vous prie, que votre Colette ? Une oie, docteur, une oie bridée, qui n'est pas digne de cirer les sabots que voici.

Un garçon de charrue, qui vint prendre le cheval de M. Savenay pour le conduire à l'écurie, sauva le pauvre Aristide des spirituelles railleries de son hôte. Au même instant, une grosse fille de cuisine ayant crié du haut du perron que le déjeûner était servi, tous quatre marchèrent vers le château, Louise toujours appuyée sur le bras de son fidèle chevalier, et

M. Savenay s'entretenant avec M. Riquemont de l'éducation des chevaux avec un intérêt et une intelligence
qui enchantaient le campagnard et qui eussent fait
honneur à un grand prix de *New-Market*.

Arrivée dans le salon, Louise, épuisée par la marche et par le grand air, se laissa tomber dans une
bergère ; sa pâleur était livide et sa respiration
étouffée.

— Ce ne sera rien, dit M. Riquemont ; cet état la
prend dix fois par jour : pas vrai, Louison ? Au reste,
messieurs, ajouta-t-il en passant dans la salle à
manger, c'est votre affaire, et je vais à la mienne.

Aristide cherchait à ranimer Louise. Debout et
silencieux, Savenay tenait sur elle un regard profond
et rêveur.

— C'est une syncope occasionnée par l'affaissement du système général, dit Aristide d'une voix
solennelle ; le pouls est imperceptible et la prostra-
tion complète.

— Ce n'est rien, ce n'est rien, dit Louise reprenant ses sens ; un peu de fatigue, voilà tout. Messieurs, oubliez-moi ; je suis mieux, beaucoup mieux,
répéta-t-elle encore.

En cherchant Savenay qu'elle n'apercevait pas, ses
yeux rencontrèrent le regard scrutateur que le jeune
homme avait rivé sur elle. Une légère teinte rosée
colora la pâleur de ses joues.

Aristide était passé dans la salle à manger, afin
de laisser au jeune docteur la liberté d'interroger le
sujet et le loisir d'étudier le mal. Le jeune homme
s'approcha et prit une des mains de Louise dans les

siennes. Les mains de Savenay étaient douces et
blanches; sous leur chaleur fine et parfumée, le
pouls de la malade sembla palpiter moins faible et
plus rapide. Il la contempla quelques instants en
silence, toujours avec ce même regard inquisiteur et
lent qui semblait s'infiltrer jusqu'au fond du cœur
de Louise; puis, après lui avoir adressé quelques
questions générales, prélude obligé de tout interro-
gatoire médical, ses yeux exprimèrent un sentiment
de pitié douloureuse, et il pressa avec une affectueuse
gravité les doigts amaigris qu'il tenait encore. Nature
faible et nerveuse, Louise se sentit frappée d'une
commotion électrique.

— Madame, lui dit-il enfin d'une voix pleine
d'onction, les ressources de la science sont bien bor-
nées : la science ne donne pas la rosée aux plantes,
le soleil aux fleurs, la séve aux rameaux; mais vous
guérirez, madame, parce que la nature est bonne.

Et, laissant Louise étonnée et rêveuse, il alla s'as-
scoir entre les deux convives.

Durant le déjeuner, M. Savenay fut grave sans pé-
danterie, fit honneur aux vins du château, parla de
tout, excepté de son art, entretint longuement M. Riquemont des dernières courses du Champ-de-Mars,
s'intéressa à ses plantations, et sollicita la faveur d'être
admis à visiter ses prés et ses poulains. Il traita plusieurs questions d'agronomie et d'hippiatrique avec
une sagacité rare, et soutint sur la culture des melons une discussion qui lui fit le plus grand honneur
dans l'esprit de M. Riquemont. La politique eut son
tour. Il trouva le moyen de flatter les opinions de son

amphitryon sans trop blesser la religion de son confrère. Il sut faire la part du passé et de l'avenir. M. Riquemont ne se sentait pas d'aise de voir ce jeune homme à sa table. Il but et mangea férocement, trouva le jeune médecin adorable, et déclara, à la perruque d'Aristide, que M. Savenay était le premier docteur spirituel qu'il eût rencontré jusqu'alors. Aristide fut calme et digne, mangea d'un appétit résigné, dans l'attente de l'heure pour laquelle il avait réservé toutes les ressources de son esprit, heure solennelle qui devait le venger de l'impertinence de son hôte; car cette heure de la consultation, qu'il avait si long-temps redoutée, ne l'effrayait plus : enorgueilli de l'humilité de son rival, puisant à chaque instant une nouvelle audace dans la conversation frivole de M. Savenay, Aristide se sentait fort de la faiblesse présumée de son adversaire, et, sûr d'un triomphe facile, il appelait vaillamment le combat.

Le rusé châtelain ne l'appelait pas avec une moin-dre impatience, car on se tromperait étrangement si l'on pensait que M. Riquemont, en attirant le nouveau docteur, n'eût cédé qu'à un sentiment de sollicitude conjugale. Il mentait horriblement, comme un fin paysan qu'il était, quand il cherchait, quelques heures auparavant, à rassurer les susceptibilités d'Aristide. Le fait est qu'il avait imaginé cette espèce de tournoi médical dans l'unique espoir que le doc-teur Herbeau y mordrait la poussière. Ce n'était pas qu'il tînt précisément à lui enlever la clientèle du château; seulement il se promettait une grande joie de le voir vaincu et humilié sur le terrain de la

science, le seul sur lequel il ne pouvait le poursuivre
et l'atteindre. Ce fut lui qui donna le signal et mit
les deux champions aux prises. Mais, ainsi qu'on va
le voir, M. Riquemont fut cruellement trompé dans
ses perfides espérances, et le docteur Herbeau se
couvrit d'une si belle gloire, qu'il déclarait, au lit de
mort, n'avoir jamais eu un plus beau jour en sa vie,
pas même celui où il gagna la croix d'honneur.

— Eh bien ! docteur Savenay, dit M. Riquemont
vers la fin du repas, que pensez-vous de cette petite
Louison ?

— Je crois, monsieur, répondit Savenay, que mon
avis est complétement inutile. Le nom de M. Herbeau, ce nom que la Faculté révère, était déjà venu
jusqu'à moi, et, si je n'eusse pris conseil que de ma
vanité, j'aurais sans doute refusé l'honneur auquel
vous m'avez appelé. Je cherche la lumière et ne l'apporte pas, et vous me verrez toujours heureux, monsieur, ajouta-t-il en se tournant vers Aristide, de
pouvoir reprendre auprès de vous les cours que je
n'ai qu'imparfaitement achevés à Paris.

— Voilà une modestie qui me charme, s'écria M.
Riquemont en avalant un verre de vin de Bordeaux.

— Et que je ne saurais prendre au mot, reprit
Aristide. Nous avons à conférer sur la santé de madame Riquemont, et nous en conférerons, monsieur,
et nous en conférerons, répéta le cher docteur, qui ne
voulait pas avoir dérouillé son espingole pour tirer
sa poudre aux mésanges, d'autant plus acharné à
conférer qu'il prenait la modestie du jeune homme
pour l'aveu de son ignorance.

M. Savenay s'inclina respectueusement ; M. Riquemont remplit son verre.

— Allons, papa, s'écria-t-il en se frottant les
mains, il s'agit de soutenir l'honneur de votre maison ; songez que du haut du cimetière de Saint-Léonard, trente années de gloire vous contemplent.

—Monsieur... dit Aristide d'un air contrit et d'une
voix suppliante.

— Bon ! vous vous emportez ; je ne dirai plus rien,
s'écria le rustre s'accoudant sur la table. Parlez,
docteur, on vous écoute.

— Monsieur, s'écria le docteur Herbeau s'a-
dressant à Savenay, vous connaissez le sujet, vous
l'avez interrogé : vous avez pu vous convaincre qu'il
est affecté d'une maladie chronique ; car, lorsque les
puissances vitales déploient une action faible et in-
terrompue, que les symptômes sont modérés, que
leur succession est lente, que le même ordre de phénomènes se manifeste sans variations pendant un
long espace de temps, on dit qu'il y a maladie chronique. Or, c'est le cas qui se présente ici.

M. Savenay s'inclina de nouveau ; M. Riquemont
laissa échapper un geste d'impatience.

— Est-ce que vous serez long ? demanda-t-il avec
anxiété.

— Avant d'entrer dans l'examen détaillé de l'affection particulière qui doit nous occuper, reprit
Aristide, il est nécessaire, monsieur, que je connaisse
votre opinion sur le traitement des maladies chroniques en général. Partagez-vous celle d'Arétée, qui
a laissé des ouvrages considérables sur cette partie

intéressante de l'art? Pensez-vous, comme Cœlius-Aurelianus, que les maladies chroniques ne sauraient être terminées heureusement par la seule force de la nature, et qu'elles doivent être nécessairement confiées à l'habileté du médecin ; ou croyez-vous, comme Bordeu, que ces affections ne soient assujetties qu'aux révolutions spontanées et aux mouvements critiques? Ou bien enfin abondez-vous dans le sens de l'illustre recteur de l'académie de Montpellier, Charles-Louis Dumas, qui, pensant que le système de Cœlius-Aurelianus conduirait à une pratique violente, confuse et tumultueuse dans le traitement de ces maladies, et que celui de Bordeu livrerait les malades à une expectation funeste, a gardé un juste milieu entre ces deux systèmes opposés?

Aristide s'interrompit, porta son verre à ses lèvres, et attendit la réponse du jeune docteur.

— Papa Herbeau, s'écria M. Riquemont, vous êtes sublime, et je vous remercie de n'avoir point encore craché un seul mot latin dans votre assiette. Mais ne sauriez-vous arriver à Louison?

— Sur toutes ces questions, répondit M. Savenay, monsieur le docteur Herbeau me trouvera toujours de son avis.

— Mon avis, monsieur, reprit Aristide, est qu'au lieu de rechercher péniblement les causes directes et prochaines des maladies, la science doit s'appliquer à connaître les affections primitives dont elles se composent, et à déterminer l'influence qu'elles ont sur les phénomènes, sur la marche et sur toutes les modifications de ces maladies. Remarquez, monsieur, que

cette méthode est une imitation heureuse de celle que
l'on suit dans les autres sciences pour établir la théo-
rie spéciale des objets qu'elles considèrent. C'est ainsi
que la chimie reconnaît que la composition et les
phénomènes chimiques des corps ont pour cause
l'action déterminée de leurs principes constituants et
le rapport des affinités naturelles qu'ils exercent les
uns à l'égard des autres; c'est ainsi que l'idéo-
logie.....

— Papa, s'écria M. Riquemont, qui venait d'étouffer un horrible bâillement dans son verre, et qui commençait à craindre que le piége tendu à l'amour-
propre d'Aristide ne tournât à sa plus grande gloire,
ne sauriez-vous passer à Louison?

— Sur toutes ces questions, dit gravement M. Savenay, je suis absolument de votre avis, docteur.

— On attribue généralement aux modernes, s'écria
Aristide triomphant, l'invention de cette espèce d'a-
nalyse appliquée à la connaissance des maladies, qui
nous fait distinguer les affections élémentaires dont
elles sont composées; mais il ne faut pas croire que
les modernes aient tout découvert. Les jeunes gens
s'imaginent volontiers que les modernes ont tout
inventé. L'ère de la science date pour eux du jour
où ils ont reçu leur diplôme. O trop présomptueuse
jeunesse! Galien, dans son beau livre sur la différence
des maladies.....

— Ah! docteur, de grâce, passez à Louison, répéta
le campagnard, dont la patience était moins longue
que la soif, et qui se sentait furieux d'avoir offert au
docteur Herbeau l'occasion d'un si beau triomphe.

— Galien indique qu'il connaissait cette analyse
et qu'il en usait au lit de ses malades, reprit Aristide
un peu troublé ; c'est ce qui fait..... c'est ce qui fait.....
répéta-t-il en gourmandant sa mémoire pares-
seuse.....

— C'est ce qui fait, s'écria M. Riquemont en se levant, que Louison est malade et que Colette est boiteuse ! En voilà bien assez là-dessus ; papa Herbeau,
vous abusez de la science. Monsieur Savenay, allons
visiter mes élèves.

Aristide se leva rouge de colère. M. Savenay se
leva à son tour, et, se tournant vers le vieux docteur :

— Monsieur, lui dit-il d'un air modeste, je regrette que tant de lumières ne puissent se produire
au grand jour et sur un plus vaste théâtre. Lorsqu'on
voit la foule des médiocrités se disputer la scène du
monde, on ne saurait trop déplorer que tant de nobles intelligences se tiennent dans les coulisses, sans
éclat et sans bruit, et disparaissent oubliées de la
gloire qu'elles n'ont point sollicitée, pareilles à ces
astres qui s'éteignent avant que leur clarté soit venue
jusqu'à nous.

— Monsieur ! s'écria Aristide plein d'une confusion
charmante ; monsieur, vous me flattez !

— Durant les courts instants que j'ai passés auprès
de madame Riquemont, ajouta M. Savenay, j'ai pu
me mettre au courant du traitement que vous avez
suivi pour combattre le mal : j'approuve en tout
point ce traitement, comme une application naturelle
et directe de vos théories générales.

— A la bonne heure ! s'écria M. Riquemont, voilà

qui est noblement terminé ; et si Louison ne guérit
pas, ma foi ! messieurs, il n'y aura pas de votre
faute.

Les trois convives passèrent dans le salon. Louise
était à la même place, toujours plongée dans la rêverie où l'avaient laissée les paroles du jeune docteur.
Elle frissonna au bruit des pas de Savenay, qu'elle
reconnut instinctivement, et ses yeux évitèrent de se
tourner vers lui.

— Louison, lui dit son mari, viens visiter mes poulains ; une petite promenade te fera du bien.

— La faiblesse du sujet et la force de ma volonté
s'y opposent, s'écria Aristide, pressé de proclamer
les droits dont il venait de s'assurer la jouissance.

— En effet, dit-elle, mes pauvres jambes me sou-
tiennent à peine ; mais j'aurai la force de vous accompagner jusqu'à la porte du parc.

Le docteur fut obligé de céder au caprice de sa malade, et tous quatre sortirent, accompagnés de la
meute joyeuse. M. Riquemont s'étant emparé d'Aristide pour lui montrer ses espaliers en fleurs, M. Savenay offrit naturellement son bras à madame Riquemont, qui ne l'accepta qu'en rougissant. Il mesura
son pas à celui de Louise, et tous deux allèrent lentement, sur les gazons fleuris, suivant à longue distance le vieux docteur et le campagnard.

— Eh bien ! monsieur Herbeau, demanda celui-ci,
que pensez-vous de ce jeune homme?

En voyant Louise attachée au bras de Savenay, le
vieux docteur n'avait pu réprimer un mouvement de
jalousie. Ce n'était pas assez pour lui d'avoir triom-

phé sur le terrain de la science : il est des triomphes plus doux ! Aristide s'était assuré la conquête de la gastrite ; mais il fallait encore sauver la clientèle du cœur. D'ailleurs, M. Herbeau ne se dissimulait pas que cette conquête pouvait lui échapper d'un jour à l'autre. Il connaissait M. Riquemont ; il savait combien son humeur était capricieuse et fantasque ; malgré les belles protestations qu'il avait reçues de ce diable d'homme, il ne se cachait pas à lui-même que M. Savenay avait singulièrement réussi dans le cœur de son hôte. En moins d'un instant, la candeur d'Aristide s'altéra, son innocence pâlit, sa vertu chancela, et Yago passa tout entier dans cette âme que Dieu avait pétrie d'amandes douces, de lait et de miel.

— Ce jeune homme est bien, très-bien, en vérité, répondit le perfide Herbeau. Il manque d'expérience, il a besoin d'études, mais l'exercice de son art le fortifiera. Et puis, c'est un garçon modeste, s'exprimant avec facilité, jugeant bien les hommes.....

— Et les chevaux aussi, s'écria M. Riquemont ; avec cela un véritable agronome, qui pourrait en montrer aux plus habiles ; en même temps un excellent horticulteur, capable de nous faire manger des melons à la Saint-Philippe !

— Ce jeune homme est fort bien, à coup sûr, ajouta le docteur d'une voix paternelle ; dans quelques années, il pourra faire un médecin distingué, pourvu toutefois qu'il ne veuille point se jeter dans les innovations de la science ; car c'est là ce qui perd les jeunes gens, monsieur Riquemont, c'est là ce qui

6.

les perd tous. Et M. Savenay est bien jeune encore !
Il est plus jeune que nous, monsieur Riquemont. Au
reste, un charmant cavalier, à ce qu'il m'a semblé, un
aimable cavalier, je ne crains pas de le dire.

— Et un bon convive, s'écria M. Riquemont ; un
convive qui boit sec et n'éternue pas du grec à chaque
phrase.

— Ce jeune homme est décidément fort bien,
ajouta encore une fois l'insinuant Herbeau, qui se glis-
sait comme une vipère dans le cœur de l'époux ; ses
manières m'ont charmé, je m'emploierai certainement de tout mon pouvoir au succès de ses débuts.

— Voilà qui est d'un galant homme, monsieur
Herbeau, dit M. Riquemont en lui frappant sur le
ventre.

—Oh ! mon Dieu, reprit le docteur avec une modestie pateline, je n'ai pas grand mérite à parler de la sorte,
car je crois sincèrement que les succès de M. Savenay
pourront très-aisément se passer de mon influence.

— Il est certain que M. Savenay semble annoncer
un mérite du premier ordre, dit M. Riquemont avec
l'air important d'un homme qui a la prétention de s'y
connaître.

— Un très-grand mérite sans doute, ajouta le docteur, et qui ne manquera pas de trouver un patronage
plus doux et plus puissant que celui du pauvre vieil
Herbeau. Tenez, je me rappelle avoir assisté, comme
j'étudiais encore à Montpellier, aux débuts d'un docteur récemment établi en cette ville. Il était ignorant
comme une carpe, mais jeune et beau comme Antinoüs.

— Qu'est-ce que cela, Antinoüs? demanda M. Riquemont; je ne sais pas de cheval qui porte ce
nom.

— Antinoüs, répondit Aristide, était un bel homme
de l'antiquité, et mon docteur, un de ces jeunes médecins auxquels les hommes sensés ne confient ni leur
santé ni leur femme. Il faut bien que le sens commun
soit fort rare à Montpellier chez les hommes, car, au
bout de six mois, ce gaillard-là avait la plus belle clientèle de la cité. Pour arriver à la fortune, il avait pris le
bon chemin : il s'était faufilé par l'alcôve.

— Ce jeune docteur, dit M. Riquemont avec une
indifférence apparente, était moins ignorant que vous
ne voudriez le laisser croire, et je le tiens, moi, pour
un garçon d'esprit.

— Eh ! sans doute, s'écria le docteur ; il y a deux
sortes d'esprits ; la beauté est celui des sots.

— Tous les sots n'ont pas cet esprit-là, monsieur,
répondit le rustre en regardant effrontément le docteur.

— C'est possible, répliqua Aristide en se mordant
les lèvres ; mais voilà où je voulais en venir, à vous
démontrer que M. Savenay a des chances de succès
assurées, et qu'il peut fort bien se passer de ma pro-
tection. Il est jeune, plus jeune que nous ; il a les
plus beaux yeux du monde, et des dents !... je ne
sais, monsieur, si vous avez remarqué ses dents ?

— Monsieur, répliqua froidement le châtelain, je
regarde les chevaux aux dents et les hommes au
mérite.

Ces paroles furent prononcées d'un ton qui ne de-

mandait pas de réplique, et le docteur n'ajouta pas
un mot.

Après avoir marché quelques instants en silence,
M. Riquemont s'arrêta, observa Louise et Savenay,
qui suivaient doucement l'allée, puis ramenant son
regard sur le docteur, qui avait remarqué ce mouvement de jalousie avec un secret sentiment de joie :

— Il est certain, lui dit-il, que M. Savenay est
beaucoup moins laid que vous — et que moi, ajouta-
t-il par politesse.

Ils poursuivirent leur marche silencieuse, et arrivèrent à la porte du parc sans échanger une parole.
M. Savenay était à peine au milieu de l'allée ; les
deux compagnons l'attendirent, tous deux préoccupés
de leurs pensées secrètes.

— Eh quoi ! monsieur, disait Louise au jeune docteur, vous êtes né dans la Creuse ! Nous sommes
compatriotes ; nous avons vu le jour sous le même
ciel. J'étais bien jeune encore lorsque je quittai ce
petit pays, mais j'en ai conservé un bien tendre, un
bien doux souvenir ; le parfum de ses bruyères em-
baume encore tous mes rêves. C'est le pays que mon
cœur habite ; c'est au milieu de ses landes solitaires,
sur le versant de ses collines, au bord de ses ruisseaux limpides, que j'ai semé les joies de mon enfance. Parlez-moi de la Creuse, monsieur ; vos paroles m'apporteront je ne sais quelles bonnes senteurs de menthe et de genêts fleuris.

— Je ne suis qu'un exilé comme vous, madame,
répondait Savenay ; seulement mes regrets sont moins
amers depuis que je les mêle aux vôtres.

— Ah! vous, du moins, vous reverrez nos chères montagnes! Plus heureux que moi sans doute, vous ne tenez pas à la patrie par vos seuls souvenirs; la patrie vous garde des parents, des amis; elle n'a plus pour moi que des tombes.

— J'ai laissé dans nos monts une vieille mère et une jeune sœur : toutes mes joies, madame, et toutes mes douleurs sur la terre.

— Vos joies, sans doute; mais pourquoi vos douleurs?

— Ma sœur est consumée par un mal sans remède.

— Vous dites sans remède, vous, docteur! vous, son frère!

— La science n'y peut rien, madame, et, si l'amour d'un frère avait pu la guérir, je ne pleurerais pas sur elle.

— La jeunesse la sauvera.

— C'est la jeunesse qui la tue. Hélas! son mal n'a pas de nom; c'est une de ces âmes solitaires qui se dévorent en silence, un de ces cœurs trop richement doués qui se flétrissent et meurent au milieu de leurs richesses inactives. Il serait difficile, madame, de compter tout ce que la province renferme de ces natures languissantes. Le monde ne les connaît pas, elles ignorent elles-mêmes le mal qui ronge leur printemps dans sa fleur. Éplorées, elles ne savent pas la cause de leurs larmes; rêveuses, elles entrevoient à peine la patrie de leurs rêves. Elles portent en elles un deuil qui ne pleure personne et qui s'étend sur toutes choses. Le monde, les voyant entourées des faveurs de la fortune, déplore que

Dieu ait refusé la santé à tant de bonheur, et la
science, s'épuisant pour elles en vains efforts, torture
ces faibles corps qui ont déjà bien assez de leur âme.
Le monde est grossier, et la science est aveugle. Mais
que vous conté-je là, madame? J'oublie que ces réflexions, inspirées par le misérable état d'une personne qui m'est chère, ne sauraient avoir pour vous
qu'un médiocre intérêt.

— Vous vous trompez, monsieur, vous vous
trompez peut-être ; poursuivez, je vous prie ; votre
sœur m'intéresse vivement ; jeune, noble et souffrante, n'a-t-elle pas droit à l'intérêt de tous ? Qu'est-
ce donc enfin que ce mal? ajouta Louise avec une inquiète curiosité.

— Qui pourrait le dire, madame? Elle sent en elle
un fleuve de vie qui voudrait s'épancher, et qui, re-
foulé sans cesse, dévaste le sein où il est enfermé.
Dieu, dans sa cruelle bonté, l'a faite riche de trésors
qui n'ont point cours autour d'elle. Pâle, triste, affaissée, elle promène sur nos collines ses jours
mornes et ennuyés, ou bien, assise au coin du foyer,
elle cache des larmes que ne comprendrait pas sa
mère. L'inaction la consume, une secrète impatience
la dévore. Il est un bonheur innommé, souvenir du
ciel que nous apportons en naissant ; elle le demande
à la nuée qui passe, à l'oiseau qui vole, au vent qui
gémit. Les soupirs de la brise à travers le feuillage la
plongent dans d'inexplicables rêveries. Parfois pèse
sur elle, comme un sommeil de plomb, une insoucieuse indolence ; parfois aussi, saisie de je ne sais
quelle soudaine ardeur, son âme, franchissant l'ho-

rizon borné qui l'écrase, s'élance et se perd dans les régions mystérieuses. L'âme s'épuise vite à ce vol solitaire, et retombe, fatiguée et meurtrie, sur la pierre de son exil. Ame sainte ! cœur trois fois noble, qui se meurt de trop de vie ! Quand on songe qu'il n'est pas un coin de la province où ne se cache une de ces existences étouffées, faut-il s'étonner, madame, que des voix éloquentes se soient élevées contre une société où la souffrance est répartie en raison des facultés de bonheur que nous avons reçues de Dieu ?

— A ces existences malheureuses Dieu envoie la résignation, répondit Louise en baissant la tête.

— Non, madame, non, s'écria Savenay ; la résignation est fille des hommes, la résignation est lâche, car la souffrance est impie. Faillir au bonheur, c'est manquer à sa destination. Que dira le Créateur lorsqu'il verra les âmes qu'il avait envoyées sur la terre comblées de ses dons et de son amour lui revenir pâles, éperdues et usées dans les larmes ?

— Votre sœur n'est point mariée sans doute ?

— C'est là ma seule consolation, madame ; car la pauvre enfant, que peut-elle attendre du mariage, si ce n'est un surcroît de douleurs ? Dans la position de fortune où nous a laissés la mort de notre père, la main de ma sœur doit prétendre moins haut que son cœur : elle ne se mariera pas. Pourquoi la plaindre ? Vous connaissez la race d'hommes qui peuplent nos campagnes, et peut-être pensez-vous, comme moi, qu'il vaut mieux s'éteindre victime de ses illusions que de survivre à leur ruine.

Tous deux arrivaient à la porte du parc ; Savenay

pressa doucement le bras de Louise et la salua avec
une froide politesse. Le docteur Herbeau, qui se sentait médiocrement curieux de visiter les élèves de
M. Riquemont, proposa à la jeune malade de la ramener au château; Louise refusa. Elle avait besoin
de recueillement, et d'ailleurs, M. Riquemont ayant
déclaré qu'il n'était nullement disposé à céder la société d'un docteur si spirituel, force fut bien au
pauvre Aristide de suivre avec ses petites jambes le
campagnard et M. Savenay, qui marchaient à grands
pas, dissertant chaudement sur le traitement des
chevaux glandés, et ne s'apercevant pas de la piteuse
mine du compagnon qui trottait sur leurs traces.

Louise, aussitôt qu'elle les eut perdus de vue, fut
inondée de je ne sais quel sentiment de solitude enivrante. Elle se jeta sur le gazon. Les oiseaux gazouil-
laient dans la ramée; les feuilles du tremble et du
bouleau frémissaient d'amour autour d'elle; les insectes ailés semaient l'air de rubis, d'améthystes et
d'émeraudes; les herbes, échauffées par le soleil,
faisaient entendre cette crépitation voluptueuse qui
remplit les champs durant les beaux jours. Louise
pleura, mais ses larmes ne furent point amères; elle
rêva, mais cette fois ses rêves parcoururent des régions enchantées, son âme y rencontra des âmes fra-
ternelles. Les tièdes brises passaient sur son visage
comme des bouffées de bonheur; il lui semblait que
la création venait de commencer pour elle. L'univers
était jeune et beau; elle souriait au printemps, à la
lumière, à l'azur du ciel; elle croyait entendre des
voix mélodieuses qui chantaient en elle, et se mê-

laient aux divins concerts de la nature. Quel changement s'était fait dans son existence? Elle l'ignorait
et ne se le demandait pas; mais elle sentait que le
monde n'était plus désert et que la vie avait des
fleurs, des fruits et des ombrages verts. Elle demeura
longtemps ainsi. Il était l'heure de midi; les arbres
n'avaient plus d'ombre : elle se leva et suivit l'allée
du château. Son pas était lent, mais léger. Arrivée
sur la terrasse, le vieux castel de Riquemont lui parut
moins laid et moins triste. Le cheval de Savenay revenait de l'abreuvoir; elle l'admira avec un sentiment de satisfaction intérieure dont elle ne chercha
pas à se rendre compte. Rentrée au salon, elle se
laissa tomber sur sa bergère. La croisée était ouverte;
Louise aspira l'air avec joie. Son pouls était rapide,
les roses de la santé semblaient prêtes à refleurir sur
ses joues ; tous ses membres étaient chargés de cette
molle fatigue que jette à la jeunesse le retour du
printemps. Elle se rappela les premières paroles que
lui avaient murmurées Savenay ; elle se dit qu'en effet la nature était bonne.

Cependant le docteur Herbeau expiait cruellement
le triomphe éclatant qu'il venait de remporter. Obligé
de reconnaître la supériorité d'Aristide, poussé par le
sentiment d'une jalousie que nous n'avons qu'indi-
quée jusqu'ici , mais qui doit se développer plus tard,
M. Riquemont faisait payer chèrement au docteur ses
succès et ses avantages. Au lieu de suivre les sentiers
qui couraient tapissés de verdure sous le dôme des
ormeaux et des chênes, il avait pris méchamment à
travers les terres labourées, sous un soleil de feu; et

quand Aristide, le front ruisselant de sueur, restait en arrière et faisait mine de vouloir s'échapper le long de quelque haie, le châtelain s'arrêtait aussitôt, et, l'appelant du geste et de la voix, se gaudissait de le voir péniblement enjamber les sillons qui, comme autant de poutres, lui barraient le passage.

— Allons, papa, s'écriait-il, l'exercice est recommandé par Hippocrate.

Il arriva que le docteur, ayant empêtré ses jambes dans les ronces d'un champ, trébucha et s'étendit gentiment sur le chaume. M. Riquemont courut à lui, et le relevant :

— Chevalier de la Légion d'honneur, je vous crée officier, lui dit-il.

Jamais le rustre n'avait déployé tant de brutale impertinence ; jamais il ne s'était acharné si opiniâtrément à sa victime. M. Savenay, qui souffrait visiblement de la position d'Aristide, cherchait par mille moyens à détourner l'humeur de cet homme terrible ; mais il y réussissait rarement. Croirait-on qu'une fois dans la prairie où pâturaient ses élèves, cet infernal Riquemont fut pris de la fantaisie de faire monter le docteur Herbeau sur un étalon, et de le voir ainsi galoper à cru, sans bride et sans étriers ? Je laisse à penser si le docteur Herbeau se récria ! Mais l'impitoyable châtelain, le saisissant à bras le corps, ne parlait de rien moins que de l'attacher, comme Mazeppa, sur l'une des plus fringantes bêtes ; et je ne sais trop ce qu'il en serait advenu sans l'intervention de M. Savenay, qui parvint, non sans peine, à délivrer son infortuné confrère. Certes, Aristide aurait fait là une rude promenade, s'il n'eût porté dans son cœur une source d'eau vive dans laquelle il étanchait le sang de ses blessures. Louise était cette source mystérieuse qu'il entendait murmurer sans cesse, et qui entretenait en lui la fraîcheur embaumée d'un printemps éternel. Dans sa candeur, ce vieil enfant allait même jusqu'à se féliciter des mauvais traitements que M. Riquemont lui faisait subir. Il se disait que c'était justice qu'il payât son bonheur, et que, pour le mériter, il pouvait bien souffrir un peu. Et puis ne se sentait-il pas coupable lui-même à l'endroit de M. Riquemont? sa conscience d'honnête homme n'était-elle pas quelque peu troublée? Ah! sans doute, car il savait ses perfidies; il n'était pas de ces séducteurs passés maîtres qui prennent la femme de leur hôte sans plus de scrupule que s'il s'agissait de cueillir une pomme dans le verger de leur voisin. Il est de nobles âmes chez lesquelles la passion ne saurait étouffer le sentiment du devoir. Telle était l'âme du docteur Herbeau. Que de nuits il passa à pleurer sur ses félicités criminelles, à s'accuser tout bas vis-à-vis de M. Riquemont et d'Adélaïde! Que de fois il entendit les serpents du remords ui siffler aux oreilles les noms de parjure et de traître! Quand par hasard il trouvait au logis Adélaïde affectueuse et soumise, au château M. Riquemont amical et poli, il se sentait mourir de honte. Parfois l'exaltation de sa conscience aux abois lui inspirait des résolutions désespérées : il se décidait à rompre un lien illicite, et, pour modérer les élans de son repentir, ce n'était pas trop d'une recrudescence de

brutalité de la part de M. Riquemont et d'un redoublement d'humeur chez l'acariâtre Adélaïde. Alors,
du moins, il avait une excuse à ses trahisons ; plus
tourmenté, plus abreuvé de fiel, son bonheur lui semblait moins amer et plus légitime. Son martyre lui
rouvrait les portes du ciel ; il trouvait dans les persécutions qu'on lui faisait subir la permission d'aimer
et d'être aimé.

Cependant les trois promeneurs avaient repris le
chemin du château. Arrivé sur la terrasse, le docteur
parvint à s'échapper, et courut, l'imprudent, où l'appelait son cœur.

Louise était plongée, depuis une heure, dans cet
état de rêverie qui flotte entre la veille et le sommeil,
et qui est à la pensée ce que le crépuscule est à la
terre, lorsqu'elle se sentit tout à coup réveillée par la
pression d'une main qui s'était emparée de la sienne.
Elle ouvrit les yeux, et reconnut le docteur Herbeau
agenouillé aux pieds de la bergère.

— Cher docteur ! s'écria-t-elle avec effusion, tout
émue qu'elle était encore du bonheur nouvellement
éclos qui chantait dans son âme.

Ce cri de tendresse pénétra de part en part le cœur
d'Aristide, et en fit jaillir une de ces phrases surannées qui, pour cet esprit naïf, étaient restées l'expression la plus vraie et la plus hardie de la passion.

— Divine Louise ! dit-il en baisant une petite main
qu'on ne retira pas ; Vénus endormie n'était pas plus
belle que vous !

— Prenez garde, répondit-la coquette en faisant
allusion à madame Herbeau, dont la jalousie était

bien connue dans le pays ; prenez garde, comme Pâris, de vous brouiller avec Junon.

— Pour vous, ravissante Louise, s'écria l'amoureux Aristide, qui n'avait jamais sollicité de plus doux transports ni rêvé de plus tendre langage, pour vous, je me brouillerais avec tout l'olympe ; pour vous, chère enfant, que ne ferais-je pas !

— Vous ne feriez pas galoper Colette ! dit une voix formidable qui se fit entendre sous la fenêtre du salon.

Cette voix était celle de M. Riquemont, qui avait tout vu et tout entendu. Louise ne put s'empêcher de rire ; pour Aristide, il demeura foudroyé sur place. Son visage passa subitement par toutes les teintes du vermillon et du blanc de céruse ; son ventre oscilla sur ses jambes, et ses ailes de pigeon s'aplatirent d'elles-mêmes sur ses tempes. Louise riait toujours, et, toujours en dehors du salon, M. Riquemont, dont la tête s'élevait au-dessus de la fenêtre, regardait le docteur d'un air en même temps réfléchi et goguenard.

M. Savenay, qui venait de faire brider son cheval, tira le docteur de cette position difficile. Il présenta ses hommages à la jeune femme, qui rougit en les recevant ; M. Riquemont lui serra cordialement la main.

— Nous nous reverrons, monsieur, lui dit-il : j'aime les gens de votre trempe ; nous nous reverrons à coup sûr. Vous me plaisez beaucoup, monsieur Savenay, mais beaucoup, et je persiste à dire que si vous voulez me vendre votre cheval...

7.

— Je regrette, monsieur, répondit Savenay, de ne pouvoir vous être agréable en cette occasion ; cette bête a été élevée par mon père, à mon intention ; mon père n'est plus, et vous comprenez...

— Très-bien ! très-bien ! s'écria M. Riquemont. Ah ! votre père faisait de semblables élèves ! Eh bien ! monsieur, c'était un digne homme, qui élevait égalment bien ses chevaux et ses enfants ; le pur sang limousin a fait, en le perdant, une irréparable perte.

En parlant ainsi, M. Riquemont lui serra de nouveau la main. Le jeune docteur adressa quelques paroles respectueuses à son silencieux confrère, puis, une fois en selle, il envoya du regard un long adieu à Louise, de la main un salut gracieux au châtelain, et, maîtrisant l'ardeur de sa monture, il s'éloigna lentement, comme s'il eût craint d'humilier le vieux docteur dans son affection pour Colette.

Le départ de Savenay ne précéda que de quelques minutes celui du docteur Herbeau. Aristide se sentait mal à l'aise auprès de M. Riquemont ; toutefois, celui-ci n'ayant plus fait allusion à la situation dans laquelle il l'avait surpris, et n'ayant témoigné là-dessus ni jalousie, ni soupçons, ni ressentiment d'aucune espèce, Aristide finit par se rassurer et par conclure que M. Riquemont n'avait rien vu ou rien compris. Louise, qui souffrait pour son vieil ami des prévenances affectueuses que son mari venait de prodiguer au jeune étranger, — grâce à cet instinct charmant que les femmes connaissent seules, elle en souffrait d'autant plus pour lui qu'en secret elle en était heureuse ; — Louise redoubla de séductions innocentes, et trouva moyen de lui donner à la dérobée son beau front à baiser. Elle s'approcha de Colette, caressa la crinière du vilain animal, et remarqua tout haut combien une telle monture était préférable, en ses pacifiques allures et pour son air doux et honnête, au cheval de M. Savenay. Aristide ne se sentait pas d'aise ; il fit observer à son tour que la queue de Colette frétillait en signe de joie, comme si l'intelligente bête eût compris les compliments de Louise. M. Riquemont ajouta qu'il ne lui manquait que la parole pour s'exprimer aussi galamment que son maître. On se quitta les meilleurs amis du monde. Le campagnard lui-même s'était singulièrement radouci ; il accompagna le docteur jusqu'au bout de l'allée, le complimenta sur la manière brillante dont il avait soutenu sa réputation en ce jour, parla de l'avenir de Célestin avec intérêt, et lui laissa par ses façons franches et naturelles une entière sécurité. Mais, lorsqu'il l'eut vu disparaître au détour d'une haie, pourquoi donc se frappa-t-il le front et s'en revint-il le long des charmilles d'un air pensif et préoccupé ?

Le retour d'Aristide à Saint-Léonard fut une véritable ovation. Tous les amis du docteur étaient rassemblés chez Adélaïde : la crainte et l'espoir agitaient tous les cœurs ; celui d'Adélaïde était dévoré d'angoisses. On allait, on venait, de la maison au kiosque, du kiosque à la maison. Tous les regards plongeaient dans la vallée, tous les yeux interrogaient le sentier qui devait ramener Aristide. On se parlait, on s'appelait, on s'interrogeait : — Sœur Anne, ne

vois-tu rien venir? —Soudain un cri, parti du kiosque,
vola jusqu'à l'épouse d'Herbeau : un cavalier s'avançait au galop dans la plaine.

— Ce n'est pas lui ! répondit l'épouse en soupirant.

En effet, c'était Savenay. M. Savenay ! le nouveau
docteur ! s'écriait-on de toutes parts. Ce fut un horrible remue-ménage; tous les amis d'Aristide, Adélaïde elle-même, coururent sur la place des Récollets,
pour voir passer le nouveau docteur. Il passa bientôt,
au pas relevé de son cheval, sans laisser tomber un
regard sur les curieux qui le contemplaient. On ne
put s'empêcher d'admirer sa bonne mine, l'élégance
de son maintien et la beauté de sa monture; Adélaïde
sentit son cœur qui s'éteignait dans sa poitrine.

Enfin, longtemps après, on aperçut sur le flanc du
coteau un vieux cheval gris, surmonté d'une tête à
perruque. Cette fois, c'était bien lui ! On se répandit
de nouveau sur la place, et, au bout d'une petite
heure, on vit apparaître successivement sur le pla-
teau de la colline un chapeau, des ailes de pigeon,
un visage épanoui, le tout glorieusement porté par
Colette. En moins d'un instant, le docteur fut entouré
de la foule de ses partisans.

— Eh bien ! Aristide? demanda Adélaïde avec
anxiété.

— Adélaïde, répondit le docteur, votre époux s'est
couvert de gloire. Mes enfants, la victoire est à nous.
Riquemont nous reste. Jeannette, allez tirer de la
bière.

Dans sa joie, Adélaïde pressa sur son cœur le

chanfrein de Colette. On enleva le docteur, on le porta jusqu'à sa maison, et là, au milieu de ses amis, assis auprès de son épouse, Aristide raconta tous les détails de cette journée si glorieuse pour sa maison. Toutefois il eut soin d'omettre l'épisode de Vénus endormie. On but à la conservation de sa clientèle, à l'avenir de Célestin, à la beauté de madame Herbeau, à l'extinction de tous les docteurs de la faculté de médecine de Paris. On s'enivra d'orgueil, de houblon et d'orge fermentée, et cette réunion charmante se prolongea bien avant dans la nuit, c'est-à-dire jusqu'à neuf heures et demie, heure à laquelle tout repose et tout dort dans la cité de Saint-Léonard.

Certes, et qui pourrait le nier? ce jour fut un grand jour dans la vie du docteur Herbeau, un de ces jours radieux qui suffisent à illuminer toute une existence, jour trois fois grand et trois fois heureux, qui vit cet aimable vieillard triompher des embûches de ses ennemis, consolider sa puissance et sa gloire, et, pour nous servir de son langage familier, tresser aux palmes de la science quelques brins de myrte dérobés aux bosquets amoureux. Mais, quoi qu'on dise, les jours de fête ont rarement un beau lendemain, et celui-là n'eut pas même une belle nuit.

CHAPITRE III.

Tout dormait à Saint-Léonard ; Adélaïde veillait

seule. Engourdies par l'anxiété de ces derniers jours, les vipères de la jalousie venaient de se réveiller et se tortillaient dans son sein. A la lueur de la lampe qui éclairait encore le sanctuaire conjugal, elle observait d'un œil inquiet le sommeil de son époux, et se demandait si c'était bien là le sommeil du juste. Instincts de la femme jalouse, qui pourra vous tromper jamais? La tête d'Aristide s'était creusé un nid dans l'oreiller, dont les bords relevés encadraient cet honnête visage. Ses lèvres demi-closes souriaient; le front semblait illuminé moins par l'éclat de la lampe que par le rayonnement d'une âme immaculée; le nez, plein de quiétude et de majesté, égayait d'une douce harmonie le silence profond de l'alcôve. Seigneur, si ce n'était en effet le sommeil du juste, comment donc les justes dorment-ils? Mais tant de calme et de sérénité, loin d'obtenir grâce aux yeux d'Adélaïde, ne faisait qu'irriter son humeur. Le jour, elle pleurait son époux infidèle, et n'avait pas, la nuit, les profits du remords.

Ce n'était pas la première fois qu'Adélaïde veillait ainsi, la défiance au cœur. Il y avait longtemps que ses soupçons rôdaient autour du château de Riquemont. L'assiduité d'Aristide auprès de madame Riquemont, la jeunesse de Louise, ses grâces et sa beauté souffrante, troublaient depuis longtemps la sécurité de l'épouse. Elle avait observé qu'Aristide, toutes les fois qu'il allait au château, ne revenait jamais sans une fleur à sa boutonnière. Un jour, elle avait trouvé dans un des arçons de sa selle un gros bouquet de vergissmeinnicht; un autre jour, dans la

poche de son gilet, une lettre de Louise qui prodiguait
au docteur les noms les plus tendres. Un jour enfin,
elle l'avait surpris écrivant dans le kiosque quelques
couplets amoureux. C'étaient de petits vers adressés
à la bergère Sylvanie, par lesquels Aristide implorait
la fin de son martyre. On ne saurait imaginer tout
ce que ces découvertes avaient soulevé de tempêtes
dans l'âme d'Adélaïde. Toutefois, lorsqu'il s'était agi
de la gloire de sa maison, Adélaïde, en vraie Ro-
maine, avait crié tout beau à son cœur. Mais à présent que l'honneur était sauf et que Riquemont restait
à la clientèle du docteur Herbeau, elle ne pouvait
s'empêcher de déplorer ce triomphe qui allait lui
coûter tant de jours sans repos, tant de nuits sans
sommeil. Que résoudre et que faire? D'une part,
abandonner Riquemont, déserter une place où les
Herbeau venaient d'affermir si glorieusement leur
drapeau, céder au jeune docteur une clientèle dont la
défection entraînerait nécessairement toutes les autres,
il n'y fallait pas songer. D'une autre part, autoriser,
comme par le passé, les assiduités du docteur auprès
de Louise, Adélaïde n'en sentait plus en elle l'héroïque
courage. Concilier les intérêts de son amour et ceux
de sa maison, conserver à la fois Riquemont et le
cœur d'Aristide, c'était là la question.

Sur le coup de minuit, madame Herbeau appela
son mari. Mais tous les canons de Saint-Léonard
auraient tonné aux oreilles d'Aristide sans le réveiller.
Madame Herbeau se décida à le tirer violemment par
le bras. Il ouvrit les yeux, et, prenant la lueur de la
lampe pour l'éclat du jour, il se préparait à sauter à

bas du lit pour aller seller Colette, quand, au même instant, la pendule sonna minuit.

— Aristide, dit madame Herbeau, il s'agit de choses sérieuses, et je souffre de vous entendre ronfler comme une toupie d'Allemagne, quand votre gloire et votre fortune sont à la veille de leur ruine. Vous dormez comme un loir, sur le bord d'un abîme.

— Ah ça ! s'écria le docteur ébahi, suis-je fou ou bien êtes-vous folle? ai-je rêvé ce qui s'est passé hier à Riquemont? Rien n'est-il fait? tout reste-t-il à faire?

— Rien n'est fait et tout reste à faire. Tant qu'il a fallu ranimer vos forces et relever votre courage, je ne vous ai laissé voir que la moitié du danger ; mais, ne vous y trompez pas, notre position est plus critique et plus périlleuse que vous ne l'avez cru jusqu'ici ; et vous-même, pourtant, en recevant la fatale nouvelle, vous vous êtes écrié que tout était perdu et que Célestin mourrait sur la paille.

— Riquemont nous reste, et Célestin mourra sur la plume.

— Sur la paille, vous dis-je, si vous n'y prenez garde, si vous vous endormez, comme vous le faites, dans l'orgueil d'un premier succès. Riquemont vous reste, dites-vous? Je vous dis, moi, que Riquemont peut vous échapper d'un jour à l'autre. Riquemont d'ailleurs n'est pas tout le pays ; et si vous pensez que le docteur Savenay va rester ici les bras croisés et se contenter de parader sur le pavé de Saint-Léonard, vous vous abusez singulièrement. Avant qu'il soit peu, si vous n'y mettez ordre, il aura ouvert une large brèche dans votre clientèle, il se sera creusé un trou profond dans votre fromage. Et le mal n'en restera pas là, car, vous l'avez dit vous-même, ce sont des oiseaux de proie qui s'attirent les uns les autres ; vous en verrez bientôt une nuée s'abattre sur le pays et disputer à Célestin les miettes de votre héritage.

— Vous m'effrayez, dit le bon docteur, qui commençait à dresser les oreilles comme un lièvre qui entend remuer autour de son gîte la pointe des bruyères.

— Il ne faut pas vous dissimuler, Aristide, que vous avez atteint le point culminant de votre destinée ; à cette heure, il ne vous reste plus qu'à descendre. Disons le mot, vous avez fait votre temps. Je n'entends rien à la science, mais, entre nous, il est impossible que la science, qui, dit-on, marche à pas de géant, ne vous ait pas laissé un peu bien en arrière.

— Si c'est là tout ce que vous aviez d'agréable à me dire, vous auriez pu, ce me semble, attendre au soleil levant, grommela le docteur en plongeant, comme un canard, sous la couverture.

— Vous avez beau vous récrier, vous êtes passé de mode ; Colette est ridicule, et l'on rit tout bas de son maître. Vous avez des ennemis.

— C'est à vous que je les dois, dit Aristide ; c'est vous qui m'avez brouillé avec la gendarmerie du département.

— Ne réveillons point le passé.

— Il ne faut réveiller personne, interrompit Aristide.

— Je vous le dis, vous avez jeté hier votre dernier

8

éclat, l'heure n'est pas éloignée où votre étoile va pâlir. Ne nous aveuglons pas. M. Savenay est un cavalier de la plus belle mine ; je l'ai vu, de mes propres yeux vu, et vous pouvez m'en croire ; je m'y connais. M. Savenay arrive de Paris ; il est jeune. Tout révèle en lui une distinction parfaite. Je ne sais rien de son talent. Hier, s'il vous en faut croire, il s'est humilié devant vous et vous a rendu hommage : je le veux bien ; mais je crains fort qu'en tout ceci il n'ait été, à votre insu, votre compère et votre complice. Tenez, je serai franche jusqu'à la rudesse ; je crois qu'il s'est moqué de vous.

— Madame Herbeau ! s'écria le docteur, rouge comme la crête d'un coq.

— Il vous a dit, poursuivit Adélaïde, qu'il serait heureux de reprendre auprès de vous les cours qu'il n'a qu'imparfaitement suivis à Paris, et vous avez cru cela, vous ! Vous avez pris au mot cette hypocrite modestie ! Vous vous êtes laissé choir au piége de cette humilité perfide ! Je vous le répète, avant qu'il soit longtemps, si vous n'y veillez de près, vous verrez M. Savenay giboyer sur vos terres ; heureux s'il vous permet de tirer, par-ci, par-là, quelque lièvre efflanqué ou quelque perdrix étique. En vérité, crédule que vous êtes, c'est vous, et non pas lui, qu'il faut renvoyer à l'école.

— J'en perdrai la tête, murmura le docteur ; quel salmis de métaphores incohérentes ! Du moins, Adélaïde, mettez de l'analogie dans vos images.

— Il s'agit bien d'analogie ! Dans cette occurrence, que prétendez-vous faire ? demanda madame Herbeau.

— Mais, pour Dieu, que voulez-vous que je fasse? s'écria le docteur avec désespoir.

— Je vais vous le dire. Après vous avoir montré le mal, je vais vous indiquer le remède. Je veux que vous sortiez vainqueur de cette grande et terrible épreuve. Vous le pouvez, il en est temps encore. Vous pouvez, par un coup de maître, prévenir la réaction qui se prépare contre vous, déjouer les espérances de vos ennemis, et fonder dans cette contrée la dynastie des Herbeau. M. Savenay est jeune, renaissez plus jeune que lui; comme le phénix, élancez-vous radieux de vos cendres.

— De mes cendres! dit Aristide.

— Renaissez dans votre fils. Célestin vient d'achever ses cours à Montpellier; appelez près de vous cet ange que nous n'avons pas embrassé depuis cinq ans. Avant qu'elle vous échappe, remettez votre clientèle entre ses mains; abdiquez pour régner encore. Qui pourra lutter contre tant de grâce et de jeunesse, aidées de votre expérience et de l'influence de votre nom? Ainsi faisant, vous assurez l'avenir de votre race et le repos de vos vieux jours. Mais hâtez-vous; quelques mois encore, il sera trop tard. Pour mettre votre couronne sur le front de Célestin, n'attendez pas que les fleurons soient tombés de votre couronne; pour jeter votre manteau sur les épaules de votre fils, n'attendez pas que votre manteau soit mangé des vers et montre la corde.

— Vous êtes biblique, dit Aristide.

— Vendez Colette, poursuivit Adélaïde, et qu'au

lieu de cette abominable bête, Célestin trouve dans
votre écurie un cheval qui lui fasse honneur.

— Vendre Colette! dit Aristide.

— Enfin, que Célestin vous remplace tout d'abord
à Riquemont, passez-lui tout d'abord au doigt le plus
beau diamant de votre écrin. Laissez-lui la gloire de
poursuivre et d'achever votre œuvre. Vous, cependant, vous rentrerez dans un noble loisir ; vous culti-
verez les muses et les fleurs de votre jardin, et votre
Adélaïde, jusqu'à ce jour trop négligée peut-être,
heureuse d'avoir enfin retrouvé son fils et son époux,
deviendra l'envie de toutes les mères et de toutes les
épouses de Saint-Léonard.

Le conseil était prudent et sage, et je ne sache pas
qu'en pareille circonstance Catherine de Médicis eût
rien imaginé de plus fin ni de plus habile. C'était la
jalousie qui parlait, mais la raison n'eût pas mieux
dit. D'ailleurs, Adélaïde était, comme on a pu le voir,
ce que nous appelons une maîtresse femme, d'un ju-
gement sûr et rapide, et certes elle avait en ceci
consulté les intérêts de sa maison pour le moins
autant que les instincts jaloux de son cœur. Oui,
rappeler Célestin, puisque ce bel enfant, après cinq
ans d'études, loin du toit paternel, venait enfin d'achever ses cours et de recevoir son diplôme ; le rappeler,
remettre entre ses mains une clientèle encore intacte ;
détourner la curiosité qu'avait éveillée M. Savenay,
pour l'attirer sur cette blonde tête ; confier à ce jeune
Rodrigue le soin de venger, de continuer son père ; le
faire apparaître aux yeux de Saint-Léonard à la fois
surpris et charmés ; oui, c'était un coup de maître qui

eût placé le docteur Herbeau au rang des plus profonds politiques de son endroit.

Depuis tantôt cinq ans que ce jeune homme était parti pour Montpellier, on ne l'avait point revu au pays ; les deux époux avaient résolu qu'il ne rentrerait au gîte qu'après ces cinq années d'épreuve, avec le titre de docteur. C'était un garçon timide, qu'on sentait le besoin de dépayser, réservé, silencieux, craintif, et rougissant comme une vierge quand une femme lui parlait. Lors de son départ, il comptait quatre lustres à peine : blond, rose et frêle, nature délicate et presque débile. On avait eu l'idée de l'envoyer à Paris ; mais à cause de sa faible constitution, on s'était décidé pour Montpellier, le climat de Montpellier étant, comme on le sait, le plus sain et le plus indulgent du royaume. C'était d'ailleurs à Montpellier qu'Aristide Herbeau avait gagné ses grades, et il se croyait engagé d'honneur à faire hommage de son fils à l'académie dont il était membre. La séparation avait été cruelle, car, de part et d'autre, on prévoyait qu'elle serait longue. Madame Herbeau s'était évanouie dans les derniers adieux ; Célestin avait versé des larmes abondantes. Le docteur, dans une allocution sévère et touchante, avait tracé à son fils le plan de conduite qu'il aurait désormais à suivre, l'engageant par-dessus toute chose à vaincre cette timidité naturelle qui paralysait ses moyens et nuisait au développement de ses facultés. Depuis ce jour, cinq ans avaient passé sans ramener l'enfant à sa famille. Plus d'une fois, madame Herbeau avait éprouvé le besoin d'aller embrasser son fils ; mais les

communications entre Saint-Léonard et Montpellier
sont difficiles et périlleuses ; Célestin avait fait de
son voyage une relation terrible. A l'en croire, la
route du Puy à Alais serait suspendue sur un abîme.
Entre Castaro et Langogne, ayant eu l'imprudence
de descendre de voiture pour se réchauffer les pieds,
il avait été poursuivi par une bande de loups affamés.
Adélaïde ne pouvait guère s'aventurer seule dans ces
dangereux parages ; Aristide, de son côté, ne pouvait délaisser ses malades. Il avait donc fallu se résigner et s'en tenir aux lettres de Célestin. Le jeune
étudiant avait commencé par se plaindre de l'isolement de sa vie et du vide affreux de son âme, pleurant
le kiosque de son père et les bords fleuris de la Vienne ;
car c'était un esprit éminemment pastoral, nourri,
dès l'enfance, de Virgile et de Théocrite. Il avait plus
d'une fois embouché les pipeaux champêtres ; les
dryades, les faunes et les sylvains charmés étaient
accourus pour l'entendre. Durant la première année
de son exil, lors de la fête de madame Herbeau,
Célestin avait adressé à sa mère une idylle dont on
parle encore à Saint-Léonard. C'était un dialogue
entre deux bergers, dont l'un, exilé et proscrit, gardait ses moutons sur la terre étrangère. Vainement
l'autre berger lui vantait les gras pâturages, les haies
verdoyantes, les ruisseaux murmurants ; insensible à
tous ces biens, le berger exilé regrettait sa patrie. Ce
petit morceau, qui se distinguait autant par la nouveauté du sujet que par l'originalité de l'exécution,
avait profondément remué les deux époux. Il y régnait
une douleur si poignante et si vraie ; les misères de

l'exil, l'amour du sol natal, la haine de la terre
étrangère, y étaient exprimés avec tant d'énergie, que
M. et madame Herbeau, saisis d'une terreur panique,
s'étaient empressés d'écrire à leur unique héritier
qu'il eût à faire sa malle et à revenir au logis, ajoutant que leur cœur, leur maison et leurs bras s'ou-
vriraient toujours avec bonheur pour le recevoir. On
avait dû s'attendre à voir d'un jour à l'autre arriver
Célestin ; mais, au lieu de Célestin, on vit tout simplement arriver une lettre, en prose celle-là, dans
laquelle le jeune drôle, tout en remerciant son père
et sa mère de leurs pieuses dispositions, faisait assez
clairement entendre qu'il ne fallait pas ainsi prendre
au sérieux l'exagération du langage poétique, ne
doutant pas d'ailleurs que le travail et l'ambition de
marcher sur les traces de son père ne l'aidassent à
supporter patiemment les douleurs de l'exil. « Sans
doute, écrivait-il, le pain de l'étranger est amer,
mais trempé dans les eaux de la science, il perd beaucoup de son amertume. » Il ajoutait que, si le docteur
Herbeau daignait augmenter de quelques cents francs
la pension de son fils, cette munificence permettrait
au pauvre exilé de beurrer quelque peu le pain de
l'étranger et le lui rendrait d'une digestion plus facile.

Tant de courage et de volonté, cette noble ardeur
qu'il témoignait à vouloir suivre l'exemple de son
père, avaient singulièrement ému ces bons parents,
et le docteur s'était empressé d'élever à quinze cents
francs la pension du cher espoir de sa race, non sans
lui faire observer toutefois que de son temps la jeunesse était moins onéreuse aux familles, et qu'il avait,

lui, Aristide Herbeau, alors qu'il étudiait à Montpellier, trouvé le moyen d'économiser sur sa pension de mille livres le prix de ses examens et de sa thèse. Mais il voulait que Célestin se répandît dans le monde élégant et figurât convenablement à l'école des belles manières ; car, ce qui le révoltait surtout dans la jeune médecine, c'était l'oubli du savoir-vivre, le mépris du beau langage, l'absence des façons galantes. Aussi, en écrivant à son fils, n'avait-il jamais manqué d'insister sur ce point, ne cessant de répéter qu'Esculape était fils d'Apollon, et qu'Hippocrate avait été le premier gentilhomme de la Grèce.

Ainsi dirigé, Célestin, au bout d'un an, était devenu pour ses parents un sujet de légitime orgueil et de satisfaction intérieure. Le jeune homme avait tenu les promesses de l'adolescent ; toutes les fleurs avaient donné leurs fruits. Bientôt les lettres de Montpellier étaient arrivées comme de glorieux bulletins. Au lieu de s'exhaler, comme autrefois en idylles plaintives, Célestin chantait d'un ton mâle les charmes du travail et l'amour des saintes études. « Je me nourris, écrivait-il, de la moelle des lions et des ours. » Il parlait de sa lampe studieuse qu'il voyait bien souvent pâlir aux premières lueurs de l'aube naissante. Son corps se fortifiait en même temps que son esprit. Il se louait de l'air pur du Midi et des relations brillantes qu'il avait recherchées, conformément au désir paternel. Il était reçu chez la marquise de R***, chez le comte de C***, et notamment chez lord Flamborough, qui l'avait fait appeler pour vacciner quatre petits chiens. Il cultivait aussi plusieurs sociétés savantes, et ne négligeait rien pour devenir un jour la gloire de son pays. Tout cela l'induisait bien en dépenses, mais le docteur Herbeau saurait apprécier et reconnaître dignement les sacrifices que son fils s'imposait pour le satisfaire. Il se plaignait toujours un peu de cette timidité qui l'avait tenu si longtemps garrotté, et dont il n'était pas encore parvenu à se défaire entièrement ; mais il reconnaissait lui-même que chaque jour en détendait les liens, et ne doutait pas que la fréquentation des hautes classes de la société ne lui valût bientôt une complète délivrance. Il avait, lui aussi, un bien vif désir de presser sur son cœur son cher père et sa tendre mère ; mais le temps des vacances doublait ses travaux au lieu de les suspendre : il faisait à lui seul le service de l'hôpital. Et puis, c'était durant la saison d'automne qu'il allait herboriser aux alentours de Montpellier. Il avait composé un magnifique herbier destiné à son père ; mais lord Flamborough ayant laissé voir combien il serait heureux de posséder un pareil trésor, Célestin n'avait pas cru pouvoir se dispenser de l'offrir à sa seigneurie. D'un autre côté, il n'osait appeler à lui sa tendre mère, car le trajet était difficile, et la route, en certains endroits, périlleuse. Il racontait de temps à autre des histoires de loups effrayantes. Entre Castaro et Langogne, une troupe de comédiens avait été dévorée par une troupe de loups ; dans ce coquin de pays, il n'était pas rare de voir les loups se jeter dans les voitures et emporter les voyageurs, comme des agneaux, au fond des bois. Ces relations glaçaient d'épouvante madame Herbeau et surpre-

naient fort le bon docteur, qui avait fait maintes fois
cette route sans appercevoir la queue d'un loup ; il
en concluait, après de mûres réflexions, qu'entre
Castaro et Langogne, le nombre de ces animaux
féroces s'était considérablement augmenté.

Tel était à peu près le texte habituel des lettres de
Célestin. On pense bien que ces bienheureuses lettres
avaient couru dans Saint-Léonard. Aussi, dans la
ville et aux environs, n'était-il pas de merveilles qu'on
ne racontât de ce jeune homme ; il n'était bruit surtout que de son intimité avec lord Flamborough. Les
pères le citaient comme exemple à leurs fils ; les
mères le convoitaient comme époux pour leurs filles ;
plus d'un jeune visage rougissait au nom de Célestin ;
l'espoir de son retour agitait plus d'un jeune cœur.
Il est très-vrai que l'arrivée du nouveau docteur
avait refroidi ces bonnes dispositions et fait baisser
en moins d'un jour les actions du jeune Herbeau.
Mais en suivant les conseils d'Adélaïde, rien n'était
perdu, tout était réparable encore ; on pouvait esca-
moter au profit de Célestin la faveur qu'avait surprise Henri Savenay. Ses cours étaient achevés, il
venait de passer sa thèse de la façon la plus brillante ;
s'il ne l'avait pas envoyée à ses parents, c'est qu'il
voulait la déposer lui-même aux pieds de son auguste
père. Il fallait donc rappeler Célestin sur-le-champ
et l'opposer à M. Savenay. Quelques mois auparavant,
Aristide avait décidé que son fils, pour se compléter,
resterait à Montpellier un ou deux ans après avoir
soutenu sa thèse, car il était bien jeune encore ;
Adélaïde avait jugé cette décision sage et prudente.

Oui, sans doute, sage et prudente alors, mais les circonstances avaient terriblement changé, et désormais
les deux époux ne pouvaient plus sans folie prolonger l'absence de ce fils bien-aimé.

Malheureusement Aristide était trop enivré des
triomphes de tout genre qu'il venait de remporter pour
pouvoir apprécier convenablement l'opportunité et
l'urgence d'une telle mesure; d'une autre part, Adélaïde avait mis à la proposer trop de hâte et de sauvage
brusquerie. Le cœur avait emporté la tête, la jalousie
avait égaré la raison. Enfin la passion aux abois lui
avait inspiré une foule de métaphores incongrues
qui ne pouvaient que révolter un esprit élégant et
correct, trempé, dès le berceau, aux sources de la
latinité la plus pure. Si la forme du discours d'Adélaïde avait déplu au docteur Herbeau, le fond de la
proposition ne lui avait pas agréé davantage. Abdiquer le lendemain d'une victoire! vendre Colette!
abandonner Riquemont! céder à d'autres soins la
santé de Louise, ce trésor si doux et si cher! Aristide
sentit courir dans ses os le froid de la mort et
demeura quelques instants comme anéanti sous le
coup de ces rudes paroles.

— Vous ne répondez pas? s'écria la lionne en
courroux.

Aristide connaissait la jalouse: comme elle n'avait
rien laissé percer jusqu'alors de ses craintes à l'endroit de Riquemont, il ne démêlait pas nettement ce
qui se passait dans cette âme; mais, sachant tout ce
qu'un refus formel de sa part pouvait y éveiller de
soupçons, il se tint prudemment sur ses gardes, et

sut contenir dans son sein l'indignation et la colère
qui grondaient et voulaient éclater.

Il releva lentement la tête, et se tournant vers
Adélaïde :

— Nous en reparlerons, dit-il.

— Nous en reparlerons! s'écria l'impétueuse en
frappant ses mains avec violence. Nous en reparlerons, dites-vous? mais vous ne sentez donc pas votre
maison chanceler sur ses fondements? vous ne voyez
donc pas le gouffre ouvert pour nous engloutir?

— Chère amie, répliqua le docteur avec bonté,
soyez sûre que la maison ne chancelle pas le moins
du monde; vous seriez très-embarrassée vous-même
de me montrer le moindre petit gouffre entr'ouvert pour nous engloutir. Rassurez-vous, la maison
est solide et nous ne serons point engloutis. Quelque
désobligeante qu'elle soit pour moi, la mesure que
vous me proposez ne me semble pas complétement
déraisonnable; mais il faut voir, il faut attendre :
tout cela mérite réflexion.

— Attendre! s'écria-t-elle.

— Sans doute; nous verrons plus tard. Vous savez
mes projets sur Célestin; voilà trois mois à peine
que vous-même les approuviez. Peut-être serait-il
sage de laisser Célestin un ou deux ans de plus au
foyer de la science. Songez qu'il est bien jeune encore
pour porter le fardeau que vous lui réservez. J'oserai
vous faire observer que, de mon côté, je ne suis point
encore assez vieux pour jouer le rôle de don Diègue.
D'ailleurs, je le répète, je ne décide rien à cette heure;
je réfléchirai, nous en reparlerons. Quant à vendre

Colette, ajouta-t-il d'un ton ferme en élevant la voix, il n'y faut pas compter ; cette noble bête mourra dans mon écurie, et, tant que son maître aura du pain pour sa faim et un matelas pour son sommeil, il y aura pour Colette du foin au râtelier et de la paille pour sa litière.

— Allez, allez, s'écria madame Herbeau, laissant enfin couler à pleins bords les flots tumultueux qu'elle avait si longtemps enfermés dans son âme ; je sais bien, moi, ce qui vous arrête ! Perfide, je lis dans ton cœur ; j'en connais les détours, toutes les ruses, toutes les trahisons.

— Qu'est-ce à dire ? s'écria le docteur pâlissant.

— Vous le demandez ! vous demandez ce que cela veut dire ! Ah ! tu le sais bien, va ! Mais comment as-tu pu penser un instant que j'étais ta dupe ? Est-ce moi qu'on abuse, et n'ai-je pas l'expérience de tes perfidies ?

— Adélaïde, je vous jure... dit le docteur tremblant, éperdu.

— Ne jurez pas ; je sais le charme qui vous attire à Riquemont, j'apprécie l'intérêt que vous portez à cette péronnelle qui ne sait ni vivre ni mourir. Ruses que tout cela ! mensonges imaginés pour autoriser vos visites ! Voilà pourquoi l'apparition de M. Savenay vous a jeté dans un si grand trouble ; car ce n'était pas pour notre avenir que vous trembliez, mauvais époux, ni pour l'héritage de votre fils, mauvais père, mais pour vos coupables amours. Ah ! puissé-je un jour avoir entre les mains une preuve

9

de ces basses intrigues, et je me vengerai, dût ma
vengeance entraîner notre perte à tous !

Elle parla longtemps ainsi. Le docteur, dès qu'il
eut compris que la jalousie d'Adélaïde ne s'appuyait
que sur des conjectures, se sentit délivré d'un grand
poids, et se prit à respirer plus à l'aise. Il y avait
même dans ces emportements, qui semblaient confir-
mer son bonheur, quelque chose qui ne lui déplaisait
pas. Cette scène suivit le cours de toutes celles qui
l'avaient précédée. Après les transports furieux vinrent l'attendrissement et les larmes, comme l'averse
après l'orage ; le tout assaisonné de spasmes, de
syncopes et d'évanouissements. Aristide avait l'habitude de ces ouragans domestiques. Il laissa gronder
la tempête sans chercher à lutter contre les éléments
déchaînés ; puis, lorsque les éclairs pâlirent et que
la foudre baissa de ton, il se mit à rassurer Adélaïde
par toute sorte de paroles insinuantes, d'autant plus
éloquent cette fois, qu'il se sentait réellement coupable. Tout ce que le ciel lui avait départi de grâce
dans les manières, de séduction dans l'esprit, de
persuasion dans le langage, il le déploya en cette
circonstance, et l'épouse infortunée revint une fois
encore à la joie et à la confiance.

— Je ne vous demande, dit-elle en essuyant ses
pleurs, qu'une preuve de votre sincérité. Rappelez
Célestin et suivez mes conseils, car ce n'est pas la
jalousie seule qui les a inspirés. Je crois sérieusement
que c'est l'unique parti qu'il nous reste à prendre.

— Qu'il soit donc fait ainsi que vous le désirez,
répliqua le docteur. Je vous charge d'écrire vous-

même à notre fils et de lui transmettre mes ordres. Préparez tout pour son retour, et que le jour qui le ramènera soit un jour de fête et d'allégresse.

Madame Herbeau allait se jeter dans les bras de son mari, quand les hennissements de Colette, que Jeannette étrillait dans la cour, interrompirent les témoignages de cette réconciliation touchante. Aristide sauta précipitamment au bas du lit ; le soleil entrait à pleins rayons dans la chambre.

Aussitôt levée, madame Herbeau écrivit à son fils une lettre ainsi conçue :

« Mon cher fils,

« Des événements imprévus ont changé notre détermination à votre égard. Vous ne sauriez rester plus longtemps à Montpellier sans compromettre gravement nos intérêts et les vôtres. Votre présence est nécessaire à Saint-Léonard. Réglez donc vos affaires en toute hâte, et empressez-vous d'accourir. Nous vous attendons sous quinze jours au plus tard. Songez, mon cher fils, que, si vous ne répondiez pas à cet appel, vous encourriez la malédiction de votre mère affectionnée. « Adélaïde. »

De son côté, pendant qu'Adélaïde écrivait ce billet et que Jeannette harnachait la jument boiteuse, le docteur, retiré dans le kiosque du jardin, écrivait à son fils une lettre ainsi conçue :

« Mon cher fils,

« Des événements tout à fait imprévus viennent de

changer la détermination que nous avions prise aujourd'hui même à votre égard. Regardez donc comme non avenue la lettre que votre vertueuse mère vient de faire jeter à la poste. En moins d'une heure, tout a pris une face nouvelle. Vous ne sauriez en cet instant venir à Saint-Léonard sans compromettre gravement les intérêts de votre famille. Votre présence est indispensable à Montpellier. N'oubliez pas, mon cher fils, que si le désir, bien naturel d'ailleurs, de revoir le berceau de votre enfance vous y ramenait contre mon attente, vous vous exposeriez à la malédiction de votre père, qui vous presse tendrement sur son cœur. « ARISTIDE HERBEAU. »

Ces deux lettres, à l'adresse de Célestin, partirent le même jour.

Une fois sur Colette, le docteur disparut bientôt dans les sentiers verts du Limousin. Il eût été difficile de reconnaître en lui le triomphateur de la veille. Il était soucieux et préoccupé de pensées graves. Son bonheur commençait à le gêner. La veille, il avait failli être surpris par M. Riquemont; Adélaïde flairait la vérité, et, pour la mettre sur la trace, il suffisait d'un hasard malheureux. Que résulterait-il de tout cela? Le docteur s'interrogeait avec inquiétude. Il se disait que la vie de ruses et de duplicité dans laquelle l'avait jeté l'amour de Louise compromettait vis-à-vis de lui-même la dignité de son caractère; il se demandait s'il n'était pas, comme l'avait dit Adélaïde, mauvais époux et mauvais père. Des remords sérieux l'agitaient. Il y avait des instants où, décidé à en finir avec ce trouble de son âme, il prenait la résolution d'aller offrir une rupture à madame Riquemont ; mais presque aussitôt il s'accusait de lâcheté ; puis, en songeant à cette belle enfant aux yeux bleus, au divin sourire, il ne sentait plus le courage d'éteindre ce rayon de printemps qui égayait sa saison d'automne.

Il allait de ce pas visiter quelques malades à Savigny, petit village situé au delà de Riquemont. A la même heure, par le même sentier, M. Riquemont se rendait à la ville. Les deux cavaliers se croisèrent à mi-chemin. Le châtelain salua froidement le docteur, et, ralentissant le trot de sa monture :

— Je vais, dit-il, à Saint-Léonard engager M. Savenay à venir passer quelques jours au château. Ce jeune homme me plaît, et ma femme en raffole. Bien des choses de ma part à votre épouse. Ne m'oubliez pas quand vous écrirez à Célestin.

Puis il piqua des deux et partit au galop.

CHAPITRE IV.

Le docteur consterné laissa tomber la bride sur le cou de Colette ; deux larmes, deux grosses larmes, montèrent de son cœur à ses yeux, et roulèrent silencieusement sur ses joues. Il entrevit de grands malheurs, son âme frissonna douloureusement sous le pressentiment de sa destinée.

9.

On a pu se convaincre que M. Riquemont n'aimait
pas le docteur Herbeau. On se rappelle qu'il nourrissait contre lui une humeur jalouse qu'il n'expliquait pas, mais qui pouvait d'un jour à l'autre prendre des formes plus nettes et plus arrêtées. Malgré
son mépris de toute noble science, malgré le dédain
qu'il affectait pour la distinction des manières et
l'élégance du langage, il se confessait néanmoins à
lui-même la supériorité d'Aristide, et, lorsque celui-
ci débitait ses phrases fleuries, le châtelain, tout en
le raillant, éprouvait vis-à-vis de sa femme un sentiment d'humiliation inavouée, mais réelle. Par une
inexplicable bizarrerie du cœur humain, M. Riquemont, qui eût peut-être pardonné cette supériorité chez
un jeune homme, s'indignait de la rencontrer chez le
vieux docteur, et de voir que ce bonhomme s'avisât
d'être aimable et trouvât le secret de plaire, quand
lui, M. Riquemont, n'avait plus que le don d'ennuyer.
Il s'apercevait qu'Aristide amusait Louise, qu'elle
avait plaisir à le voir, qu'il était une distraction pour
elle ; c'était là surtout ce qui l'exaspérait et le rendait
furieux. On sait s'il s'en vengeait, et comment !
Malheureusement, ainsi que je l'ai dit plus haut, il
était un terrain sur lequel le rustre ne pouvait atteindre sa victime, et lorsque M. Herbeau se retranchait
dignement dans sa science de docteur, force était
bien au campagnard de se retirer et de lui laisser le
champ libre ; il s'en affligeait d'autant plus qu'il
soupçonnait fort Aristide de n'être pas beaucoup plus
solide sur ce terrain que sur beaucoup d'autres. Il
avait été tenté plus d'une fois d'appeler un médecin

de Limoges et de le mettre aux prises avec celui de
Saint-Léonard ; mais il avait toujours reculé devant
les frais qu'aurait entraînés un pareil tournoi. D'ailleurs qu'en serait-il résulté? Aristide convaincu
d'ignorance, il eût fallu confier la santé de Louise
au vainqueur ; Dieu sait ce qu'auraient coûté les
visites! Mais un jour, ayant appris qu'un nouveau
docteur était venu s'établir à Saint-Léonard, il réso-
lut aussitôt de les appeler tous deux en consultation
auprès de sa femme. L'occasion d'humilier Aristide
à bon compte était trop belle pour qu'il la laissât
échapper. Nous devons dire aussi qu'il commençait
à s'irriter singulièrement de l'état de langueur de
Louise, qu'il était las de la voir souffrir, fatigué,
alarmé peut-être, et qu'enfin sa conscience troublée
entrait bien pour quelque chose dans cet appel aux
lumières réunies du jeune et du vieux médecin.
Louise s'était efforcée d'en dissuader M. Riquemont ;
elle comprenait vaguement que la médecine n'avait
rien à faire auprès d'elle, elle craignait surtout de
blesser la susceptibilité de son vieil ami ; mais M. Riquemont, voyant que sa femme répugnait à ce concours de la science, ne l'avait que plus énergique-
ment sollicité. On en connaît les résultats, si glorieux
pour M. Herbeau. On n'a point oublié la gaieté perfide du châtelain, quelques heures avant la consultation, alors qu'il espérait assister à la défaite d'Aristide, ni son désappointement, ni de quelle façon
brutale il leva la séance et coupa court à l'éloquente
dissertation du docteur. Plût à Dieu que celui-ci se
fût tenu à ce premier triomphe ! C'était bien assez

pour un jour. Mais l'imprudent voulut aller trop loin ; il se perdit. On se souvient de ses insinuations auprès de M. Riquemont à l'occasion de M. Savenay. M. Riquement était un de ces hommes, — l'espèce n'en est point rare, — qui s'estiment trop eux-mêmes pour se faire l'injure d'être jaloux. Chercher à les rendre jaloux est l'offense la plus mortelle que vous puissiez leur faire ; c'est supposer, c'est admettre qu'ils ne sont pas ce qu'il y a de plus parfait au monde et de plus digne d'être aimé. Ces gens-là se défendent de la jalousie comme les fanfarons de la lâcheté ; il suffit de leur indiquer le danger pour qu'ils s'y jettent tête baissée. M. Riquemont avait donc cruellement souffert dans son amour-propre ; pour prouver sa sécurité, il eût volontiers jeté Aristide à la porte et mis le jeune docteur à la place du vieux. En moins d'un instant, son affection pour M. Savenay redoubla, et l'antipathie que lui inspirait M. Herbeau devint presque de la haine. Ce fut bien une autre affaire lorsqu'au retour de la promenade il aperçut, par la croisée ouverte, l'amoureux docteur agenouillé aux pieds de Louise, lui baisant la main et roucoulant comme un gros ramier. Il y avait longtemps que M. Riquemont supportait impatiemment les privautés que M. Herbeau s'arrogeait auprès de la jeune femme, ses petits soins, sa tendresse mignarde, sa galanterie surannée ; mais jamais il n'avait jusqu'alors vu les choses poussées à ce point. Le trouble du coupable, en se croyant découvert, passa tout à coup dans l'esprit de l'époux ; des pensées étranges, bizarres, dont il ne pouvait

encore se rendre compte, se prirent à bourdonner
dans sa tête ; et voilà pourquoi M. Riquemont, après
avoir conduit le docteur jusqu'à la grille du parc,
était revenu le long des charmilles d'un air sombre
et préoccupé.

Le lendemain, il se leva en belle humeur. Il avait
fini par rire des folles idées qui l'avaient agité la
veille, se promettant, toutefois, d'observer de près
le docteur Herbeau. Il se leva, décidé à partir pour
Saint-Léonard, à cette fin de faire visite à M. Savenay et de le ramener au château. Celui-là, du moins,
était un bon compagnon, qui causait volontiers et
doctement de toute chose, un savant modeste qui
s'exprimait simplement et ne citait point Horace, un
homme grave qui semblait beaucoup plus désireux
de s'éclairer sur une question rurale que de conter
fleurette aux femmes, un de ces hommes rares et
sensés qui mettent un beau cheval au-dessus d'une
belle maîtresse, préfèrent l'hippodrome au boudoir,
et laissent l'amour aux oisifs. Sa conduite froide et
réservée auprès de Louise, son peu d'empressement
à la questionner, l'espèce d'indifférence avec laquelle
il avait traité la question sanitaire, tout en lui avait
charmé le châtelain. Aussi M. Riquemont voulait-il
ne point tarder à lui témoigner toutes ses sympathies,
d'autant plus empressé que c'était en même temps
servir ses rancunes, désobliger la maison Herbeau,
et montrer tout le mépris qu'il faisait des insinuations d'Aristide.

Au moment du départ, comme son cheval, sellé et
bridé, piaffait devant le perron et rongeait le mors

avec impatience, il entra, la cravache au poing, dans la chambre de sa femme. Louise venait de s'éveiller, encore tout émue des songes qui avaient visité son sommeil.

— Petite, dit M. Riquemont en faisant siffler sa cravache, je vais à la ville, chez ce diable de Savenay. Nouveau dans le pays, ce jeune homme ne doit pas être encore installé, et je veux le prier de venir passer quelques jours au château, en attendant qu'on lui ait préparé son gîte. C'est un bon garçon, qui boit bien et qui te plaira. Tu as besoin de distractions. Nous reviendrons ensemble. Que tout soit prêt pour le recevoir.

Louise, à ces mots, devint rouge comme une cerise et tremblante comme une feuille. Elle se leva sur son séant avec un sentiment de terreur indicible, et tourna vers son mari un regard de biche effarée. Mais, avant qu'elle eût trouvé le temps de répondre, M. Riquemont avait disparu, et presque aussitôt elle entendit le galop du cheval dans l'allée du parc. Elle retomba sur son lit, et pressa sa poitrine de ses deux mains, comme pour retenir son cœur, qui battait à coups redoublés et semblait vouloir s'échapper.

La pauvre enfant passa cette journée dans un trouble inexprimable. Pourquoi l'image de ce jeune homme la troublait-elle ainsi? Pourquoi cette agitation, jusqu'alors inconnue, à la pensée de le revoir? Pourquoi ce mystérieux effroi à l'idée qu'il allait vivre là, près d'elle, et dormir sous ce toit? Et pourquoi donc aussi, au milieu de ce trouble, de cette agitation, de cet effroi sans nom, pourquoi ce profond sentiment de bonheur qui l'inondait de toutes parts, dans tous les replis de son âme? Pourquoi sa vie, qui, hier encore, à la même heure, s'affaissait tristement dans l'ombre, se relevait-elle, ce matin, comme une jeune fleur au soleil? Elle n'aurait pu le dire; tout était nouveau pour elle; elle assistait pour la première fois aux splendeurs de la création, avec le souvenir des ténèbres et du néant où elle avait végété jusqu'à ce jour. Elle se leva, pâle, inquiète, s'interrogeant avec anxiété, craignant de se trouver coupable. Elle ne savait, mais elle se trouvait coupable en effet; elle s'accusait de n'avoir pas retenu son mari; un vague instinct lui disait que M. Savenay n'était pas l'homme de M. Riquemont, et que M. Riquemont se trompait. Elle se rappelait les premières paroles du jeune docteur, les discours qu'ils avaient échangés sur le gazon, dans l'allée des charmilles; n'existait-il pas déjà entre elle et lui un lien invisible, un secret qui les unissait? Son front se couvrait de rougeur et ses yeux se mouillaient de larmes. Puis, en comparant l'attitude qu'il avait eue vis-à-vis d'elle et celle qu'il avait gardée vis-à-vis de M. Riquemont, ne semblait-il pas que M. Savenay s'était joué de son mari, et qu'en l'accueillant de nouveau, elle allait devenir son complice? Sa conscience s'alarmait. Elle s'écriait dans son cœur que cela n'était pas possible, que ce jeune homme ne pouvait accepter l'invitation de M. Riquemont; que, s'il l'acceptait, s'il avait cette audace, elle se jetterait aux pieds de son mari, et qu'elle lui ferait entendre que cela ne se pouvait pas,

et qu'au besoin elle lui dirait tout. Mais que lui dire?
A cette question, sa tête se perdait ; car ce qu'il eût
fallu dire, elle l'ignorait et ne se l'était pas dit encore
à elle-même. Et tout en s'écriant que cela ne se pouvait pas, elle donnait des ordres pour la réception de
son hôte. Elle faisait préparer dans l'aile la moins
sombre du château la chambre la moins triste et la
moins délabrée, ouverte aux rayons du levant, et
toute parfumée de la fleur des acacias, qui secouaient
leurs grappes blanches sur le balcon de la fenêtre.—
Il ne viendra pas, se disait-elle ; s'il a vraiment le
noble esprit, l'âme délicate, le cœur intelligent qu'il
m'a permis d'entrevoir, il ne viendra pas. — Et,
quoique faible et languissante, elle veillait elle-même
à ce que cette petite chambre eût un air de fête. Elle
envoyait les roses et les lis du jardin s'y étaler dans
leur magnificence. Sur le carreau, dévasté par le
temps, on avait improvisé un tapis, taillé dans une
vieille tapisserie représentant Apollon poursuivant
Daphné : Apollon une jambe en l'air, les deux bras
en avant; Daphné éperdue, les pieds déjà enracinés
au sol et les mains s'allongeant en branches de lau-
rier. Le double rideau tombait en plis gracieux de la
tringle dorée, et amortissait les ardeurs de midi.
Rien n'avait été négligé pour donner à ce réduit un
aspect joyeux et charmant. Louise voulut s'assurer par
elle-même que tous ses ordres avaient été fidèlement
exécutés; mais, près de franchir le seuil, elle fut
prise, sans savoir pourquoi, d'une grande honte, et
se sauva toute confuse.

Ces soins avaient absorbé une partie de la journée.

Louise venait à son insu, de s'amuser avec le sentiment fraîchement épanoui dans son sein, comme un
enfant avec son premier jouet. Elle avait paré la
chambre de M. Savenay avec une joie de petite fille
qui fait une chapelle. Mais, ces soins accomplis,
toutes les terreurs, toutes les perplexités du matin revinrent l'assaillir en foule. Elle pensait aussi
à son cher vieux docteur; elle savait combien était
vulnérable cette âme douce et tendre, toute remplie de susceptibilités exquises. Que penserait le bon
Aristide en voyant cet étranger, cet ami de la veille,
son rival enfin, installé au château, accueilli, fêté,
comme il ne l'avait jamais été, lui, vieil ami de la
maison? Ah! son cœur saignerait sous cette cruelle
injure. Il accuserait Louise de dureté et d'ingratitude; il se dirait qu'il n'avait été qu'un pis aller pour
elle, et qu'un jour avait suffi pour effacer deux années
de constante sollicitude. Voilà ce que penserait, ce
que dirait le vieux docteur, et le vieux docteur aurait
raison peut-être. A ces réflexions, la jeune femme
sentait son trouble redoubler et se changer presque
en remords. Elle était souffrante, nerveuse, agacée.
Le moindre bruit du dehors, l'aboiement des chiens,
un éclat de voix, une rumeur lointaine, la faisaient
tressaillir et suspendaient le cours du sang dans ses
artères. Puis elle finissait par se demander pourquoi
cette folle agitation et ces vaines angoisses, puisqu'elle était sûre que M. Savenay ne viendrait pas;
elle en avait le pressentiment, et ses pressentiments
ne la trompaient jamais. Était-il probable, en effet,
que ce jeune homme accepterait les offres de M. Ri-

quemont? qu'il répondrait autrement que par un refus
discret à ces avances indiscrètes? qu'il viendrait s'é-
tablir familièrement chez des connaissances d'un
jour? En y songeant bien, Louise ne concevait
même pas qu'elle eût pris au sérieux les ordres de
son mari, et fait tout préparer pour recevoir cet hôte
impossible. Cependant elle allait, à chaque instant,
de sa bergère à la fenêtre, du salon à la terrasse;
et, chose étrange, plus elle trouvait de raisons pour
se rassurer, plus elle s'agitait comme une âme en
peine.

Épuisée par tant d'émotions, elle était assise
depuis une heure, prêtant l'oreille aux bruits qui
venaient de la ville, lorsqu'elle entendit le galop
d'un cheval qui semblait se diriger vers le château. Tout son sang reflua vers son cœur, elle crut
qu'elle allait mourir. Au bout de quelques minutes, la porte du salon s'ouvrit et M. Riquemont
entra : il était seul. A peine entré, il se jeta dans
un large fauteuil ; et, laissant ses jambes glisser sur
le parquet, jusqu'à ce qu'il se trouvât assis sur le
dos :

— Notre ami a refusé net, dit-il; j'ai eu beau
prier, supplier, insister, il a tenu bon. J'ai joint tes
sollicitations aux miennes ; inflexible, inébranlable,
un roc. Papa Herbeau ne se serait pas tant fait prier,
lui ; mais ce diable de Savenay, impossible. Charmant jeune homme d'ailleurs! J'ai déjeuné chez lui :
nous avons parlé de toi, Louison. Il affirme que ton
état n'offre aucun danger ; c'était déjà mon opinion.
Tu ne m'as jamais inspiré la moindre inquiétude;

les femmes à ton âge ont toujours quelques petites choses. Dans quelques années, tu engraisseras et deviendras énorme. Savenay dit aussi ce que je te disais ce matin, qu'il te faut des distractions; je t'en procurerai, petite. Aussitôt que tu seras un peu plus forte, je te mènerai aux foires et aux assemblées. Et puis nous voyagerons, nous irons de temps en temps à Limoges. Le changement d'air te fera du bien, la variété des sites te plaira ; je suis décidé à te donner de l'agrément. Mais tu ne réponds rien, Louison ; si, au lieu de rester là comme une borne, tu me préparais un verre d'absinthe ? J'étouffe de chaleur et de soif.

Louise se leva et sortit gravement, comme une ombre superbe et dédaigneuse, sans laisser tomber une parole ni même un regard autour d'elle.

Après avoir transmis à un serviteur les ordres de son mari, elle se sauva dans un coin, et là sa poitrine gonflée éclata, et ses yeux fondirent en larmes. Cette enfant avait passé tout le jour à redouter l'arrivée de Savenay, à s'indigner à l'idée qu'il pût accepter l'invitation de M. Riquemont ; et maintenant elle pleurait avec amertume ses terreurs trompées et ses indignations déçues. Pourquoi n'était-il pas venu ? Ce n'était pas seulement aux instances de M. Riquemont qu'il avait résisté, mais aussi à celles de Louise. Si M. Riquemont n'eût pas imprudemment mêlé les sollicitations de sa femme aux siennes, M. Savenay, en refusant, aurait pu sembler n'obéir qu'à un louable sentiment de réserve et de convenance ; mais invité au nom de Louise, ce refus n'était plus que du dé-

dain et pouvait, au besoin, passer pour une offense.
Encore, s'il fût venu s'en excuser lui-même ! Mais
non, rien, pas un mot; il était difficile de pousser
plus loin l'indifférence et le mépris.

Ainsi, cherchant à s'abuser elle-même, elle s'exaltait dans la douleur de sa dignité blessée; elle détournait le cours de ses pleurs, comme pour en cacher
la source.

Ce transport apaisé, Louise courut, autant que ses
forces le lui permirent, à la chambre inhabitée; elle
arracha de leurs vases les fleurs qu'elle avait cueillies
le matin, et les jeta par la fenêtre avec un mouvement de colère. Lorsqu'elle rentra dans le salon, elle
trouva son mari endormi dans la position où elle
l'avait laissé, près d'un flacon d'absinthe dont le
cristal, frappé par les rayons du soleil couchant,
brillait comme une magnifique émeraude. Louise
demeura quelques instants à contempler M. Riquemont; puis, d'un air triste et résigné, elle alla s'asseoir près de la croisée ouverte, et resta rêveuse à
regarder les ombres descendre des coteaux dans la
plaine, et les étoiles s'allumer au ciel.

Cette journée s'acheva plus tristement encore pour
le docteur Herbeau, car c'est toujours à l'aimable
docteur qu'il nous faut revenir. Il rentra dans Saint-
Léonard, non pas radieux comme la veille, mais
sombre, jaloux, et tout agité de pressentiments funestes. Il apprit avec une secrète joie que M. Riquemont était retourné seul au château; il en conclut
aussitôt que M. Savenay ne l'avait point accompagné.
Mais qu'il était loin de s'attendre au coup terrible que

venait de lui porter en ce jour l'apparition du châtelain à Saint-Léonard! Certes, il eût mieux valu pour
Aristide que sa maison eût croulé dans les flammes,
ou que ses champs eussent disparu sous les eaux dé-
bordées de la Vienne.

On se rappelle que Saint-Léonard s'était vivement
préoccupé, plusieurs jours à l'avance, de la consultation qui devait avoir lieu au château de Riquemont;
les amis et les ennemis d'Aristide en attendaient le
résultat avec une égale impatience. Dès le soir de cette
mémorable journée, la grande nouvelle avait couru de
rue en rue et s'était bientôt répandue dans toute la
ville. Partout, dans les salons, dans les cafés, au
théâtre, — madame Saqui donnait alors des repré-
sentations à Saint-Léonard;— il n'avait été bruit que
des avantages remportés par le docteur Herbeau. En
moins d'un instant, l'étoile d'Aristide, perçant les
nuages qui commençaient à la voiler, avait reparu
brillante d'un nouvel éclat, et celle de Savenay, si
lumineuse à son lever, s'était éclipsée dans la brume.
Décidément, le docteur Herbeau était encore le plus
grand médecin qui se pût rencontrer; et, quoiqu'on
s'intitulât modestement de la faculté de Montpellier,
on était de taille à se mesurer avec la faculté de Paris.
Il faisait beau voir qu'un blanc-bec comme M. Savenay, à peine échappé des bancs de l'école, osât se
poser en rival de ce patriarche de la science. Qu'é-
tait-il besoin d'ailleurs d'un nouveau médecin à
Saint-Léonard? M. Herbeau ne suffisait-il pas à toutes
les exigences? Se souvenait-on qu'un malade eût
succombé dans la contrée, faute des soins du docteur

10.

Herbeau? Colette n'était pas si vieille qu'on voulait bien le dire ; il est vrai qu'elle boitait, mais s'agissait-il de porter son maître au chevet des souffrants, comme la bienfaisance, Colette avait des ailes.

Et puis, songez qu'il en est d'un médecin comme d'un confesseur, et que la confiance ne se déplace pas en un jour. Livre-t-on au premier venu la santé de son corps plutôt que le salut de son âme ? M. Herbeau connaissait les influences du climat, les variations de la température, la qualité des eaux, la nature du sol, la manière de vivre des indigènes, leurs besoins, leurs mœurs et leurs habitudes. Combien d'années ne fallait-il pas pour acquérir ces connaissances essentielles, si sévèrement recommandées par Hippocrate, sans lesquelles un médecin est plus fécond en funérailles que la guerre civile ou la peste !

Le docteur Herbeau se faisait vieux sans doute, mais le fruit de l'expérience ne mûrit pas sur de jeunes rameaux. Enfin, quand l'heure du repos aurait sonné pour lui, serait-il nécessaire de recourir aux soins d'un inconnu ? Saint-Léonard se verrait-il réduit à confier à des mains étrangères le sceptre échappé aux mains du vénérable Herbeau? Eh quoi ! n'aurait-on pas Célestin, revenu de Montpellier, comme les arbres de ce doux pays, tout chargé de fruits et de fleurs, le front couronné des palmes de la science et des roses de la jeunesse? Célestin, charmant espoir, pousse verdoyante qui promettait d'ombrager un jour le tronc paternel !

Ainsi, durant cette soirée, le vent de la faveur avait tourné vers le docteur Herbeau ; mais, plus funeste que le *sirocco*, plus terrible que le *mistral*, un vent contraire devait se lever, le lendemain, sur les pas de M. Riquemont.

Le châtelain entra dans Saint-Léonard au trot contenu de son cheval. Toute la ville avait mis le nez à la fenêtre. Il était par sa fortune le personnage le plus influent de la contrée, et, dans les petites villes, on se met toujours aux fenêtres pour voir passer trente mille livres de rente. Madame Herbeau était à la sienne, en train d'arroser des pots de giroflée et de réséda. Lorsqu'elle aperçut M. Riquemont, ses lèvres, courbées en arc d'amour, lui décochèrent un des plus gracieux sourires qui soient jamais partis d'une bouche assassine. M. Riquemont n'y répondit que par un salut sec et hautain. Il s'arrêta toutefois devant la porte du docteur; mais, au lieu de mettre pied à terre, ainsi qu'il en avait l'habitude, il leva la tête vers Adélaïde, et, de façon à être entendu de tout le voisinage :

— Madame Herbeau, cria-t-il, savez-vous où demeure M. Henri Savenay, docteur-médecin de la faculté de Paris, nouvellement établi dans votre ville?

Adélaïde, d'une voix altérée, donna l'indication demandée, et M. Riquemont s'éloigna au pas allongé de sa bête. La curiosité des voisins n'avait rien perdu de cette petite scène, et déjà de sourds murmures, précurseurs de l'orage, commençaient à courir dans l'air. Il y eut bientôt un *crescendo* épouvantable, et l'orage éclata vers le milieu du jour sur la maison du docteur Herbeau.

Vous n'êtes pas sans avoir entendu parler de cer-

taines salles disposées de telle sorte que chaque coin
recèle un écho, et que les sons les plus faibles et les
plus étouffés se répètent distinctement dans tous les
angles. Les petites villes semblent construites d'après
ce système. Rien ne s'y dit ici, qu'on ne le redise
aussitôt là-bas ; rien ne se fait là-bas, qu'on ne le
sache aussitôt ici. Bien mieux : commencez une
phrase dans le faubourg du sud, on l'achève, avant
vous, dans le faubourg du nord. Il faut que l'atmosphère qui enveloppe les petites villes soit peuplée
d'oreilles, d'yeux et de langues invisibles qui volti-
gent çà et là, les langues racontant ce qu'ont vu les
yeux et ce qu'ont entendu les oreilles.

La visite de M. Riquemont au jeune docteur éclata
donc, comme une bombe, à Saint-Léonard. Toute la
ville se leva en émoi ; des groupes se formèrent sur
la place et sur les boulevards ; on s'abordait, on s'interrogeait, comme il arrive dans les grandes joies ou
dans les grandes calamités publiques. Quoi de nouveau? Pourquoi la foule s'épand-elle à grands flots
des maisons dans les rues, des rues dans le forum?
Pourquoi cette mer agitée autour des rostres et des
temples? C'est que M. Riquemont déjeune chez
M. Savenay. — M. Riquemont! chez le nouveau
docteur! — Est-il vrai? La chose est-elle possible?
— Mieux que cela, M. Riquemont est venu tout exprès pour quérir M. Savenay et retourner avec lui au
château. — Le nouveau docteur au château! —
Comme vous dites. — Tenez, les voilà qui sortent
ensemble, M. Riquemont appuyé familièrement sur
l'épaule de son ami. — Ils fument des cigares de

la Havane. — Le châtelain insiste pour emmener son hôte ; mais le jeune homme s'en défend. — M. Riquemont va partir ; son cheval est là, tout bridé ; un pied dans l'étrier, il serre par trois fois là main de M. Savenay. — Voyez, quels tendres adieux ! — Écoutez, que de paroles affectueuses ! — Il s'éloigne ; mais, au bout de la rue, il se retourne pour saluer une fois encore le jeune docteur, et lui crier que son couvert sera toujours mis au château. — Cependant madame Herbeau est à sa fenêtre, guettant le passage de M. Riquemont. Jamais M. Riquemont n'est venu à Saint-Léonard sans faire une halte à la maison du bon Aristide. Adélaïde a tout préparé pour le recevoir, les plus beaux fruits de son verger, un pot de bière fraîche, un flacon de vieux rhum. Vain espoir ! Riquemont file comme une flèche, et ne laisse derrière lui que la fumée de son cigare.

— Eh quoi ! s'écria Saint-Léonard, est-ce là les avantages remportés par le docteur Herbeau, la faveur dont il jouit au château de Riquemont, les fruits du triomphe de la veille ! Qu'est-ce à dire ? A l'entendre, il s'est couvert de gloire ; et voilà qu'on l'abreuve d'humiliations ! Depuis quand l'honneur de la victoire revient-il au vaincu, la honte de la défaite au vainqueur ? Depuis quand recueille-t-on des chardons où l'on a planté des lauriers ? M. Herbeau nous en a fait accroire ; il s'est joué de notre crédulité ; il a publié de faux bulletins, il a planté des trophées menteurs.

Les sots ne sont jamais plus impitoyables que lorsqu'ils croient s'apercevoir qu'on a surpris leur estime et volé leur admiration. Saint-Léonard passa

bientôt de l'étonnement et de la stupeur à l'indignation et à la colère; les ennemis d'Aristide relevèrent
la tête, ses amis eux-mêmes pressentirent sa ruine
prochaine. Ainsi qu'une boule de neige détachée du
sommet des Alpes grossit en roulant et finit par devenir une avalanche, le bruit de la visite du châtelain
au nouveau docteur devint, en courant de bouche en
bouche, quelque chose de formidable qui écrasa en
moins d'un jour la fortune du docteur Herbeau. Ce
fut comme un ballon, qui, parti de la salle à manger
de M. Savenay, s'éleva d'abord au souffle de la curiosité, puis, gonflé par la sottise et la méchanceté,
alla s'abattre et crever sur le toit d'Aristide. Une
heure après le départ de M. Riquemont, on ne parlait
de rien moins que de traîner Colette à l'abattoir et
son maître aux gémonies. Célestin lui-même n'était
plus qu'un grand niais bon à composer des idylles
sous l'ombrage touffu des hêtres. Le pays n'avait
d'espoir et de confiance qu'en M. Savenay, et l'on ne
pouvait trop remercier la Providence qui avait envoyé
ce dieu sauveur à Saint-Léonard.

Ce même jour, la directrice de la poste aux lettres,
madame d'Olibès, qui jusqu'alors avait compté parmi les plus chauds partisans des Herbeau, profita
d'une forte migraine pour donner publiquement sa
clientèle au nouveau docteur, se vengeant ainsi d'A-
délaïde, qui l'avait accusée, dans un temps, d'ouvrir
les lettres et de les taxer, après avoir reçu le prix de
l'affranchissement. La nouvelle de cette défection ne
tarda pas à se répandre, et porta un coup de plus à
la popularité d'Aristide.

De retour au logis, il ne trouva pas, comme la veille, le cercle des amis empressés; la bière ne pétillait pas dans les verres, ni l'allégresse dans les âmes; on respirait déjà autour de sa maison l'âpre parfum des vastes solitudes. Assise sur le pas de la porte, Jeannette avait l'air grave et pensif des sphinx accroupis dans le sable. Interrogée par le docteur sur les nouvelles du jour, elle répondit qu'une corneille avait chanté toute l'après-midi sur la cheminée de la cuisine. Superstitieux comme tous les esprits tendres et poétiques, Aristide sentit redoubler le poids de sa tristesse. Il entra, non plus d'un pas jeune et joyeux, mais d'un pied alourdi par les sombres pressentiments. Vainement il chercha autour de lui des visages amis et souriants; ses appartements étaient déserts, le froid de l'isolement tomba comme un manteau glacé sur son cœur. Adélaïde l'attendait au salon, et l'on devine aisément ce qu'il eut à subir de reproches et de doléances.

CHAPITRE V.

Cependant les choses semblaient avoir repris leur cours accoutumé. Sur le rapport d'Adélaïde, le docteur Herbeau avait cru, avec Saint-Léonard, que c'en était fait pour lui de la clientèle du château, et que le diamant de sa couronne allait passer, au premier

jour, entre les mains de son heureux confrère. Mais,
au grand étonnement de la ville et à la grande joie
du docteur, la visite de M. Riquemont à M. Savenay
n'avait eu d'autre résultat que d'occuper pendant tout
le jour l'oisiveté des méchants et des sots ; M. Herbeau continuait, comme par le passé, ses soins à la
jeune et belle châtelaine. En apparence rien n'était
changé, et les sympathies en déroute s'étaient une
fois encore ralliées autour d'Aristide Herbeau, faibles,
il est vrai, ébranlées, tremblantes et prêtes à lâcher
pied au premier choc, retenues seulement par l'autorité du château de Riquemont qui pesait sur elles,
comme ces plaques de marbre ou de bronze qu'on
pose sur les feuilles volantes pour empêcher le vent
de les disperser. Déjà même quelques transfuges
avaient passé dans le camp ennemi ; mais ces déser-
tions étaient rares, et, si l'on en excepte celle de madame d'Olibès, trop peu importantes pour causer un
dommage réel aux intérêts de la maison Herbeau.
M. Savenay se montrait d'ailleurs médiocrement empressé de profiter du trouble qu'il avait jeté dans
l'existence d'Aristide. Tout entier au soin de son
installation, il faisait disposer, selon ses goûts, une
maisonnette qu'il avait louée sur le boulevard. On ne
l'avait encore vu dans aucun cercle ; il ne répondait
qu'avec une excessive réserve aux avances des offi-
cieux, et ne manquait jamais d'exalter la science du
docteur Herbeau, toutes les fois que l'occasion lui en
était offerte. Il semblait n'être venu à Saint-Léonard
que pour exercer la médecine en amateur, et déjà le
bruit courait que c'était un prince étranger, voyageant

incognito de ville en ville, pour étudier les mœurs et les coutumes de la France. Les lettrés de l'endroit citaient, à l'appui de cette opinion, l'exemple du czar Pierre le Grand qui s'était fait charpentier à Saardam.

La confiance était rentrée dans le cœur du docteur Herbeau, mais non dans celui d'Adélaïde. L'épouse jugeait sainement de la position et ne prenait pas au sérieux ce temps d'arrêt sur le bord de l'abîme. Elle comprenait parfaitement qu'Henri Savenay n'était pas un prince étranger, mais un bel et bon médecin qui ne se ferait point faute de gripper un à un les malades du crédule Aristide. Aussi ne se reposait-elle que sur le prochain retour de Célestin, qu'elle attendait d'un jour à l'autre. La chambre qu'on lui destinait sous le toit paternel était prête à le recevoir; madame Herbeau l'avait parée elle-même avec la tendre coquetterie d'une mère ; tout y était blanc et virginal, comme l'âme qui devait l'habiter : un nid de colombe, un sanctuaire de vestale. Cependant les jours suivaient les jours, et Célestin n'arrivait pas. Aristide trouvait à ces retards mille prétextes ingénieux, mille spécieuses excuses. On ne quitte pas en vingt-quatre heures une ville où l'on a séjourné pendant cinq ans et plus. Célestin devait avoir des affaires à régler, des relations à ménager. Lord Flamborough s'était opposé sans doute à ce brusque départ. Peut-être aussi quelques études à compléter ; Célestin n'avait pas voulu quitter le jardin des Hespérides sans en avoir dérobé toutes les pommes d'or. Peut-être enfin les loups interceptaient-ils le passage

11

entre Castaro et Langogne : mieux valait un retard de
quelques jours que de savoir Célestin exposé à l'appétit de ces grossiers animaux. Adélaïde se rendait
à ces raisons, et le perfide et bon docteur s'en remet-
tait à la destinée du soin de dévider l'écheveau de fil
qu'il avait si étourdiment embrouillé.

Le château de Riquemont avait, de son côté, repris son mouvement, disons mieux, son repos habituel. M. Riquemont était retourné à ses champs et à
ses poulains, Louise aux ennuis qui la consumaient.
Le poids de l'existence, un instant soulevé, venait de
retomber plus lourd et plus écrasant sur son cœur.
Il ne lui restait plus qu'un souvenir confus de l'apparition lumineuse qui avait brillé dans sa vie, comme
un rayon traverse l'ombre ; elle n'en gardait plus
qu'une vague impression, pareille à celles produites
par les rêves. Ç'avait été dans son âme comme une
de ces aubes resplendissantes qui s'allument parfois
dans la nuit et semblent annoncer le jour. Le voyageur qui chemine dans l'ombre, voyant soudain l'horizon blanchir, s'étonne de la fuite des heures ; les
oiseaux gazouillent dans leurs nids et secouent leurs
ailes humides ; les coqs chantent dans les villages ;
écoutez : le feuillage n'a-t-il pas frissonné sous le frais
baiser des brises du matin ? Cependant les feuilles
sont immobiles ; voilà déjà que les trompeuses lueurs
pâlissent et s'effacent ; l'horizon s'éteint, la terre se
rendort, le voyageur poursuit sa route à la clarté des
étoiles, et le char de la nuit reprend sa course silencieuse.

Depuis le grand jour de la consultation, plusieurs

jours s'étaient écoulés, M. Savenay n'avait point reparu au château de Riquemont. Une fois seulement il avait envoyé demander des nouvelles de Louise. Le docteur Herbeau était redevenu, comme par le passé, l'unique distraction du logis ; mais Louise n'y trouvait plus le charme d'autrefois. Elle était d'une tristesse que rien ne pouvait dissiper ; Aristide, d'une gravité qui n'osait plus se compromettre. M. Riquemont, toujours présent à leurs entrevues, les observait tous deux avec une attention qni imposait singulièrement au docteur et ne lui permettait même pas de risquer à la dérobée un sourire, un regard, une pression de main furtive.

Ce n'était déjà plus entre ces trois personnages l'intimité dont nous parlions voilà quelques heures. Les petits incidents qui l'avaient si longtemps égayée semblaient devoir ne plus jamais se reproduire. M. Riquemont n'avait plus cette brutale jovialité qui valait autrefois de si doux dédommagements à son hôte. Il se montrait grave, sérieux, presque poli. Aristide ne savait que penser de ce changement de manières et se tenait prudemment sur ses gardes.

D'un autre côté, l'humeur enjouée de Louise, n'étant plus attisée par la galanterie de l'ami ni par les vertes saillies du maître, achevait de s'éteindre sous les cendres de la jeunesse. Louise se souvenait d'un jour où mille voix divines s'étaient mises à chanter en elle et autour d'elle, d'un jour éclatant où la vie avait fait explosion dans son sein et s'y était épanouie en gerbes éblouissantes ; ce souvenir aggravait ses ennuis. Son caractère, que n'avaient pu altérer deux années de souffrance, était devenu tout à coup inégal, inquiet, bizarre, inexplicable ; elle allait même parfois jusqu'à s'irriter de la présence et des soins de l'excellent docteur. Le pas de Colette l'agaçait, la sollicitude d'Aristide lui était importune. Un jour, elle refusa de le recevoir, et le bonhomme s'en retourna l'âme toute navrée. Mais cette petite disgrâce devait raffermir le galant vieillard dans son bonheur, et le reporter au meilleur temps de sa liaison avec la jeune châtelaine.

Louise était bonne et charmante ; le docteur n'était pas au bout de l'allée du parc, qu'elle eût voulu pouvoir le rappeler ; elle pria même son mari de faire courir après Colette, mais le rustre s'y refusa, disant que c'était bonne justice, et que Louison aurait dû, dans l'intérêt de sa santé, en agir plus tôt de la sorte. Il partit de là pour se répandre en invectives contre le docteur. Louise ne souffla pas un mot ; mais le soir, retirée dans sa chambre, elle ne voulut pas s'endormir sur le mal qu'elle avait fait. Elle écrivit à son vieil ami Herbeau une adorable petite lettre, qu'il reçut le soir même par un garçon du village venu tout exprès à la ville. C'était une de ces lettres dont les femmes ont seules le secret. Madame Riquemont avait retrouvé pour l'écrire toutes les grâces de son esprit, toutes les coquetteries de son cœur. Aristide baisa le précieux billet à plusieurs reprises. Le lendemain, bien que ce ne fût pas son jour de visite au château, il ne put s'empêcher, en se rendant à Savigny, de faire une pointe à Riquemont. Louise était seule ; l'entrevue fut courte, mais touchante. Aussitôt qu'elle aperçut Aristide, la jeune femme lui tendit la main et s'excusa avec de douces larmes.

— Pardonnez-moi, lui dit-elle, ami bien cher, pardonnez à cette enfant qui vous aime. J'ai mes mauvais jours, depuis quelque temps surtout. J'ignore ce qui se passe en moi. Vous qui savez tout, ne pourriez-vous me l'expliquer? Autrefois je n'étais pas ainsi. Voyez, voilà que j'afflige ce que j'ai de meilleur au monde. Oh! vous ne m'en voulez pas, docteur! J'étais folle, je ne sais pas ce que j'avais.

Son regard était suppliant, sa voix caressante, ses paroles tombaient comme une rosée bienfaisante sur le cœur ému du docteur. Toutefois le brave homme n'était pas à l'aise, et la crainte d'être surpris par M. Riquemont dans un amoureux tête-à-tête gênait cruellement les transports de sa joie. Il écoutait Louise d'un air distrait; les bruits du dehors le faisaient pâlir et frissonner; il lui semblait voir à chaque instant la figure du terrible châtelain paraître railleuse et menaçante à la fenêtre. Aussi s'empressa-t-il de couper court lui-même aux séductions de cette heure enivrante.

— Il faut que je m'arrache de vos bras, s'écria-t-il en portant galamment à ses lèvres le bout des doigts de la jeune malade.

Comme il allait se retirer :

— Croyez, dit-elle en le retenant par la main et en tournant vers lui ses beaux yeux bleus encore tout humides, croyez bien que si je l'avais pu je serais allée chercher moi-même à Saint-Léonard le pardon que vous m'avez si généreusement apporté.

11.

— Quelle imprudence ! s'écria le docteur. Malheureuse enfant, c'eût été vous perdre.

—Le pouvais-je ? répondit Louise avec un triste sourire ; mes forces sont épuisées, je ne saurais me soutenir jusqu'à la grille du parc. Je voudrais bien pourtant, ajouta-t-elle, ne pas mourir sans avoir visité
votre maison, les fleurs de votre jardin, et ce kiosque
merveilleux dont vous m'avez tant de fois parlé.

— Quelle folie ! dit Aristide, que de pareilles fan-
taisies ne charmaient pas le moins du monde, et qui,
tremblant de voir arriver M. Riquemont, se pencha
vers Louise pour la baiser au front en signe de dernier adieu.

Par un gentil mouvement de tête, Louise esquiva
le baiser, et, retenant toujours le docteur par la
main :

— Vous êtes bien pressé, dit-elle d'un ton de doux
reproche.

Il était sur des charbons ardents, et cherchait des
yeux quelque armoire dans laquelle il pût se blottir
au besoin.

— Ne partez pas encore, poursuivit l'impitoyable
enfant, qui, ne comprenant rien aux angoisses du
docteur, ne voulait point le renvoyer sans l'avoir ca-
jolé de son mieux en expiation de la veille. Je veux
vous dire un rêve que je caresse depuis longtemps
avec amour. Si Dieu et vous me rendez la santé...

— Nous vous la rendrons, Louise, affirma M. Herbeau avec assurance.

— Eh bien, quand vous me l'aurez rendue, le premier usage que je me suis promis d'en faire sera de

m'échapper de Riquemont, et d'aller, par une belle
matinée, vous surprendre à Saint-Léonard. Vous me
recevrez dans votre kiosque, nous visiterons ensemble
tout votre petit domaine. Je le veux ; ne le voulez-
vous pas ? Quelle joie pour moi, docteur, et pour vous
aussi quelle joie, de me voir courir sur le sable de
votre jardin ! car c'est à vous, ami, que je devrai la
vie, la santé, la jeunesse.

Ces paroles comblèrent Aristide de bonheur et d'effroi, et il s'éloigna ivre d'orgueil, mais aussi d'é-
pouvante, en songeant à quels égarements l'exaltation de la passion pouvait pousser cette jeune tête.
Heureusement l'état de Louise lui promettait encore
de longs loisirs. Une fois en selle, il aiguillonna Colette de l'éperon, du geste et de la voix, et se hâta
de gagner la route de Savigny, craignant de voir
M. Riquemont surgir à chaque détour de haie. Lorsqu'il eut perdu de vue les tourelles du château et qu'il
se vit hors des champs de l'ogre, le docteur respira
plus à l'aise, et, ralentissant le pas de sa monture,
se prit à déguster en vrai gourmet les délices dont
son âme était pleine.

Le soir du même jour, M. Riquemont, en rentrant
au gîte, crut reconnaître dans le sentier l'empreinte
du sabot de Colette. Pour s'en assurer, il interrogea
une gardeuse de dindons qui filait sa quenouille de
chanvre sur le revers d'un fossé, tandis que son
troupeau gloussant picorait aux alentours. La gardeuse répondit qu'en effet elle avait vu passer dans
la matinée monsieur le médecin revenant du château ;
elle ajouta même que, sauf respect, elle lui avait de-

mandé un remède pour un de ses oiseaux malade.

De retour au logis, M. Riquemont entra chez sa femme, et attendit vainement qu'elle lui fît part de la visite du docteur Herbeau. Soit qu'elle craignît d'irriter l'humeur de son mari, soit plutôt indifférence de la chose et paresse de raconter un fait sans importance, qu'elle n'imaginait pas intéresser en rien M. Riquemont, Louise garda là-dessus le silence le plus absolu. Le châtelain imita la réserve de Louise, et se retira sans avoir fait la moindre allusion à la visite du docteur; mais son visage était sombre, et l'on eût pu voir ses sourcils, épais et touffus comme la queue d'un blaireau, relevés en panaches menaçants sur son front.

Ce même soir, le ciel, qui avait été serein durant tout le jour, se chargea au couchant de nuages épais et immobiles, au milieu desquels le soleil s'abîma comme dans un sanglant linceul. La journée, d'ailleurs, avait été brûlante. La nuit fut plus lourde et plus accablante encore. Louise la passa tout entière à sa croisée ouverte. De vifs éclairs partaient du banc des nuages qui pesaient sur l'horizon comme une chaîne de montagnes; mais la foudre était muette, pas un bruit ne troublait le silence de l'air. La nature semblait affaissée sous le poids de l'atmosphère. Tout souffrait : les fleurs étaient penchées sur leur tige, les plantes se crispaient, les feuilles flétries pendaient languissamment aux branches. Au lieu de rosée, le ciel versait du feu à la terre.

Louise veillait sous ces orageuses influences. Un invincible malaise l'agitait; une anxiété non encore éprouvée l'oppressait. Elle se jeta sur son lit à plusieurs reprises sans pouvoir trouver un instant de repos. Elle appuya, sans pouvoir le rafraîchir, son front sur le marbre de la cheminée. Elle pleura, et son cœur ne fut pas soulagé. Le retour de la lumière, au lieu de les calmer, ne fit que redoubler ces angoisses.

Le soleil se leva sans rayons, dans une vapeur embrasée, comme un disque de fer sortant rouge de la fournaise. Presque aussitôt ces lourdes vapeurs se changèrent en une épaisse nuée, pareille à celle qui, depuis la veille, se tenait immobile au couchant. Soudain l'air frémit, la cime des arbres se courba, l'orient et l'occident déchaînèrent à la fois leurs vents et leurs tempêtes ; les deux nuées s'ébranlèrent, et toutes deux, les flancs chargés de foudre, s'avancèrent l'une contre l'autre, comme deux corps d'armée près d'en venir aux mains. En cet instant, la nature entière fut saisie d'un inexprimable sentiment de terreur. Le parc se prit à mugir comme la colère de l'Océan ; les chiens hurlèrent, les bestiaux dans les étables poussèrent des mugissements de détresse. Épouvantée, Louise fit appeler M. Riquemont.

M. Riquemont se campa devant la fenêtre, et, les bras croisés sur sa poitrine, observa l'état du ciel. Les deux nuages avançaient toujours, échangeant de rapides éclairs qui serpentaient en lignes de feu sur leurs flancs noirs et allaient s'éteindre dans le lac d'azur qui les séparait encore.

— Louison, dit enfin M. Riquemont, tu vas voir dans deux heures tomber des grêlons gros comme

des œufs de pigeon, qui broieront nos blés et coupe-
ront nos fruits aussi proprement que pourraient le
faire cent mille canons chargés à mitraille. Nous en
serons quittes, moi pour vendre mes grains plus cher,
toi pour ne pas manger d'abricots. — Voilà un bon
temps, ajouta-t-il, pour les malades du docteur
Herbeau !

Comme il disait, la voûte céleste craqua avec un
bruit terrible, et la foudre découronna un chêne sé-
culaire qui s'élevait à l'angle de la terrasse. Louise
poussa un cri et cacha sa tête entre ses mains.

— Ne me quittez pas, dit-elle.

— Et mes poulains ! s'écria-t-il ; tu es à l'abri, toi,
tandis que ces agneaux sont aux champs !

— Ah ! de grâce, ne me quittez pas ! répéta
Louise avec effroi, toute pâle et toute tremblante.

M. Riquemont la regarda d'un air de pitié nar-
quoise.

— Je croyais, dit-il en ouvrant la porte, avoir
épousé un homme ; je me trompais, Louison ; décidément, tu n'es qu'une femme.

Il sortit en haussant les épaules, et Louise demeura
seule. Hélas ! oui, ce n'était qu'une femme, et encore des plus faibles et des plus timides. Ce sont les
vraies, celles-là, les seules qu'il soit doux d'aimer.
C'est à ces craintives âmes qu'il est doux d'inspirer
la passion qui brave tout, le dévouement que rien
n'effraye, l'héroïsme que rien n'arrête. L'ardeur des
lionnes n'a rien qui nous surprenne ; mais donner
du courage aux gazelles et les mener à la bataille,
c'est le triomphe de l'amour.

L'orage éclata bientôt dans toute sa furie. Les deux nuées s'étaient heurtées et confondues, on eût dit une mêlée de combattants. Les éclairs se succédaient sans intermittence, les coups de foudre se répondaient de tous les points de l'horizon. C'était un orage sec, ceux-là sont les plus redoutables : images des grandes douleurs qui ne pleurent pas. Les nuages de bronze et de cuivre ne versaient pas une goutte de pluie à la terre altérée ; seulement il s'en échappait par intervalles de rares grêlons qui frappaient, brisaient et bondissaient comme des balles.

Louise éperdue priait. Tout à coup un cheval effaré déboucha sur la terrasse du château, et, au bout de quelques instants, madame Riquemont vit entrer M. Savenay, pâle, défait, couvert d'écume. Ses gants étaient en lambeaux et ses mains ensanglantées. Parti, le matin, de Saint-Léonard, avec l'espoir de trouver dans la campagne un peu d'air et de fraîcheur ou d'échapper par le mouvement aux influences de l'atmosphère, il avait été surpris par l'orage aux alentours de Riquemont, et il venait demander au château une hospitalité de quelques heures. A cette brusque apparition, le trouble de Louise redoubla ; mais, remarquant presque aussitôt la pâleur du jeune homme, ses vêtements en désordre et ses mains tachées de sang :

— Vous êtes blessé? s'écria-t-elle.

M. Savenay raconta en quelques mots que son cheval, effrayé, s'étant jeté à travers champs, ç'avait été, pour gagner Riquemont, une véritable course au clocher.

— Mais vous-même, madame, vous êtes émue et tremblante?

Louise confessa ingénument qu'elle avait peur de l'orage; le jeune homme, assis auprès d'elle, l'écoutait avec bonté et la rassurait en souriant. Il essaya de lui faire comprendre la grandeur et la magnificence du spectacle qu'offraient en cet instant tous les éléments déchaînés. M. Riquemont avait parlé en agronome, M. Savenay s'exprimait en poëte ; Louise sentit, en l'écoutant, son effroi se changer en un sentiment exalté de religieuse admiration. D'ailleurs, la voix de Savenay couvrait celle de la tempête, et déjà ce n'était plus l'orage qui la troublait ainsi, cette enfant.

Cependant la nuée creva ; et, comme l'avait prévu M. Riquemont, il y eut une décharge de grêle, telle que les naturels ne se rappellent pas avoir jamais vu rien de pareil en ces contrées. Ce fut une averse de cailloux blancs et drus qui tomba, durant près d'un quart d'heure, avec une fureur inouïe.

Louise contemplait ce grand désastre avec une émotion douloureuse. Elle pensait à ses fermiers, à ses paysans, aux pauvres gens de ses domaines, aux misères du prochain hiver.

— Là finit la poésie, dit-elle tristement en montrant à M. Savenay les ravages de l'ouragan.

— Et commence la bienfaisance, ajouta le jeune homme, qui avait deviné les pensées qui la préoccupaient.

En moins de cinq minutes, le sol fut enseveli sous un ciment de grêlons si épais et si dur, qu'il en resta

jusqu'au soir des vestiges. La foudre continuait de
gronder, le vent fracassait les grands arbres. Les
ardoises du toit tourbillonnaient dans l'air, les volets battaient les murs, le château semblait devoir à
chaque instant être emporté par la tourmente. Louise
et Savenay se tenaient silencieux, Louise parfois encore tressaillant d'épouvante, mais aussitôt rassurée
par le regard affectueux qui veillait sur elle ; il y avait
même dans l'appréhension d'un danger commun
quelque chose qui ne lui déplaisait pas, elle y trouvait
un charme mystérieux qu'elle eût été fort embar-
rassée d'expliquer.

Enfin l'orage s'apaisa, la nuée s'éclaircit, et le soleil, sans paraître encore, y sema des trouées d'azur.
Les vents s'étaient calmés, le tonnerre s'éloignait,
le ciel versait doucement une pluie tiède et menue,
comme pour guérir les blessures que la grêle avait
faites. L'air était frais et sonore ; déjà les oiseaux
chantaient sous la feuillée, l'horizon fumait, de toutes parts s'exhalait l'enivrant parfum de la terre
mouillée par l'orage. Louise partageait le sentiment
de bien-être et de délivrance répandu sur la nature
entière, le premier rayon qui perça les nuages descendit aussitôt dans son cœur. Savenay, silencieux
comme elle, la contemplait avec un intérêt grave et
tendre. Ils demeurèrent longtemps ainsi. Puis ils
causèrent, et tout ce que disait ce jeune homme arrivait à Louise comme un écho de ses pensées. Ils
parlaient de choses et d'autres, une conversation
brisée, mais charmante dans ses hasards. Louise
s'était tant de fois entendue railler par M. Rique-

mont, qu'elle avait fini par douter d'elle-même et par se dire que son mari avait raison peut-être. Elle comprit enfin que le monde de ses sentiments, de ses idées et de ses rêves, ce monde que M. Riquemont, en ses jours de gaieté, appelait l'hôpital des fous, existait quelque part, et que du moins son âme n'était pas seule à l'habiter. Pour la première fois, elle trouvait à changer son or; elle découvrait pour la première fois que c'était de l'or en effet.

— Il a pourtant fallu cet orage pour vous ramener au château, dit Louise en souriant; mon mari vous grondera, monsieur, car vraiment vous avez fait le cruel avec lui. Savez-vous qu'on vous a attendu ici tout un jour et que tout était prêt pour vous recevoir? Il est vrai, ajouta-t-elle, que ce n'est pas bien gai, le château de Riquemont.

— Madame, répliqua Savenay, je n'ai vraiment été cruel qu'envers moi-même. Les prévenances de M. Riquemont me sont allées droit au cœur, croyez qu'il m'eût été doux de pouvoir y répondre; mais le pouvais-je sans démériter de M. Herbeau, sans affliger cet excellent homme qui vous aime et que vous aimez? Toute affection vraie est ombrageuse, inquiète et jalouse; vous-même, madame, n'auriez-vous pas souffert de voir un étranger usurper en ces lieux les droits d'une vieille amitié?

Louise remercia par un regard; ces paroles avaient répondu à tous les nobles instincts de son cœur. Le nom de M. Herbeau une fois prononcé, on parla du bon docteur, Louise avec tendresse, Savenay avec toute sorte de respect et de bienveillance. Puis, par

je ne sais quelle transition, la conversation alla s'é-
garer sur les rivages de la Creuse. Ils regrettaient
ces bords heureux, ils en parlèrent avec amour. Savenay récita les vers qu'un poëte, leur compatriote,
adressa, exilé comme eux, à la rivière de ce doux
pays ; et lorsqu'il arriva à ces deux vers :

> Le bonheur était là, sur ce même rocher
> D'où nous sommes partis tous deux pour le chercher,

Louise se troubla et ses yeux se remplirent de larmes.
Ils s'entretinrent aussi de cette jeune sœur qui avait
été tout d'abord un mystérieux lien entre eux. Louise
écouta, comme au premier jour, avec un avide intérêt, le douloureux poëme de cette languissante jeunesse. Il se trouva que le coin de terre où s'était élevé
M. Savenay avoisinait presque le domaine de Marsanges, où Louise avait passé les meilleurs jours de son
enfance. Ils avaient dû boire aux mêmes sources,
gravir les mêmes coteaux, s'asseoir sous les mêmes
ombrages. Ils auraient pu se rencontrer aux alentours ; mais Louise n'était encore qu'une enfant, qu'il
allait déjà, loin des champs paternels, demander au
travail les secrets de la science. Comme Louise semblait s'étonner qu'aimant ainsi le sol natal ce jeune
homme s'en fût exilé pour venir se fixer à Saint-Léonard, il raconta que sa mère était née à Saint-Léonard, et que sa dernière ambition était de pouvoir
achever la vie où elle l'avait commencée. D'ailleurs,
ajoutait Savenay, les braves gens qui nous ont vus
naître nous voient toujours avec des lisières, et il est

moins difficile d'être prophète que médecin en son pays.

Comme ils devisaient de la sorte, arriva M. Rique-mont, en sabots, crotté jusqu'à l'échine ; ajoutez d'une humeur de dogue. Ces dispositions chagrines ne tinrent pas contre la présence du jeune docteur. Aussitôt qu'il l'aperçut, le rustre poussa, en signe de joie, un effroyable jurement, et lui serra les mains à les briser.

— Comment se porte votre cheval? s'écria-t-il; j'ai trois de mes poulains qui viennent d'attraper un écart, mes trois chéris, la fleur de mon haras : Ma-nuel, Benjamin et le dernier des Beaumanoir. N'en dites rien à M. Herbeau : il l'écrirait à la *Gazette*. Manuel et Benjamin s'en relèveront peut-être, mais le petit Beaumanoir est bien malade. Quel orage, mes enfants! tout a été broyé, coupé, haché comme chair à pâté. Ma ferme de Gros-Bois a croulé comme un château de cartes ; au Coudray, trois bœufs ont été écrasés dans leur étable. Le tonnerre a mis le feu à mes granges de Saint-Herblain. Pas une cloche dans mes melonnières, pas un carreau de vitre dans mes domaines qui ne soit en mille morceaux. C'est un désastre dont on n'a pas d'exemple. Louison, nous n'irons pas en Italie cet automne, et nous ne recevrons pas le prochain hiver. Nous nous occuperons de nos pauvres.

Puis s'adressant au jeune docteur : — Comment diable, docteur Savenay, vous trouvez-vous ici par un temps pareil? Toujours le bien-venu, jeune homme! ajouta-t-il en lui tendant la main.

M. Savenay ne put, cette fois, échapper au dîner de M. Riquemont. Le châtelain traita royalement son hôte; les vins les plus exquis furent servis à profusion. Louise ne parut qu'au dessert. Le repas achevé, on se leva de table pour aller prendre le café sur le perron. Il faisait une soirée charmante. Le soleil se couchait tranquille dans sa gloire. Des nuages blancs et roses se jouaient dans l'azur du ciel, comme une troupe folâtre de cygnes et de flamants. Les insectes ailés bourdonnaient dans l'air du soir; les hirondelles joyeuses traçaient de grands cercles autour du château. Une vapeur transparente, pareille à une gaze d'argent, flottait sur la cime des arbres, et le feuillage, encore tout meurtri, exhalait ses plus vertes senteurs. Assise sur le perron, Louise se tenait silencieuse et recueillie. M. Riquemont vidait, en fumant, un flacon de genièvre. Silencieux comme Louise, M. Savenay était visiblement souffrant. La pâleur de son visage, qu'il avait expliquée d'abord par l'émotion de la course, était devenue livide : il s'efforçait de sourire et de faire bonne contenance ; mais par intervalles ses traits se contractaient douloureusement, et son front se couvrait de sueur. Louise l'observait avec inquiétude.

— Jeune homme, vous ne buvez pas, disait M. Riquemont, chaque fois qu'il remplissait son verre.

— Vous souffrez, monsieur, dit enfin madame Riquemont.

Savenay essaya de se lever, mais il chancela aussitôt, et on eût dit que le souffle de la mort venait de passer sur son visage. Louise courut à lui et remar-

qua avec effroi que son gilet était taché de sang.
M. Riquemont le prit dans ses bras et le porta dans
la chambre qui lui avait été réservée. Louise n'osa pas
l'y suivre : elle attendit avec anxiété, donnant des
ordres et veillant à toute chose avec une sollicitude
que rien ne saurait exprimer. Au bout d'un quart
d'heure, M. Riquemont descendit. Ce n'était rien : en
luttant contre son cheval effaré, M. Savenay avait
reçu un coup violent dans la poitrine, et ce coup
avait rouvert une blessure mal fermée ; voilà tout.

— Mais cela est très-grave, dit Louise. Qu'est-ce
que cette blessure ?

— Louison, répondit M. Riquemont, je crois pouvoir affirmer que c'est un joli petit coup d'épée.
Quelque histoire galante ! quelque aventure romanesque ! ajouta-t-il en se frottant les mains de l'air
d'un homme qui se connaît à ces sortes d'affaires.

— Il faut envoyer chercher M. Herbeau, dit
Louise.

— C'est inutile, répliqua M. Riquemont ; les loups
ne se mangent pas entre eux. D'ailleurs, Savenay, en
homme d'esprit, a déclaré qu'il se soignerait lui-
même.

Louise, accompagnée de son mari, se rendit auprès du malade. Il était assez calme et ne souffrait
que d'une forte oppression. Il voulut parler ; mais, la
jeune femme l'en ayant empêché par un geste charmant, pendant que M. Riquemont rôdait dans la
chambre en sifflant, il lui prit une main qu'il baisa
silencieusement. Louise n'avait jamais senti sur ses
mains d'autres lèvres que celles du docteur Herbeau ;

elle se retira le cœur en émoi. La nuit qu'elle passa fut moins calme encore que la précédente; turbulente, agitée, fiévreuse, et cependant inondée d'un sentiment de bonheur qui en fit une nuit enchantée. L'aube recommençait, l'aube resplendissante dont nous parlions tout à l'heure. A cette enfant qui venait de vivre les deux plus belles années de sa jeunesse près de M. Riquemont, et qui n'avait eu jusqu'alors d'autres distractions à ses ennuis que la galanterie de M. Herbeau, d'autres événements dans sa vie que les visites du médecin, cette journée devait sembler tout un poëme. Ce fut un poëme, en effet, qui se chanta dans ce jeune cœur. Au lieu de chercher le sommeil, elle entretint avec complaisance les pensées tumultueuses qui veillaient en elle. Elle joua avec les incidents de ce jour comme elle avait fait une fois avec la chambre de Savenay. Elle les embellit des rêves de son imagination, comme elle avait paré des fleurs de son jardin les vases de la cheminée. L'arrivée de ce jeune homme, au plus fort de l'orage, pâle, défait, ensanglanté; le danger qu'il avait couru, ce qu'il avait dû souffrir lorsqu'il causait doucement auprès d'elle; l'évanouissement sur le perron, cette blessure rouverte, ce baiser silencieux sur une main tremblante, tous ces détails prirent, aux yeux de Louise, une solennité poétique qui ne laissa pas un instant de repos à son esprit. Ce coup d'épée surtout, dont avait parlé M. Riquemont, la tint durant toute la nuit dans une préoccupation étrange. Un coup d'épée dans la poitrine! Et cela s'appelait une histoire galante, une aventure roma-

nesque! Elle ignorait pourquoi, mais ce coup d'épée
la contrariait, elle en souffrait, elle en était jalouse;
et cependant, à son insu, peut-être, n'était-elle pas
fâchée qu'il eût reçu ce coup d'épée : M. Riquemont,
lui, n'avait jamais reçu que des coups de pied de
cheval. Louise ne s'endormit qu'au matin, bercée par
une voix qui chantait à son chevet. Elle rêva que
M. Savenay avait été blessé pour elle, et qu'elle s'était
faite sœur grise pour le soigner.

Louise dormait encore, que M. Savenay était sur
pied, faible, il est vrai, mais assez fort, il le croyait
du moins, pour pouvoir retourner à Saint-Léonard.
Il craignait d'abuser de l'hospitalité du château. En
l'entendant parler de la sorte, M. Riquemont entra
dans une épouvantable colère et jura qu'il mettrait
plutôt le feu à tous ses domaines que de laisser partir ainsi son hôte. Il était de bonne foi dans son affection pour Savenay ; d'un autre côté, il se faisait une
fête de montrer au docteur Herbeau son rival installé
au château. Au reste, dans l'état de santé où se trouvait M. Savenay, il n'était guère possible qu'il re-
tournât à la ville, soit à pied, soit à cheval ; et les
sentiers abîmés par l'orage ne devaient pas, de quelques jours encore, être praticables pour la carriole
qui servait de calèche au châtelain dans les grandes
solennités. Louise, qu'avaient réveillée les éclats de
voix de M. Riquemont, était venue prendre part à la
discussion ; elle se rangea timidement de l'avis de
son mari.

— Qui vous presse? dit celui-ci ; vos malades n'en
mourront pas. Vous avez ici bonne table et bon gîte.

Il faut que j'aille aujourd'hui à la foire de Pouligny. Vous tiendrez compagnie à ma femme. Cette petite s'ennuie quand elle est seule. N'est-ce pas, Louison, ajouta-t-il en lui pinçant la joue, que tu t'ennuies quand tu n'as pas ton petit Riquemont?

— Mais, mon ami, dit Louise, qui s'effrayait instinctivement à l'idée de demeurer seule avec ce jeune homme, ne sauriez-vous vous dispenser de vous absenter aujourd'hui? Je crains que monsieur ne s'ennuie.

— Me dispenser d'aller à la foire de Pouligny! s'écria M. Riquemont; la plus belle foire de chevaux du département!... Le docteur ne s'ennuiera pas avec toi : pas vrai, docteur? Manquer la foire de Pouligny! c'est comme si M. le curé manquait la messe le dimanche.

En disant cela, il s'attachait autour du corps une ceinture de cuir garnie de gros écus sonnants, passait sur son habit une blouse bleue à passements rouges, et s'armait d'un gros bâton ferré qu'il portait aux foires en guise de cravache. Son cheval de bataille l'attendait sur la terrasse. Il serra la main de Savenay, et partit en promettant de revenir le soir.

Ce fut encore un heureux jour. Louise emmena Savenay visiter avec elle les métairies voisines qui avaient le plus souffert de l'orage de la veille. Faibles tous deux et souffrants, ils marchaient d'un pas lent, non sans des haltes fréquentes le long des sentiers couverts. Ils purent s'assurer par eux-mêmes des dégâts causés par la foudre et la grêle. M. Riquemont n'a-

vait rien exagéré. Ils aperçurent au loin la ferme de
Gros-Bois qui n'était plus qu'un monceau de ruines.
Louise, sur son passage, essuya plus d'une larme,
fît renaître l'espoir dans plus d'un cœur découragé.
Elle était bonne pour ses paysans, et tous l'aimaient.
Tous semblèrent heureux de la voir au bras de ce
beau jeune homme qui l'accompagnait, et les petits
enfants de Saint-Herblain lui demandèrent, en la
tirant par sa robe, si elle avait changé de mari. La
journée se passa ainsi, çà et là, sous les toits de
chaume. Ils partagèrent gaiement le repas rustique
et émiettèrent le pain bis dans le lait fumant. Savenay se prêtait à tous ces enfantillages avec une grâce
dont sa gravité naturelle relevait singulièrement le
prix. Il y avait un mariage au Coudray : Louise et
Henri restèrent quelques instants à voir danser la
noce dans une grange. Ils attendirent pour retourner
au château que le soleil eût amorti l'ardeur de ses
rayons. Ils revinrent, causant des misères qu'ils
avaient soulagées, admirant les jeux de la lumière
dans le feuillage et sur les coteaux, comparant les
sites de la Vienne avec les aspects de la Creuse, s'entretenant des livres aimés, des poëtes préférés, et
mêlant ainsi dans une conversation sans fin leur
cœur, leur esprit et leur âme. Louise s'enivrait, sans
crainte, de ce plaisir tout nouveau pour elle. Comment
cette enfant se serait-elle défiée du charme de ces
chastes entretiens? Elle ne savait rien de l'amour;
jamais une pensée mauvaise n'avait terni l'éclat de
sa blanche jeunesse. Elle ignorait, voici quelques
jours à peine, sous quelle influence s'effeuillait la

couronne de son printemps, et maintenant elle s'épanouissait aux rayons vivifiants, sans savoir et sans
se demander d'où lui venaient la chaleur et la vie.

Leur retour au château ne précéda que de quelques
minutes celui de M. Riquemont. Le châtelain revint
en belle humeur. Il avait fait des affaires d'or; et,
comme ces sortes d'affaires ne se traitent pas sans
de copieuses libations, M. Riquemont était à peu près
ivre. Aussitôt arrivé, il demanda son lit, but un verre
d'absinthe et alla se coucher. Ce retour de son mari
ramena Louise au sentiment de la réalité et termina
assez prosaïquement cette poétique journée. Pour la
première fois elle comprit nettement quel homme
c'était là et combien était lourde la chaîne qu'elle
portait. Elle tomba dans une tristesse que Savenay
n'essaya pas de dissiper. Tous deux restèrent silencieux le reste de la soirée. Près de se retirer, il arrêta sur Louise un regard où se peignait une sympathie douloureuse; par un brusque mouvement,
elle lui tendit la main sans rien dire; il la pressa
gravement et sortit.

Le lendemain était jour de visite du docteur Herbeau. Sur le coup de midi, Colette trottinait dans
l'allée du parc, où M. Riquemont se promenait depuis une heure. Aussitôt qu'il l'aperçut, Aristide mit
pied à terre et salua le châtelain, qui lui rendit poliment son salut. Colette, la bride sur le col, gagna
l'écurie d'un pas guilleret.

— Votre jument boite, dit M. Riquemont.

— Je le sais, monsieur, répondit le docteur en
soupirant.

Il le savait depuis quelque vingt ans.

— C'est dommage, ajouta M. Riquemont, car c'est une jolie bête.

— Monsieur, dit le docteur, nous n'avons pas lieu de rire. Un grand malheur vient de frapper la ville de Saint-Léonard, nous sommes tous plongés dans une consternation que vous partagerez sans doute.

.— Pardieu! monsieur, s'écria M. Riquemont, j'ai bien le temps de m'intéresser aux malheurs de Saint-Léonard! Savez-vous ce qui m'arrive? Ma ferme de Gros-Bois est écroulée; j'ai trois bœufs écrasés, deux granges brûlées, trois chevaux sur le flanc. Par-dessus le marché, ma femme est malade depuis deux ans, et vous êtes son médecin. Que Saint-Léonard s'arrange! s'il s'agit de souscription, merci : je ne donnerai pas un rouge liard. Je me suis ruiné pour les Grecs.

— Monsieur, dit le docteur, nous avons tous souffert de cet affreux orage, moi-même j'ai vu mon kiosque emporté par un coup de vent et précipité dans la Vienne. Le tonnerre s'est introduit dans mon salon par la cheminée de la cuisine et s'est échappé par la fenêtre, après avoir saccagé ma vaisselle et tordu indignement tous les instruments de ma trousse. Jour funeste! Mais plût à Dieu que nous n'eussions pas de plus grand désastre à déplorer!

— Ah çà! monsieur, où voulez-vous en venir? s'écria M. Riquemont avec impatience. Madame Herbeau est-elle morte?

— M. Savenay, ce grand médecin, cet aimable

jeune homme qui avait su vous plaire, vient d'être enlevé prématurément à la science et à ses amis. M. Savenay n'est plus.

— Il n'est plus ! s'écria M. Riquemont.

— Il n'est plus ! répéta le docteur Herbeau. Le jour de ce fatal orage, on a vu, dans la matinée, ce jeune imprudent sortir à cheval de la ville ; on ne l'a pas vu revenir, et ce matin nous avons reçu la nouvelle que son cadavre a été retrouvé dans la Vienne, près du moulin de Champfleuri.

— Vous avez la chance, monsieur, dit le châtelain : les dieux sont pour vous.

— Monsieur, veuillez croire à la sincérité de mes regrets, s'empressa de répondre Aristide.

— Ces regrets vous honorent, je m'y associe de grand cœur. C'était un brave jeune homme que j'aimais beaucoup. Je n'oublierai jamais le déjeuner que j'ai fait chez lui : il traitait bien, son vin était meilleur que le vôtre. Mais enfin, monsieur, c'était pour vous un rival, un rival dangereux, j'ose le dire.

— Je n'ai jamais souhaité la mort de personne ! s'écria le docteur Herbeau.

— Sans doute ; mais il ne faut pas être ingrat envers le ciel lorsqu'il veut bien se charger lui-même du soin de nos intérêts. Vous ne vous êtes pas dissimulé, n'est-ce pas ? que l'établissement de M. Savenay en ce pays vous était on ne peut plus préjudiciable. Il ne s'agissait, croyez-moi bien, que de la ruine de votre maison.

— Monsieur...

— Je mets de côté la question de mérite; je fais plus, j'admets, avec vous, votre supériorité : vous n'en étiez pas moins perdu, monsieur. Rappelez-vous l'histoire de ce jeune médecin de Montpellier que vous m'avez racontée vous-même, dans cette même allée, le jour de la consultation. Savenay était jeune et beau, vous n'auriez pas tenu longtemps contre ces deux avantages. Comptez plutôt les défections que vous avez essuyées en moins d'un mois. Je ne nommerai que madame d'Olibès, mais il en est vingt autres que je pourrais citer. Je ne vous cacherai pas que ce jeune homme plaisait singulièrement à ma femme.

— Quoi qu'il en soit, monsieur, répliqua le docteur Herbeau, je déplorerai toujours le coup affreux qui vient de le frapper.

— Qui vous parle, monsieur, de vous en réjouir? Je dis seulement que la vie du docteur Savenay était la mort du docteur Herbeau.

— Il est bien vrai, dit Aristide en soupirant, que ce malheureux jeune homme était l'espoir de mes ennemis. Mais plût à Dieu qu'il vécût encore! Ce n'est pas ainsi que je devais triompher de leur orgueil.

— Oui, sans doute, reprit M. Riquemont, plût à Dieu qu'il vécût encore! Je l'aimais, moi; il buvait sec. Mais avez-vous songé, monsieur, à la destinée que ce jeune homme préparait à Célestin? car vous êtes père, monsieur, vous avez un fils. Vous n'êtes pas de ces gens qui peuvent jeter gaiement leur bonnet par-dessus les moulins, en s'écriant : Après moi la fin du monde ! Que serait devenu Célestin ?

— Il est certain, dit le docteur Herbeau, que cet infortuné jeune homme avait compromis l'avenir de mon cher enfant.

— N'en doutez pas : Savenay vivant, Célestin n'aurait pu recueillir le fruit des labeurs de son père. Tenez, papa Herbeau, nous sommes souvent en contradiction l'un avec l'autre. Nous n'avons pas les mêmes opinions politiques ; vous êtes vif, emporté et même un peu colère. De là des discussions qui dégénèrent aussitôt en disputes. Mais au fond, papa, nous nous aimons ; vous avez beau dire et beau faire, vous êtes un brave homme : votre famille m'intéresse. J'ai toujours eu de la sympathie pour madame Herbeau, et je sens là quelque chose pour ce jeune Célestin. Eh bien, franchement, entre nous, il ne faut pas trop murmurer de ce qui arrive.

— Ah ! monsieur, c'est un grand malheur, c'est une perte irréparable.

— Que voulez-vous ? nous n'y pouvons rien, et la Providence ne nous a pas consultés. Nous pleurerions toutes les larmes de notre corps, nous nous frapperions la poitrine à coups de poing, nous nous couvririons la tête de cendres, que tout cela ne changerait rien à l'affaire. D'ailleurs, ce pauvre garçon, je ne le connaissais pas, moi. C'est vous qui me l'avez amené.

— Je ne le connaissais pas davantage, reprit le docteur Herbeau ; je l'ai vu chez vous pour la première et dernière fois.

— Vous était-il ami ?

— Pas le moins du monde.

— Parent?

— A Dieu ne plaise !

— Eh bien donc, pourquoi se désoler? Si nous pleurons les indifférents, que ferons-nous pour nos morts? Je vous l'ai dit, vous avez la chance, le ciel vous protége. Et puis, voyons, sérieusement, est-ce pour la science une si grande perte?

— Je n'ai vu qu'une fois ce jeune homme, dit le docteur, et je n'oserais décider...

— Osez, monsieur, osez : indulgence pour les vivants, mais justice aux morts. Il me faisait l'effet, à moi, de mieux s'entendre à la culture des melons qu'à la guérison des malades, et de vider plus volontiers un verre de vin de Bordeaux qu'une question scientifique.

— Il faut bien avouer que sa conversation était quelque peu frivole.

— L'avez-vous observé pendant la consultation? Je suis obligé d'en convenir, vous l'avez roulé, papa.

— Entre nous, dit Aristide en souriant, je crois qu'il n'était pas très-fort.

— Je crois, moi, que c'était une ganache, dit M. Riquemont en enfonçant résolûment ses mains dans ses poches.

— Vous pourriez bien ne pas vous tromper, s'écria le docteur en riant.

— C'eût été un fléau pour le pays.

— Il aurait fait beaucoup de mal.

— Et savez-vous, docteur, qu'il était plein de morgue et d'insolence? Vous n'ignorez pas comment je l'ai reçu, quelles avances je lui ai faites. Le drôle est mort sans nous avoir rendu sa visite de digestion !

— A vrai dire, c'était un jeune homme assez mal élevé. Peu de tenue, point de manières, un laisser-aller incroyable !

— Un beau fils !

— Un faiseur d'embarras !

— Tranchons le mot, c'était un faquin.

— Ma foi ! monsieur, dit le docteur, ce n'était pas grand'chose de bon.

— Et d'où venait-il ? je vous le demande. Sa famille, ses amis, ses antécédents ? Ni vu ni connu. Il s'appelait Henri Savenay : qu'est-ce que cela, je vous prie ? Qui connaît les Savenay ? Où les Savenay perchent-ils ? Riquemont, Herbeau, voilà des noms, à la bonne heure ! Mais Henri Savenay, ne pensez-vous pas que ce devait être quelque enfant trouvé ?

— Tout est possible, répondit le docteur.

— Tenez, papa, voulez-vous que je vous parle à cœur ouvert ? Voulez-vous que je vous dise toute mon opinion ?

— Monsieur, vous me ferez plaisir.

— Eh bien,... dit M. Riquemont à voix basse, en se penchant à l'oreille du docteur.

Il s'interrompit et regarda autour de lui pour s'assurer qu'on ne pouvait l'entendre.

— Eh bien ? demanda le docteur effaré.

— Eh bien, monsieur, mon opinion est que c'était un espion du gouvernement.

— Je crois, monsieur, que vous allez trop loin, s'écria le docteur Herbeau ; nous devons respecter les morts et ne point accuser qui ne peut se défendre.

13.

— Je soutiens, répliqua M. Riquemont, que ce jeune homme n'était pas plus médecin que vous et moi. Est-il naturel qu'un homme libre vienne exercer une profession indépendante dans un pays où il ne connaît personne, où personne ne le connaît? Comment expliquez-vous qu'ayant à choisir dans les quatre-vingt-six départements il ait mis précisément le doigt sur Saint-Léonard? Voilà longtemps, monsieur, que les opinions avancées de Saint-Léonard inquiètent le pouvoir ; le pouvoir, sachez-le bien, a les yeux sur Saint-Léonard ; je pense, moi, que ce Savenay était un envoyé du pouvoir.

— Au fait, on aurait vu des choses plus étonnantes que celle-là, dit Aristide en hochant la tête.

— Vous voyez donc bien, monsieur, que la mort de cet homme n'est pas un si grand malheur que vous le prétendiez d'abord ; et je veux que ce soir, à dîner, nous vidions ensemble un vieux flacon, en signe de réjouissance.

A ces mots, comme ils venaient de monter les marches du perron, M. Riquemont ouvrit la porte du salon et poussa en avant le docteur Herbeau, qui aperçut Louise et Savenay assis l'un près de l'autre et causant.

Peut-être n'a-t-on pas oublié l'effet que produisit, un soir, sur le docteur Herbeau la carte du docteur Savenay. Certes, ce fut pour Aristide un rude moment à passer, et Jeannette a raconté souvent qu'elle n'avait pas vu deux fois son maître dans un état pareil. Eh bien, la terreur qu'alors il éprouva, terreur bien légitime et bien cruellement justifiée, puisque c'est à partir de cette heure fatale que l'astre des Herbeau pàlit et déclina, fut une frayeur d'enfant, comparée à celle qu'il ressentit en apercevant son rival assis auprès de Louise, dans le salon du château de Riquemont. Le diable en personne l'eût frappé de moins d'épouvante. Son chapeau et sa cravache échappèrent de ses mains défaillantes, et il demeura debout, immobile, les pieds vissés, rivés, scellés au parquet. M. Riquemont se tenait derrière lui, les bras croisés, souriant d'un sourire satanique. Louise et Savenay s'étaient levés et regardaient d'un air étonné.

— La chose est facile à dire, s'écria enfin M. Riquemont. Docteur Savenay, on vous croit mort à Saint-Léonard. M. Herbeau me racontait, en venant, qu'on a repêché votre cadavre dans la Vienne, près du moulin de Champfleuri. Le brave homme pleurait en me faisant ce récit lamentable ; et moi, je n'avais garde de le détromper, tant je jouissais de ces larmes qui vous honoraient tous deux. En vous apercevant, plein de vie et de santé, dans ce salon, près de ma femme, la surprise, la joie, le saisissement... Allons ! papa, ne vous gênez pas, lâchez la bride à vos transports et jetez-vous dans les bras de votre confrère.

En parlant ainsi, il le poussait vers Savenay, qui, fort embarrassé lui-même, ne savait quelle contenance tenir.

— Oui, balbutia le docteur Herbeau qui se sentait mourir de jalousie, de stupeur et de honte, oui, la surprise, la joie, le saisissement... je vous croyais

mort... Souffrez, jeune homme, que je vous embrasse.

—Ce tableau m'attendrit jusqu'aux larmes, s'écria
M. Riquemont. Ah! docteur Savenay, vous pouvez
vous flatter d'avoir un ami dans papa Herbeau. Em-
brassez-vous encore, car je ne sais rien de plus beau
ni de plus touchant que deux médecins qui s'em-
brassent. Jeune homme, si vous aviez entendu,
comme moi, l'oraison funèbre que M. Herbeau a
prononcée sur votre cadavre, le cantique de louanges
et de regrets qu'il a chanté en votre honneur, vous
seriez satisfait, j'ose l'affirmer.

M. Herbeau eût été plus à l'aise dans un buisson
d'épines ou dans un nid de serpents.

—Non, docteur Savenay, poursuivit le féroce châtelain, non, vous ne sauriez croire quel ami vous
avez là! Papa Herbeau n'aurait pas pleuré autrement
son fils Célestin. Comme je cherchais, pour l'éprouver, à déprécier votre mérite et votre caractère, es-
sayant, par des insinuations perfides, de l'amener à
reconnaître que votre mort était pour lui une béné-
diction du ciel, croiriez-vous que ce patriarche a levé
sa cravache et déclaré qu'il m'en frapperait plutôt
que de me laisser parler de la sorte? Papa, je n'y
tiens plus, ajouta-t-il en ouvrant les bras, souffrez
qu'à mon tour je vous embrasse. Je veux que nous
dînions ensemble pour fêter dignement ce beau jour.

M. Herbeau tenta à plusieurs reprises, mais toujours en vain, de détourner les persécutions du
bourreau. Celui-ci ne se lassa point de harceler sa
victime. Confus et jaloux, blessé à la fois dans son

amour et dans son amour-propre, honteux de s'être laissé prendre au piége, aiguillonné sans relâche par le rustre qui s'acharnait à lui comme un taon, Aristide finit par arriver à un état d'exaspération difficile à décrire. La meilleure crème s'aigrit. On a vu des moutons devenir enragés. Le cerf aux abois se retourne contre les chiens qui le poursuivent, et succombe rarement sans en avoir éventré deux ou trois. Poussé à bout, le docteur Herbeau jura de se venger; et madame Riquemont, qu'avait si longtemps respectée son amour, fut l'holocauste promis à sa vengeance.

— C'est toi, Riquemont, qui l'as voulu! s'écriat-il dans son cœur, en serrant ses poings avec rage.

M. Herbeau s'excusa de ne pouvoir dîner au château; et, profitant d'un instant où M. Riquemont causait avec M. Savenay, qui se préparait, lui aussi, à prendre congé de ses hôtes, il s'approcha de la jeune femme.

— Louise, lui dit-il à voix basse et d'un ton déterminé, il faut que je vous voie sans témoins, non pas au château, où nous pourrions être surpris, mais aux environs. Fixez vous-même le jour, l'heure et le lieu.

— Mais, cher docteur, répondit Louise en riant, c'est un rendez-vous que vous me demandez.

— Oui, Louise, c'est un rendez-vous que je vous demande, répliqua M. Herbeau de l'air le plus sérieux du monde.

Et comme madame Riquemont réfléchissait et ne répondait pas :

— Louise, jusqu'à ce jour je ne vous ai rien demandé, dit Aristide d'un ton de reproche.

— Mon Dieu ! rien de plus simple, dit enfin madame Riquemont, tout étonnée d'avoir pu hésiter un instant à satisfaire la fantaisie de cet excellent homme ; si ma santé me le permet, j'irai jeudi prochain, dans l'après-midi, visiter mes pauvres de Saint-Herblain. Venez à la métairie entre quatre et cinq heures ; j'y serai.

—Jeudi prochain, de quatre à cinq heures, à la métairie de Saint-Herblain, répéta le docteur d'un air mystérieux.

— Est-ce entendu ? dit Louise.

— C'est entendu, répondit le docteur Herbeau.

Un sourire indéfinissable passa sur ses lèvres, et l'âme de don Juan rayonna un instant sur ce pacifique visage.

———

CHAPITRE VI.

Le soir du même jour, M. Riquemont entra dans la chambre de sa femme. Il s'étendit, comme de coutume, sur un canapé ; et, après avoir parlé de choses et d'autres, des chevaux qu'il avait vendus à la foire de Pouligny, des fureurs du dernier orage, de ses bœufs écrasés, de sa ferme écroulée, de ses moissons détruites :

— A propos, Louison, dit-il avec un air d'indifférence, que penses-tu de ce nouveau docteur ?

— Ce que je pense du nouveau docteur? répondit Louise, troublée par cette question inattendue, qui semblait s'adresser aux secrètes préoccupations de son cœur ; je n'en pense absolument rien.

— Allons donc, ma chère! tu plaisantes, s'écria M. Riquemont ; si je te demandais ton avis sur la valeur d'un pré, ou sur le prix d'une bête à cornes, à la bonne heure! mais pardieu! il s'agit bien ici d'autre chose! Je te demande, Louison, ce que tu penses du nouveau docteur.

— Quelle étrange insistance! dit-elle en rougissant, car dans son innocence alarmée elle craignait déjà de se trouver coupable ; que répondriez-vous, si je demandais ce que vous en pensez vous-même?

— Je répondrais, ma chère, que M. Savenay est fort à mon goût, que c'est un garçon d'un rare mérite, un jeune homme simple et modeste, et que je le préfère certainement à ton Aristide, qui n'est qu'un vieux sot.

— Mon ami, dit Louise, vous êtes sans pitié pour ce pauvre docteur. Que M. Savenay ait beaucoup de mérite, je ne le conteste pas ; mais vous oubliez que M. Herbeau me prodigue depuis deux ans des soins véritablement paternels.

— Paternels! paternels! dit M. Riquemont en serrant les poings : que ces soins soient véritablement paternels, je ne le conteste pas ; mais tu oublies que, depuis deux ans que le docteur Herbeau te prodigue des soins véritablement paternels, ta santé ne fait que décroître de jour en jour. N'aimerais-tu pas

mieux des soins moins véritablement paternels et
plus véritablement efficaces?

—Mon ami, dit Louise qui ne voyait pas bien
clairement où son mari voulait en venir, je ne vous
comprends pas. Si je n'ai pu me rétablir, il ne faut
en accuser personne, et le docteur Herbeau moins
que tout autre. N'avez-vous pas entendu M. Savenay
lui-même approuver en tout point le traitement auquel je suis soumise? Je conçois que vous soyez
ennuyé de me voir souffrir; mais si cet ennui doit
vous rendre injuste, je voudrais que ce ne fût pas
envers mon pauvre docteur.

— Louison, répondit brusquement M. Riquemont,
je ne suis injuste envers personne, et je persiste à
déclarer que M. Herbeau est un sot, dont je ne voudrais même pas pour soigner mes poulains malades.

— Je le conçois, répondit Louise; mais comme
jusqu'à ce jour vous l'avez trouvé assez bon pour
soigner votre femme, je ne sais pas pourquoi vous
voudriez aujourd'hui...

— C'est toi qui deviens injuste, ma chère; tu oublies que, M. Herbeau ayant été jusqu'alors l'unique
docteur de la contrée, je n'ai pas eu l'embarras du
choix. Au reste, il est bon que tu saches que, si je
l'ai préféré au vétérinaire de Saint-Léonard, c'est
moins par amour pour ta santé que par respect pour
ta personne.

— Mon ami, dit Louise, je vous remercie.

— Mais à présent, Louison, c'est autre chose!
Voilà qu'il nous arrive enfin un nouveau docteur, un
docteur de Paris, celui-là, un enfant de la jeune mé-

decine, qui a suivi les progrès de la science, et
nous apporte les nouvelles découvertes de l'art. Puisque M. Herbeau, avec son grec et son latin, avec ses
phrases poudrées à frimas, n'a pu déterminer encore
une amélioration dans ton état, je crois qu'il serait
sage et convenable de recourir à d'autres remèdes et
d'essayer d'un système nouveau ; en un mot, dans
ma sollicitude, que tu n'apprécies point assez, je
viens te proposer d'en finir avec M. Herbeau et, de
mettre à l'épreuve le talent de M. Savenay.

A cette proposition, Louise tressaillit d'effroi. Soit
que le trouble de son cœur se fût trahi déjà, et que
son mari cherchât à le surprendre, soit que M. Riquemont parlât sérieusement et fût décidé à remplacer le vieux médecin par le jeune, les deux cas étaient
également embarrassans pour Louise, qui n'entre-
voyait ni dans l'un ni dans l'autre de grands motifs
de sécurité. Toutefois, il faut le dire à la gloire de la
pauvre enfant, elle s'effrayait moins des soupçons
qui pesaient peut-être sur son innocence, que des
dangers réels qui la menaçaient. L'idée que M. Savenay pourrait venir au château aussi fréquemment
que l'avait fait le bon Aristide la frappait d'une ins-
tinctive épouvante. Louise était d'ailleurs sincèrement
attachée au docteur Herbeau, et son cœur ne pouvait
se résoudre à congédier ce vieil ami, dont la tendresse avait distrait si souvent les ennuis d'une tristesse amère. Madame Riquemont fut donc de bonne
foi dans la chaleur qu'elle mit à repousser la proposition de son mari.

— Mon ami, s'écria-t-elle vivement, vous n'y

14

songez pas. Quitter M.Herbeau que nous connaissons
depuis deux ans, un homme de cœur, un ami sûr et
dévoué ; le quitter sans motif, pour M. Savenay que
nous connaissons à peine! vous-même ne le voudriez
pas. Que M. Savenay soit un sujet distingué, un médecin habile, je vous l'accorde ; mais n'est-ce pas
une raison de plus pour conserver M. Herbeau, puisque M. Savenay, dont vous reconnaissez le mérite, a
rendu un hommage éclatant à celui que vous déni-
grez? Qu'est-ce donc que cette humeur irascible que
vous nourrissez contre M. Herbeau? Vous êtes sans
pitié pour ses ridicules ; tous, tant que nous sommes,
n'avons-nous pas les nôtres? Mon ami, ayez quelque
indulgence. Je vous livre bien volontiers Colette, mais,
de grâce, laissez-moi mon docteur, ajouta-t-elle en
souriant.

— Voilà bien comme vous êtes toutes , s'écria le
campagnard qui interprétait dans le sens de sa
jalousie la résistance de Louise ; voilà comme vous
êtes toutes ! répéta-t-il en se levant. Si je vous pro-
posais de conserver M. Herbeau, vous pleureriez pour
avoir M. Savenay. Eh bien, je vous dis, moi, que
M. Savenay sera votre docteur. Pensez-vous qu'il me
soit agréable d'entretenir ici une vieille perruque qui
n'est bonne à rien? de payer deux visites par semaine,
d'avoir un âne à ma table, une bourrique dans mon
écurie, et vous malade, par-dessus le marché? Non,
de par tous les diables! Vous me demandez ce que
j'ai contre votre Herbeau : je vous demande, moi, ce
que vous avez contre mon Savenay. Parce qu'il ne
vous crible pas de compliments, qu'il ne fait pas la

roue devant votre soleil, qu'il ne roucoule pas autour
de vous comme ce gros pigeon d'Aristide, ce jeune
homme ne vous plait pas? J'en suis fâché! il me
plait, à moi, et charbonnier est maître en sa maison.

— Encore une fois, dit Louise les larmes aux
yeux, mon ami, vous n'y songez pas ; réfléchissez un
instant, et vous comprendrez que, lors même que
M. Herbeau serait tout aussi déplaisant que vous le
prétendez, ce qui n'est pas, il faudrait encore lui
conserver ses droits.

— Qu'est-ce à dire? demanda brutalement M. Riquemont.

— Il est des circonstances où nous devons savoir
sacrifier nos sympathies et nos antipathies aux exigences du monde, et de toute façon il serait peu
convenable que les assiduités de M. Savenay succé-
dassent ici à celles de M. Herbeau.

— Qu'est-ce à dire, madame? répéta M. Riquemont d'une voix tonnante.

Louise rougit, se tut ; puis enfin, faisant un pénible
effort sur sa timidité :

— Je veux dire, mon ami, répondit-elle, que la
sollicitude que vous semblez avoir pour ma santé me
touche vivement, mais que je désirerais vous voir
aussi jaloux du soin de ma réputation. Je veux dire
que vous êtes rarement au château, que M. Savenay
est jeune, et que le monde est méchant.

— Madame, répliqua M. Riquemont avec un ton
sentencieux, la réputation est à la vertu ce que la
physionomie est au cœur, et vous savez qu'il y a des
physionomies menteuses. Pour ce qui est de la ra-

reté de ma présence au château, j'y suis encore assez souvent pour ne rien perdre de ce qui s'y passe; et quant à la jeunesse de M. Savenay, je conviens avec vous que les vieux sont beaucoup plus commodes.

Là-dessus, M. Riquemont se retira, laissant Louise à sa douleur, à son effroi et à ses réflexions; car les dernières paroles de son mari étaient une énigme pour elle, et vainement elle essaya d'en pénétrer le sens.

CHAPITRE VII.

Décidément, M. Riquemont était jaloux. A partir du jour où il avait surpris le docteur Herbeau aux genoux de Louise, lui baisant les doigts et la comparant à Vénus, c'avait été chez lui une idée fixe que le docteur Herbeau faisait la cour à Louison. Les gens que les idées visitent rarement se jettent avec avidité sur celles que le hasard leur présente; ils s'y attachent, s'y cramponnent, et s'en dessaisissent difficilement. M. Riquemont avait d'autant mieux accueilli celle-ci, qu'elle rôdait depuis longtemps autour de son cœur, et qu'il était déjà, à son insu, familiarisé avec elle. Il avait commencé par en rire; mais ses soupçons, à peine éveillés, s'étaient presque aussitôt changés en certitude. Une fois sur la piste, le fin renard s'était tenu en observation, ne perdant pas de vue Aristide, épiant ses moindres gestes, commentant ses moindres paroles, toujours présent à ses visites ; et , bien que de son côté le docteur se tînt prudemment sur ses gardes, chaque visite avait illuminé d'un nouveau trait de lumière l'esprit clairvoyant du rusé châtelain.

Le premier mouvement de M. Riquemont avait été de provoquer Aristide, et de lui passer d'abord son grand sabre à travers le ventre. Mais la prévoyante nature avait pris soin de mitiger la férocité de cette âme par une forte dose d'amour-propre; la crainte de jouer un rôle ridicule lui conseilla d'attendre, de se venger sans éclat et sans bruit. Il savait d'ailleurs à quoi s'en tenir : tout en s'exagérant les coupables intentions d'Aristide, il savait que le mal n'était pas allé loin ; et je dois dire, à la honte de cet homme abominable, qu'il puisait ses motifs de sécurité moins dans la vertu que dans la santé de sa femme.

Au point où en étaient les choses, la position pouvait sembler embarrassante. Après l'avoir suffisamment abreuvé d'amertumes et de déboires de tout genre, il s'agissait de trouver un prétexte honnête pour jeter M. Herbeau à la porte. Rien n'était plus simple en apparence ni plus difficile en réalité. Pour rien au monde l'orgueilleux butor n'aurait consenti à s'avouer jaloux du vieux docteur. Reconnaître une pareille rivalité, en convenir vis-à-vis de sa femme, donner à M. Herbeau la satisfaction de croire qu'il avait pu troubler le grand Riquemont dans sa sécurité conjugale, étaient autant d'humiliations auxquelles sa vanité répugnait invinciblement. Il re-

14.

doutait surtout de devenir la fable du pays et de
compromettre la belle influence politique qu'il avait
conquise dans son département. M. Riquemont jaloux du docteur Herbeau! certes le cas eût été plaisant, et les malins esprits de la Vienne en auraient fait
des gorges chaudes. C'était là ce qu'il fallaitéviter. Cependant, que résoudre? Obliger, à force de mauvais
procédés, l'ennemi à se retirer? M. Riquemont avait
tout épuisé, et le docteur ne semblait nullement disposé
à déserter la place. Surprendre le coupable en flagrant
délit amoureux? Au train dont allaient les choses, l'oc-
sion pouvait ne se présenter jamais, ou du moins se
faire longtemps attendre. Après de mûres réflexions,
M. Riquemont avait pensé que le parti le plus convenable était de renvoyer l'amant sous le prétexte du
médecin. On sait la façon dont il s'y prit auprès de
Louise, comment il aborda la question, de quelle
sorte il leva la séance. Il s'était bien attendu à quelque résistance; mais il n'avait pas compté sur une
telle obstination. Son humeur jalouse s'en irrita et
faillit éclater. Il se retira furieux et ne doutant plus
que sa femme ne fût complice du perfide.

Le grand air le calma et le ramena à des idées plus
saines. Après quelques tours d'allées, il finit par se
demander s'il était vraisemblable que Louise se fût
laissé prendre avec ses vingt ans aux grâces écloppées
d'Aristide. Il est vrai qu'en songeant à l'étrange figure qu'il avait aperçue dans son miroir toutes les
fois qu'il s'était fait la barbe, il convenait avec une
impitoyable impartialité que la femme qui avait pu
se résoudre à épouser un pareil visage pouvait, sans

beaucoup déroger, accueillir favorablement les hommages du vieux docteur. Puis il se rappelait ce qu'il avait entendu conter de l'influence des médecins sur leurs malades. A vrai dire, il ne savait trop que croire, qu'imaginer. Ce qu'il y avait de plus clair, c'est que le docteur Herbeau lui était odieux pour toute espèce de raisons ; qu'il le haïssait pour son esprit, pour ses manières, pour ses opinions, pour sa croix d'honneur, pour sa jument, pour sa culotte courte, pour ses bas de soie, pour sa perruque, pour ses boucles d'argent ; que tout en cet homme lui était souverainement antipathique, et qu'enfin il n'avait rien tant à cœur que de se débarrasser de cet hôte incommode. Mais là se reproduisait la difficulté dont nous parlions tout à l'heure. Vis-à-vis de lui-même, M. Riquemont avait bien un prétexte plausible et plus que suffisant ; malheureusement ce prétexte, l'orgueil lui commandait de le taire. Vis-à-vis du monde, vis-à-vis de Louise et du docteur Herbeau, il fallait un autre expédient qu'il pût mettre en avant sans aventurer la dignité de son caractère. Congédier l'amant, c'était couronner la victime de myrtes et de roses : une telle disgrâce équivalait au triomphe le plus beau ; tandis qu'en congédiant le médecin comme convaincu d'ignorance, M. Riquemont sauvait une défaite à son amour-propre, perdait son rival dans l'esprit public et le couvrait de honte pour la fin de ses jours. Mais à cela Louise avait répondu victorieusement : — Pourquoi vouloir remplacer le docteur Herbeau par le docteur Savenay, puisque le docteur Savenay, appelé en consultation, a rendu un éclatant hommage au talent du docteur Herbeau?—Que répliquer? Le rustre en perdait la tête.

Le lendemain, il se leva de grand matin, et, après avoir visité ses écuries et ses étables, il fit seller un cheval et partit pour Saint-Léonard. Il mit pied à terre à la porte de M. Savenay. Le jeune homme le reçut avec une grave cordialité, sans contrainte, sans empressement.

— Je viens, lui dit M. Riquemont, déjeuner avec vous et parler d'affaires.

— Je suis tout à vous, monsieur, répondit le jeune docteur.

On déjeuna; car partout où se trouvait M. Riquemont, on dînait ou on déjeunait. Vers la fin du repas, le châtelain s'accouda sur la table, et après avoir vidé préalablement un grand verre de vin :

— Jeune homme, dit-il, je vais vous entretenir de choses graves.

— Monsieur, je vous écoute, répondit M. Savenay en croisant les bras sur sa poitrine.

M. Riquemont promena lentement sa langue sur ses moustaches rousses et hérissées comme l'enveloppe d'une châtaigne.

— Jeune homme, dit-il enfin, que pensez-vous du docteur Herbeau ?

— Je pense, comme vous, monsieur, répondit M. Savenay, que le docteur Herbeau est l'honneur de cette ville. Je le tiens pour un galant homme ; pour un modèle d'urbanité, de grâce et de savoir-vivre; pour un de ces rares esprits, charmants et naïfs, dont le type s'efface chaque jour et se perdra bientôt parmi nous ; pour un de ces hommes enfin qu'on ne saurait entourer de trop d'estime ni de trop de respect.

— Excusez du peu ! dit M. Riquemont en remplissant son verre. Et comme médecin ?

— Comme médecin, monsieur, répliqua M. Savenay, le docteur Herbeau jouit d'une réputation acquise et justifiée par vingt ans de nobles travaux. Vous avez entendu ma profession de foi, le jour où j'eus l'honneur d'être appelé par vous en consultation au château de Riquemont ; cette profession de foi, je suis prêt, si vous le souhaitez, à la renouveler à cette heure.

— Ah çà ! mon petit, s'écria le châtelain d'un ton familier et goguenard, vous me la donnez belle ! Nous ne sommes point ici en consultation ; gardez ce langage académique pour une occasion meilleure. Le vin est bon, rien ne nous presse ; parlons franchement et à cœur ouvert. Voulez-vous que je vous dise, moi, ce que vous pensez du docteur Herbeau ? Vous pensez que c'est une vieille bête.

— J'imagine, monsieur, que vous voulez parler de Colette, répondit froidement le jeune docteur.

M. Riquemont demeura quelque temps interdit sous le regard glacé de l'amphitryon. Il vida son verre et reprit :

— Voyons, sérieusement, entre nous, pensez-vous ce que vous dites ?

— J'ai pour habitude de penser tout ce que je dis.

— Eh bien, jeune homme, vous êtes dupe ! s'écria M. Riquemont en donnant sur la table un grand coup

de poing qui fit vaciller les flacons. Vous êtes dupe,
vous dis-je ! Savez-vous comment le docteur Herbeau, lorsqu'il vous croyait mort, s'est exprimé hier
sur votre compte? Savez-vous ce qu'a dit le docteur
Herbeau? Monsieur, le savez-vous? Non, vous ne le
savez pas, vous ne le saurez jamais, car je n'oserai
le redire, je connais trop le respect que l'on doit à
votre personne. Il a dit que vous étiez une ganache.

— Soyez sûr, monsieur, que le docteur Herbeau
n'a pas dit cela, affirma M. Savenay avec assurance.

— C'est moi qui l'ai dit, répliqua M. Riquemont
un peu troublé, mais pour le lui faire répéter.

— Vous avez eu tort, monsieur, ajouta le jeune
homme en souriant. Rappelez-vous les paroles du
Christ : Vous ne tenterez pas votre Dieu. Mais bri-
sons là. M. Herbeau me croyait mort, il a pu me
juger sévèrement. L'Égypte en faisait autant de ses
rois ; j'aurais mauvaise grâce à me plaindre.

— Mais vous ne savez pas tout ce qu'a dit le vieux
scélérat ! s'écria le châtelain avec rage. Il s'est réjoui
de votre mort.

— Permettez-moi de n'en rien croire.

— Il a prétendu que vous n'étiez pas grand'chose
de bon.

— C'est tant pis pour moi.

— Que vous étiez un faiseur d'embarras !

— La chose est possible.

— Un faquin !

— Comme il vous plaira.

— Un espion de la police !

— Cessons, monsieur, ces enfantillages. Quelle que soit l'opinion que le docteur Herbeau professe à mon égard, elle ne saurait modifier en rien celle que j'ai de son esprit, de son caractère et de son mérite.

M. Riquemont se mordit les lèvres et resta silencieux, déconcerté par ce ferme langage et par cette digne attitude.

— Jeune homme, reprit-il au bout de quelques instants, souffrez que je vous adresse une question qui pourra d'abord vous sembler indiscrète, mais qui vous prouvera le sérieux intérêt que je vous ai voué. Êtes-vous riche ?

— Ma pauvreté ne doit rien à personne, répondit le jeune docteur.

— Vous êtes pauvre ?

— Oui.

— Et vous voulez faire fortune ?

— Non.

— De par tous les diables ! vous êtes fou, monsieur, s'écria le châtelain avec humeur. Qu'êtes-vous donc venu chercher à Saint-Léonard, et quel but vous proposez-vous ici-bas, si ce n'est l'argent et la fortune ? La fortune, monsieur ! vous en parlez bien à votre aise. C'est la grande affaire de la vie, c'est la vie, la vie tout entière. Que faire en ce bas monde, si l'on n'y fait fortune ? La fortune ! ah ! vous n'en voulez pas. Je la garde ; merci !

— Voyons, monsieur, où voulez-vous en venir ? demanda M. Savenay laissant échapper un geste d'impatience.

— A vous dire, monsieur, que votre fortune, cette

fortune que vous dédaignez, est entre mes mains, et qu'il dépend de vous de la voir passer dans les vôtres.

— En vérité, je ne vous comprends pas, dit M. Savenay d'un air étonné.

— Vous allez me comprendre. Étranger à Saint-Léonard, vous avez à lutter contre un homme qui, depuis vingt ans, a l'unique privilége de tuer en ce pays ; on est fait à sa manière, et, bien que je vous croie fort habile, vous aurez de la peine à le détrôner. N'oubliez pas son fils qu'il ne va pas manquer d'appeler à son aide pour l'opposer à vos débuts. C'est un niais, il réussira ; vous êtes un garçon d'esprit, votre succès est incertain ; toujours est-il qu'il vous faudra longtemps attendre, combattre tous les jours avec acharnement, gagner pied à pied le terrain. Eh bien, moi, je vous offre l'occasion de rafler sur-le-champ, d'un seul coup, la clientèle du père et du fils. Cela vous va-t-il ?

— De grâce, expliquez-vous, s'écria M. Savenay, qui de l'étonnement arrivait à l'ébahissement.

— Je vais m'expliquer, dit M. Riquemont.

Il but un verre de rhum, passa sa main sur ses moustaches ; puis, élevant la voix et d'un ton solennel :

— Je suis riche, moi, reprit-il. Mon bon ami, tel que vous me voyez, j'ai trente petites mille livres de rente au soleil. Ajoutez-y une influence politique qui s'étend à vingt lieues la ronde. Je représente le parti libéral dans mon département. Les tyrans me redoutent, les vicaires tremblent à ma vue, les jésuites ont juré ma mort. Je corresponds avec le *Constitutionnel*.

M. Savenay s'inclina.

— C'est ainsi que j'ai l'honneur de vous le dire, poursuivit le châtelain. Je suis roi de la contrée. Je tiens Saint-Léonard comme une pièce de cent sous dans ma main ; j'en puis disposer à ma guise. Cela est si vrai, jeune homme, que, s'il me prenait fantaisie de retirer aujourd'hui la clientèle du château au docteur Herbeau, le docteur Herbeau n'aurait pas demain six pratiques dans la ville et aux environs. Me comprenez-vous maintenant ?...

— Pas le moins du monde, dit M. Savenay.

— Comment, ventrebleu ! vous ne comprenez pas que je vous aime et que je vous veux du bien ! s'écria M. Riquemont. Oui, jeune homme, je l'avoue, je vous aime ; tout me plaît en vous. Nous avons les mêmes goûts, les mêmes idées, les mêmes opinions. Je vous ai tout de suite aimé, rien qu'en voyant votre cheval. Vous m'intéressez : je sais que vous avez, dans quelque coupe-gorge de la Creuse, une vieille bonne femme de mère qui vous pleure ; une jeune fillette de sœur qui, faute de dot, ne peut se marier. Eh bien ! votre vieux Riquemont veut réunir la mère et le fils, et donner un mari à la fille. Docteur Savenay, déclarez que votre confrère n'entend rien à la maladie de ma femme, et, dès aujourd'hui, je congédie le docteur Herbeau, je vous offre la clientèle du château et vous confie la santé de Louison.

Ayant ainsi parlé, M. Riquemont se frotta les mains d'un air triomphant et satisfait.

— Je vous comprends, monsieur, répondit M. Savenay. Croyez que je suis profondément touché

15

de l'intérêt que vous voulez bien prendre à ma destinée. Vous me voyez heureux et confus des sentiments affectueux que vous avez daigné m'exprimer. Quant à la position que vous m'offrez, j'apprécie, n'en doutez pas, tout ce qu'elle a pour moi d'honorable et d'avantageux ; mais je ne saurais l'accepter.

— Vous refusez? s'écria M. Riquemont.

— Je refuse, répliqua M. Savenay.

En cet instant, la conversation fut empêchée par un épouvantable vacarme qui ébranla tout à coup les vitres du jeune docteur. C'était un bruit d'instruments tel que les murs de Jéricho n'en entendirent pas de pareil. S'étant approché du balcon, M. Savenay aperçut sous ses fenêtres un groupe de grotesques musiciens qui, aussitôt qu'ils le reconnurent, interrompirent brusquement l'ouverture de *la Caravane* pour attaquer vigoureusement le grand air de triomphe de *la Muette.* Une foule compacte encombrait les boulevards, et quelques cris de : Vive le docteur Savenay ! éclatèrent çà et là dans les rangs. M. Savenay se retira du balcon et demanda d'un air irrité ce que signifiait cette plaisanterie. Son domestique lui répondit que c'était une sérénade que lui donnait la musique de la ville. En effet, la nouvelle du retour du jeune docteur, qu'on avait cru mort, s'étant répandue dans Saint-Léonard, ses partisans avaient décidé qu'on lui donnerait une sérénade en signe de félicitation et de réjouissance, mais, en réalité, à cette seule fin d'humilier le docteur Herbeau.

— Voilà qui m'est souverainement déplaisant, dit M. Savenay visiblement contrarié. Messieurs , ne sauriez - vous aller faire plus loin votre tapage? ajouta-t-il en se montrant à la fenêtre.

Mais sa voix fut étouffée par l'enthousiasme de la grosse-caisse. L'orchestre se composait de deux trompettes, de quatre violons, d'un tambour et d'une clarinette. Madame Saqui, alors en représentation à Saint-Léonard, ainsi que nous l'avons dit, avait prêté sa grosse-caisse, ses cymbales et deux chapeaux chinois. Parmi les exécutants, on remarquait surtout le gendarme Canon, qui soufflait de toute la force de ses poumons dans une trompette fêlée. Lorsque M. Savenay se montra derechef au balcon, il fut salué par l'air de : *Où peut-on être mieux qu'au sein de sa famille?*

— Allez tous au diable! cria-t-il en fermant la croisée avec colère.

M. Riquemont ne se sentait pas d'aise.

— J'aime à voir les populations honorer ainsi le vrai mérite, dit-il en rouvrant la fenêtre. Jeune homme, laissez mon cœur, mes yeux et mes oreilles se repaître de ce touchant spectacle et de cette douce harmonie. Bien! mes amis, bien! s'écria-t-il en jetant quelques gros sous que se disputèrent deux ou trois petits ramoneurs, en criant : Vive monsieur Savenay! vive monsieur Riquemont!

— Que diable! monsieur, dit le jeune homme, tout cela n'a pas le sens commun ; et, si cette scène devait se renouveler, je quitterais sur-le-champ Saint-Léonard pour ne plus y rentrer. Je prétends ne point servir de jouet et de prétexte à la sottise des méchants. Pour qui me prend-on ici? Je n'ignore pas que cette sérénade est un charivari à l'adresse du docteur Herbeau, et je tiens à ce qu'on sache que je rougis d'un pareil hommage.

Cependant la musique allait son train. Pour compléter l'affaire, une petite fille vêtue de blanc, blonde et rose comme un chérubin, jambes et bras nus, petits pieds chaussés de brodequins mignons, entra dans la salle à manger et s'avança gentiment vers le jeune docteur, qui reconnut mademoiselle Atala d'Olibès, la fille de la directrice de la poste aux lettres. Elle tenait d'une main une couronne d'immortelles, et de l'autre un énorme bouquet de dahlias, si gros que c'était le bouquet qui semblait porter la belle enfant. Elle l'offrit à M. Savenay; puis d'une voix fraîche et argentine comme le murmure d'un clair ruisseau, elle gazouilla ce compliment :

> Hier, je pleurais votre trépas ;
> Mais ce matin, avant l'aurore,
> Un dieu me dit : Ne pleure pas,
> Monsieur Savenay vit encore.
> A ces mots, je cours au jardin
> Moissonner les présents de Flore,
> Pour les offrir au médecin
> Qu'en ces lieux tout le monde honore.
> De ces beaux dahlias la fraîcheur
> Se flétrira, douleur extrême !
> Voici le véritable emblème
> Des sentiments de notre cœur.

Et, à ce dernier vers, elle tendit la couronne d'immortelles au jeune docteur.

— C'est charmant! ravissant! étourdissant! s'écria M. Riquemont. Je n'ai jamais rien entendu de pareil.

— C'est, en effet, très-joli, dit M. Savenay, qui ne put s'empêcher de sourire.

— Tiens, mon petit ange, voici de quoi acheter des dragées, ajouta M. Riquemont en lui présentant un gros sou tout souillé de vert-de-gris.

— Est-ce que j'ai besoin de votre argent, gros vilain? dit mademoiselle d'Olibès en lui jetant son morceau de cuivre à la tête.

M. Savenay prit l'enfant sur ses genoux, la caressa avec bonté, et la renvoya à sa mère, les poches bourrées de friandises et de biscuits.

Près de se retirer:

— Monsieur, dit-elle, voulez-vous que je vous récite une fable?

> La cigale, ayant chanté
>   Tout l'été,
> Se trouva fort dépourvue...

— Va, mon enfant, va, ta poupée t'attend, dit le jeune homme en la reconduisant par la main jusqu'au bas de l'escalier. Il est impossible, s'écria-t-il en rentrant, de rien voir de plus burlesque ni de plus ridicule que ce qui se passe ici depuis un quart d'heure. J'ai donné ordre qu'on bridât nos chevaux; si vous y consentez, monsieur, nous irons faire un tour hors de la ville, car, en vérité, la place n'est pas tenable.

— Docteur Savenay, dit M. Riquemont, je veux

15.

bien aller avec vous faire un tour hors de la ville. Votre modestie souffre, je le conçois...

— Ma modestie! s'écria M. Savenay avec emportement; ah çà! monsieur, êtes-vous complice de tous ces imbéciles et vous moquez-vous de moi?

— Calmez-vous, jeune homme, reprit le châtelain: je veux dire seulement que ce qui se passe est plus sérieux que vous ne semblez le croire. Quel que soit le motif qui préside à ces démonstrations, le moment est favorable pour frapper un grand coup. Dites un mot, je congédie le docteur Herbeau, et tout Saint-Léonard est à vous.

— Non, non, mille fois non! s'écria le jeune homme en frappant du pied le parquet, car il était au bout de sa patience : ce mot, je ne le dirai point. Je ne veux pas de la fortune à ce prix ; et, si vous voulez que je vous parle franchement, j'oserai vous avouer, monsieur, que je vous juge ingrat, car les services du docteur Herbeau méritent une autre récompense que celle que vous leur réservez.

A ces mots, il prit sa cravache, descendit précipitamment l'escalier et sauta sur son cheval, qui l'attendait depuis quelques instants dans la cour. Suivi de M. Riquemont, il passa fièrement devant le bruyant orchestre, sans jeter un regard aux exécutants, qui, en le voyant paraître, avaient entamé, les uns l'ouverture de *Lodoïska*, les autres la marche de *Moïse*.

Une fois hors de Saint-Léonard, le châtelain revint à la charge, mais vainement : M. Savenay fut inflexible, et tous deux se séparèrent à mi-chemin de Riquemont, médiocrement satisfaits l'un de l'autre.

M. Riquemont s'en retourna, d'autant plus acharné contre le docteur Herbeau, qu'il ne savait comment s'y prendre pour se débarrasser de cet homme. Tout le bien que lui en avait dit le jeune docteur n'avait fait qu'envenimer son humeur irascible et jalouse. On se tromperait, d'ailleurs, si l'on pensait que M. Savenay se fût aliéné en ce jour les bonnes grâces du châtelain. La nature grossière de M. Riquemont n'était pas inaccessible au sentiment du juste et de l'honnête. La noble contenance de notre jeune ami lui avait singulièrement imposé; et, tout en s'irritant de son refus, le rustre n'avait pu s'empêcher d'en apprécier la délicatesse, d'en admirer le désinté- ressement. Mais plus son cœur le portait vers le jeune médecin, plus il ressentait d'aversion pour le vieux; et M. Savenay, par sa belle conduite, n'avait réussi qu'à porter un dernier coup à son infortuné confrère.

M. Riquemont éprouvait le besoin de rafraîchir son âme brûlante par des émotions douces et patriar- cales. Avant de rentrer au château, il s'arrêta dans la prairie où ses chevaux et ses poulains pâturaient en liberté. Ils étaient tous là, ses amours, errant ou mollement étendus sur l'herbe, au soleil, à l'ombre des chênes. A cet aspect, son cœur soulagé se gon- fla de satisfaction, son regard rayonna d'orgueil. Il resta longtemps au milieu d'eux, comme un pacha dans son harem, allant de l'un à l'autre, de celui- ci à celui-là, les flattant de la main, leur parlant,

les baisant au front, les examinant des pieds à
la tête avec une sollicitude amoureuse. A sa voix
bien connue, les poulains familiers accouraient en
bondissant, puis s'échappaient brusquement en gam-
bades charmantes ; tandis que, sur son passage, les
chevaux, couchés sur le gazon, allongeaient le col
et tournaient vers lui leurs grands yeux caressants.
Ils avaient tous un nom de son choix. Or, la chose
est assez curieuse pour valoir la peine d'être contée.
Croirait-on que ce diable d'homme, comme s'il eût
voulu fondre en une seule les deux passions qui par-
tageaient sa vie, l'hippomanie et le libéralisme, avait
choisi à chacun de ses élèves un parrain parmi les
membres de l'opposition ! En un mot, pour baptiser
ses chevaux, il s'était servi du tableau de la chambre
des députés en guise de calendrier. Chaque animal
était nommé suivant son mérite. Aux plus fringants,
aux plus ardents, aux plus vigoureux, aux plus aimés enfin, appartenaient les noms les plus formi-
dables de l'extrême gauche. Ceux qui venaient
ensuite, d'un sang moins généreux, d'une race moins
pure, représentaient les consciences douteuses et les
flottantes opinions. Enfin, comme il se trouvait dans
le nombre quelques anciens serviteurs, fourbus ou
couronnés, dont on tolérait la vieillesse, ceux-là por-
taient les noms de l'extrême droite. Grâce à cette
ingénieuse invention, M. Riquemont en était arrivé à
identifier les filleuls et les parrains, de telle sorte
qu'aux jours de visite, en parcourant les rangs de
ses élèves, il les apostrophait tous par un nom célèbre, distribuant à chacun l'éloge, l'encouragement

ou le blâme, selon que le parrain s'était montré plus ou moins féroce aux dernières séances de la chambre.

— Bien, mon garçon! disait-il à l'un. — Bravo, mon fils! criait-il à l'autre. Vous avez bien mérité du pays! — Toi, mon vieux, tu fléchis, tu baisses! — Toi, là-bas, mon petit, tu me fais l'effet de vouloir tourner casaque! Allons, mes enfants, courage! l'horizon politique se rembrunit. La mère patrie vous tend les bras et demande que vous brisiez ses fers. — Et vous, vieillards, ajoutait-il en s'adressant aux membres décrépits de la droite, vil troupeau de tyrans et d'esclaves, rangez-vous, faites place à la liberté qui s'avance. — Et, ce disant, il leur administrait par-ci par-là quelques bons coups de cravache, si bien qu'un jour un de ces vieillards, rajeuni par l'outrage, lui détacha dans le ventre une ruade qui vous le mit au lit pour deux mois.

On pense bien que M. Riquemont ne se livrait à ces excentricités qu'en ses jours de gaillarde humeur. Cette fois, il s'abstint de toute démonstration politique. D'ailleurs, étant parti de grand matin, il n'avait pas lu son journal et ne savait à quoi s'en tenir sur les destinées de la France. Après avoir fait la revue de ses élèves, de ses enfants, comme il les appelait, il alla s'asseoir au pied d'un hêtre et laissa errer autour de lui un regard triste et mélancolique. Certes, le pèlerin n'était pas élégiaque, ce n'est pas lui qu'on accusera de promener sa douleur sur les lacs et de confier sa plainte aux échos du rivage. Eh bien, en cet instant, il sentit son cœur de granit se fendre et près d'éclater. Il se rappela le temps où, libre de toute préoccupation étrangère à ses goûts et à ses instincts, il s'abandonnait exclusivement à la culture de ses terres et à l'éducation de ses poulains : temps heureux où son âme de faune et de centaure ignorait les tourments de la jalousie, ne connaissait d'autres soucis que les variations de l'atmosphère et l'amélioration de la race chevaline ! Il savoura long-temps le miel de ses souvenirs ; puis, en repassant dans son esprit les derniers jours qui venaient de s'écouler, en songeant que c'était le docteur Herbeau qui avait empoisonné ce paisible bonheur, sa rage, un instant assoupie, se réveilla plus vive, plus ter-rible, et le miel des souvenirs se changea en flots d'amertume qu'il jura de faire avaler au perfide Her-beau jusqu'à la dernière goutte. Il se leva avec co-lère, remonta sur son cheval, et gagna le château d'un air sombre.

Cependant le cœur de Louise était plein d'orages. A l'idée que M. Savenay pouvait remplacer le bon Aristide, la pauvre enfant se mourait d'épouvante. Elle s'était bien interrogée depuis la veille : à force de s'interroger, Louise avait fini par comprendre ce qui se passait en elle, d'où lui venaient ce trouble et cet effroi. Elle s'était avoué qu'elle avait peur d'aimer : elle aimait.

Cette découverte la jeta dans un vrai désespoir. Avant d'être une honnête et charmante femme, Louise avait été une brave et noble fille, chaste et pure autant que belle. Morte à la fleur de l'âge, sa mère ne lui avait laissé que de bons exemples. Son

éducation avait été religieuse. Son aïeule, aimable et
pieuse, l'avait élevée saintement dans la solitude.
Jamais les mauvais bruits du monde n'étaient parvenus jusqu'à elle. Aucune image décevante n'avait
voilé le ciel de ses jeunes années. Aucune lecture
malfaisante n'avait inquiété sa joyeuse ignorance.
Elle s'était mariée sans se douter de l'amour, sans
imaginer qu'il pût exister un autre sentiment que celui qu'elle éprouvait pour son mari, un autre bonheur
que l'accomplissement de ses devoirs, convaincue que
tous les maris ressemblaient à M. Riquemont, et tous
les mariages au sien. Plus tard, la tristesse et l'ennui, l'imagination et les sens s'éveillant ; quelques
livres aussi, dérobés aux regards du maître et dévorés en cachette, durant les soirées d'hiver, sous le
manteau de la cheminée, tandis que le vent sifflait
aux portes et que le grillon chantait dans les fentes
de l'âtre, lui avaient bien révélé de vagues horizons
qui ne ressemblaient en rien à ceux qui bornaient la
vue du château de Riquemont: mais ces horizons,
ces plages inconnues ne lui étaient apparus que flottant au loin dans la brume des rêves, jamais elle
n'avait songé qu'elle pût y aborder un jour. Ce nouveau monde que nous cherchons tous, comme Chris-
tophe Colomb, patrie mystérieuse vers laquelle nous
pousse incessamment le curieux instinct de notre
divine nature, elle l'avait entrevu, mais confusément, sans le chercher ailleurs que dans le ciel. Elle
croyait sa vie close ici-bas et n'attendait rien sur la
terre. Elle s'était sentie dépérir sans connaître le mal
qui la consumait. Elle avait vu sa jeunesse pâlir,

sans savoir, sans se demander d'où soufflait le vent qui la flétrissait avant l'âge.

Lorsque l'amour éclata dans son cœur, lorsque Louise comprit qu'elle aimait, elle fut saisie d'un grand remords, et toutes les pieuses voix qui avaient bercé son enfance s'élevèrent pour la maudire. Dans son innocence, elle s'exagérait son crime. Elle se jugeait déjà épouse infidèle et parjure. — Pourtant, mon Dieu ! ce n'est pas ma faute, s'écriait-elle avec désespoir. Je ne prévoyais rien, je ne me doutais de rien. Je ne sais pas comment cela s'est fait. Mon Dieu ! ne m'abandonnez pas, je triompherai des coupables pensées qui m'assiégent. — Elle pleurait et se tordait les bras. Quoique faible et n'en pouvant plus, elle s'échappa de sa chambre, de cette chambre que le jeune homme absent remplissait tout entière. Mais elle retrouva partout l'image qu'elle voulait fuir. Partout elle le voyait pâle, défait, sanglant, tel qu'il s'était présenté à elle le jour de ce funeste orage. Partout elle entendait sa voix, grave, affectueuse et parfois tendre. En dépit d'elle-même, elle se racontait, heure par heure, instant par instant, les jours enchantés qu'ils avaient passés ensemble. Elle s'enivrait, à son insu, du charme de son repentir.

Le sentiment du devoir l'emporta. Après bien des larmes et des déchirements intérieurs, Louise décida que non-seulement M. Savenay ne pouvait remplacer le docteur Herbeau, mais encore qu'elle ne devait plus le revoir. Elle irait donc noblement à son mari et lui confesserait à genoux le trouble et l'effroi de son cœur, le priant de lui pardonner et de la sauver d'elle-même. Ce parti pris une fois, elle se sentit plus calme et mieux avec sa conscience.

Le lendemain, elle se leva de bonne heure pour accomplir sa résolution. Lorsqu'elle fit demander M. Riquemont, son pauvre cœur battit bien fort, ses jambes se dérobèrent sous elle. Elle ne savait plus où elle avait pris le courage d'un si hardi dessein. Elle était toute pâle et toute tremblante. On vint lui dire que M. Riquemont était parti de grand matin pour Saint-Léonard, et qu'il ne reviendrait que le soir. A cette nouvelle, la jeune femme se sentit soulagée d'un grand poids. C'était un jour de gagné : peut-être le soir n'arriverait pas.

Le soir arriva vite. Au bruit des pas de M. Riquemont, Louise tressaillit, toute force l'abandonna. M. Riquemont n'entra pas dans la chambre de sa femme et resta dans la salle voisine. Louise, l'ayant vainement appelé, se résigna à l'aller trouver. Il se promenait de long en large, et n'accorda pas la moindre attention à Louise, qui le regardait d'un air inquiet. Elle essaya de lui parler, il lui répondit en sifflant. La pauvre enfant avait de grosses larmes dans les yeux. M. Riquemont s'était assis, elle alla s'appuyer craintivement sur son épaule; puis, se laissant glisser furtivement entre ses genoux, elle se prit à le regarder d'un air humble, timide et suppliant, comme une blanche levrette qui demande grâce à son maître. Le maître laissa tomber sur elle un regard superbe et dédaigneux.

— Mon ami, dit-elle enfin d'une mourante voix, j'ai bien réfléchi à ce que vous m'avez proposé hier,

16

et je vous dois, je me dois à moi-même de vous déclarer encore une fois que cela ne se peut pas. Mon ami, daignez m'écouter.

M. Riquemont s'était levé brutalement. Louise s'attachait à ses genoux.

— J'ai besoin, s'écria-t-elle, de toute votre indulgence.

— Comment! mille millions de tonnerres! s'écria M. Riquemont éclatant comme une bombe, il est donc écrit là-haut que je n'aurai pas un instant de repos ici-bas! Comment! vous allez encore me casser la tête de cette sotte affaire! Malheur à qui a jeté la discorde dans ma maison! Je me vengerai, mille diables! Quant à vous, madame, rentrez dans votre appartement.

A ces mots, il sortit en brisant les portes.

Louise rentra dans sa chambre et fondit en pleurs. Telle était donc la récompense de ses pieuses intentions! La noble enfant ne se laissa pas décourager par ce premier échec; elle ne cherchait pas un prétexte à sa faiblesse, mais un appui, une sauvegarde. Elle imposa silence aux rébellions de son amour-propre offensé, et, moins jalouse de sa dignité que de son salut, elle employa une partie de la nuit à écrire à son mari ce qu'il avait refusé d'entendre. Ce fut une lettre touchante, telle que nul ne saurait l'écrire, adorable dans ses aveux, dictée par un sentiment ingénu, plus charmant, plus méritoire que l'irréprochable vertu. La candeur et l'effroi d'une ame timorée s'y révélaient à chaque ligne. C'était le cri d'une conscience troublée, plus précieuse et plus respectable que l'austère innocence en sa sécurité.

Le lendemain, après avoir fait remettre par un serviteur cette lettre à M. Riquemont, Louise attendit la réponse avec anxiété. Elle connaissait le caractère emporté de son mari, son humeur atrabilaire, ses susceptibilités étroites. D'ailleurs, elle se sentait coupable vis-à-vis de lui, vis-à-vis d'elle-même; aussi, pour prix de ses aveux, la mort lui aurait semblé douce. Au bout d'une heure, le pas lourd et pesant de M. Riquemont se firent entendre. L'innocente coupable recommanda son âme à Dieu et s'apprêta à mourir. M. Riquemont parut; il tenait à la main la lettre de sa femme. Louise baissa la tête et attendit l'arrêt de son juge. Après un long silence, durant lequel il tint Louise palpitante sous son regard :

— Il ne manquait plus que cela ! s'écria-t-il d'un ton ironique; vous m'écrivez ! Je vais être obligé d'établir à Riquemont une petite poste pour desservir notre correspondance ! Je suis en effet un mari si terrible et si redoutable ! Vous allez voir que j'interdis à madame la liberté de la parole.

— Mon ami, dit Louise sans lever les yeux, j'ai voulu vous parler hier, et...

— Eh bien, vous en ai-je empêchée? ai-je refusé de vous entendre? mais vous avez préféré m'écrire. Cela flattait vos goûts romanesques.

— Mon ami...

— Vous êtes romanesque, ne vous en défendez pas. Vous avez des prétentions au beau style, voilà longtemps que je m'en aperçois. Avant qu'il soit peu, vous écrirez de petits chefs-d'œuvre. Puis vous pu-

blierez vos mémoires. Voilà qui me plaît dans une
femme! Je prétends, au jour de votre fête, vous faire
présent d'une bouteille d'encre et d'un paquet de
plumes d'oie.

— Mon ami, dit Louise, avez-vous lu la lettre que
je vous ai adressée?

— Moi! s'écria M. Riquemont; halte-là! je ne
veux pas de la liberté de la presse dans mon ménage.
J'attendrai, pour lire vos lettres, que vous les écri-
viez en vers.

Et, parlant ainsi, il mit en pièces le papier qu'il
tenait à la main,

— Ainsi, monsieur, demanda Louise, vous n'avez
pas lu cette lettre?

— Non, madame, répliqua M. Riquemont, et je réserve le même sort à toutes celles que vous voudrez
bien m'adresser. Sachez, d'ailleurs, que quoi que
vous puissiez écrire et dire, vous ne changerez rien à
mes décisions; ce que Riquemont veut, Dieu le veut.

A ces mots, il se retira tout fier de sa belle équipée.

— Seigneur! s'écria la jeune femme; puisque mon
mari me repousse et m'abandonne, qui me sauvera,
si ce n'est mon vieil ami, le bon Aristide Herbeau?

Hélas! jeune imprudente, implorez un autre appui! car mieux vaudrait à la colombe éperdue se réfugier entre les griffes d'un vautour, mieux vaudrait à
la gazelle harcelée par les chiens des chasseurs s'a-
briter dans la gueule d'un loup affamé.

Aristide Herbeau n'est plus reconnaissable. Ne
cherchez plus le bon Aristide: notre héros s'est trans-
figuré. Ses mouvements sont brusques, son geste est

prompt, sa voix impérieuse, sa parole saccadée, sa
démarche belliqueuse. Son regard étincelle; son front
est chargé de tempêtes. Ce n'est plus le docteur Herbeau; c'est un lion rugissant, c'est un sanglier
blessé. Jeannette se demande ce qu'est devenu son
maître; Adélaïde, son mari. Colette elle-même ne
reconnaît plus le poids accoutumé. Ses flancs fris-
sonnent sous l'éperon, ses oreilles se dressent avec
étonnement aux sifflements aigus de la cravache.
Adélaïde, Jeannette et Colette ne savent qu'imaginer.
Vainement l'épouse interroge l'époux; vainement elle
s'alarme du long retard de Célestin. Le docteur Herbeau n'est plus époux ni père. Il ne vit, il ne respire
que pour la vengeance.

Cependant le jour de la sérénade avait été assez
fatal à la maison Herbeau pour qu'il fût permis de
s'en inquiéter. On sait que depuis longtemps cette
maison tremblait sur sa base, et qu'il ne fallait plus
qu'un grand coup de vent pour la jeter à bas. M. Riquemont avait dit vrai : il n'y avait que son patronage apparent qui la retînt encore dans sa ruine et
l'empêchât de crouler comme un château de cartes.
On s'étonnait avec raison que Célestin ne vînt pas disputer son héritage à l'ambition du nouveau médecin.
Déjà des bruits fâcheux, auxquels madame d'Olibès
n'était pas étrangère, couraient dans la ville sur le
jeune absent. On assurait qu'à cause de sa constitution débile et de sa timidité naturelle qu'il n'avait pu
vaincre, Célestin était à jamais perdu pour la science.
On ajoutait que c'était par vanité et par orgueil que
les parents retardaient son retour. Il est vrai qu'on

prétendait d'autre part que Célestin avait réalisé glorieusement toutes les espérances de sa famille, et
qu'il allait bientôt apparaître radieux , comme un
jeune guerrier armé de pied en cap, pour venger
l'honneur et les intérêts de son père. Malheureusement, les bruits que sème la bienveillance n'éveillent
point d'échos et meurent bientôt à la peine, tandis
que les autres courent, prospèrent, grossissent, gran-
dissent, choyés, caressés, nourris par la charité pu-
blique. Au milieu de toutes ces rumeurs, éclata,
comme un obus entre les jambes du docteur Herbeau, le double incident de la mort et de la résurrec-
tion du jeune docteur. Depuis quelques jours, on
commençait à se moins préoccuper de M. Savenay;
cet épisode réveilla dans toutes leurs fureurs les
sympathies et la curiosité qui faisaient mine déjà de
s'assoupir.

La nouvelle de la mort du jeune étranger avait
remué tous les esprits. Nous sommes obligé d'avouer
que madame Herbeau ne chercha point à dissimuler la
joie qu'elle en éprouvait. Quant au docteur, bien
que nous l'ayons vu tomber dans le piége de M. Riquemont, nous devons dire qu'il s'en affligea sincèrement, et qu'il alla même jusqu'à gourmander vertement l'allégresse d'Adélaïde. Il y eut à ce sujet une
scène assez vive entre les deux époux. Toujours est-
il que, durant quatre jours, M. Savenay avait passé
pour mort à Saint-Léonard. Chacun racontait la catastrophe à sa manière. Les uns soutenaient qu'il
avait été foudroyé sous un chêne; les autres, que
son cheval l'avait jeté sur un tas de pierres; d'autres,

qu'il avait été emporté par une trombe. Enfin, on apprit, à n'en pouvoir douter, que son cadavre venait d'être retrouvé dans la Vienne, près du moulin de Champfleuri. Le fait était attesté par M. Grippard, huissier, qui le tenait du percepteur, lequel se l'était laissé dire par un rat de cave qui le savait d'un cabaretier. Rien n'était plus sûr ni plus authentique. Quatre garçons meuniers devaient, le soir même, rapporter sur un brancard les restes mortels à la ville. Saint-Léonard s'était mis en mesure de rendre quelques honneurs au défunt. On avait fait creuser un grand trou dans le cimetière, et, vers les quatre heures de l'après-midi, les cloches se prirent à se lamenter. Après avoir bien dîné, Saint-Léonard se leva de table et se répandit sur la route de Champfleuri pour voir arriver le cadavre. Mais voilà bien une autre fête! Le noyé ressuscite! Au lieu de M. Savenay mort, porté sur un brancard par quatre garçons meuniers, on le vit arriver vivant, sain et sauf, à cheval. Il fendit la foule ébahie au grand trot et ne s'arrêta qu'à sa porte, où l'attendait son enterrement. Qui fut bien désappointé? Madame Herbeau d'abord, puis les chantres de la paroisse et un poëte de Saint-Léonard qui avait composé une ode sur le trépas du jeune médecin.

On imagine aisément de quel intérêt romanesque dut se voir entouré l'étranger. On sut bientôt que, tandis qu'on le croyait flottant sur les eaux de la Vienne et pêché sous les roues d'un moulin, il était installé au château de Riquemont, hébergé comme l'ami de la maison. Le lendemain, la sérénade et la

visite du châtelain complétèrent l'ovation commencée
la veille. On avait aperçu M. Riquemont jetant des
pièces d'or aux musiciens; on avait vu M. Savenay,
pour se dérober aux transports de la foule, déserter
son logis et s'échapper à travers champs. On s'entretenait aussi des vers charmants composés par
madame d'Olibès; il en circulait déjà plusieurs co-
pies dans la ville. Les ennemis du docteur Herbeau
allaient partout, les déclamant avec emphase. On racontait que M. Savenay, dans sa reconnaissance,
avait fait présent à la petite Atala d'Olibès d'un magnifique bracelet orné de rubis et d'émeraudes. On ne
doutait pas qu'il n'épousât très-prochainement la
directrice de la poste aux lettres, que les érudits de
l'endroit, depuis qu'ils avaient lu ses vers, appelaient
la moderne Sapho. Le soir du même jour, on assurait
que M. Riquemont avait jeté des billets de 500 francs
par la fenêtre, que M. Savenay avait fait cadeau
d'une cassette de diamants à mademoiselle d'Olibès,
et que les bans de son mariage avec la mère seraient
publiés le lendemain.

Disons-le hautement à leur gloire, dans cette circonstance, les amis du docteur Herbeau déployèrent
une énergie et firent preuve d'un dévouement bien
rares en pareille occurrence. Comprenant que le cas
était grave, ils se rendirent en corps à la maison
d'Aristide. Aristide était absent. Ils trouvèrent Adélaïde en proie à une violente attaque de nerfs. Le
bruit de la sérénade et les nouvelles du dehors
l'avaient jetée dans cet état. Elle se tordait sur son lit
en poussant des cris perçants, tandis que Jeannette.

aux abois, frappait dans les mains de sa maîtresse
et lui versait sur le visage une carafe d'eau glacée.
La présence des amis la calma. Ils eurent pour la
consoler des paroles bonnes et tendres. Ils cher-
chèrent à lui démontrer que tout n'était pas perdu,
et qu'il ne fallait pas se désespérer pour si peu,
convenant toutefois que la situation ne manquait pas
de gravité et qu'il était urgent de prendre un parti
décisif.

— Que faire, hélas! dit Adélaïde.

— Rappelez Célestin, s'écrièrent-ils tous à la
fois.

Sur ces entrefaites, le docteur Herbeau arriva. Il
écouta sans sourciller le récit de cette funeste journée.
Lorsqu'il fut question de M. Riquemont et de son attitude malveillante en cette désastreuse affaire, le
visage du docteur s'alluma, un sourire fatal passa
sur ses lèvres.

— C'est bien! dit-il d'un air à la fois calme et
sombre.

Dès qu'ils eurent achevé cette lamentable épopée :

— Rappelez Célestin! reprirent les amis en chœur.
C'est le seul parti qu'il vous reste à prendre ; c'est la
seule digue, le seul rempart que vous puissiez raisonnablement opposer à la faveur près de vous
échapper. Rappelez Célestin, vos ennemis s'étonnent
eux-mêmes que ce ne soit pas déjà fait. Ils triomphent
de vos lenteurs. Qu'attendez-vous? que M. Savenay
ait éclairci votre clientèle et substitué sa puissance à
la vôtre? Il n'est déjà que trop de mal. Rappelez,
rappelez Célestin !

— Nous l'avons rappelé, dit Adélaïde; mais le cruel enfant ne vient pas.

— Il viendra, dit le docteur Herbeau, gardez-vous d'en douter. Il viendra, comme un jeune archange, mettre son pied vainqueur sur la tête de nos ennemis.

— Qu'il vienne donc! s'écria le chœur des amis.

— Mes amis, dit le docteur Herbeau en élevant la voix et avec une affectueuse dignité, souffrez que je vous remercie de votre présence en ces lieux. Je suis heureux et fier de vous voir réunis autour de moi en ce jour difficile. Un poëte a dit quelque part :

> Donec eris felix, multos numerabis amicos ;
> Tempora si fuerint nubila, solus eris.

ce qui signifie, pour ceux qui ne savent pas le latin : — Tant que vous serez heureux, vous aurez beaucoup d'amis ; si votre ciel se couvre, vous serez seul. *Solus eris!* — On voit bien, messieurs, que le poëte qui a écrit ce distique ne connaissait pas Saint-Léonard. Mon ciel s'est couvert, et vous voilà tous rangés autour de mon malheur comme autour d'un drapeau. Vous êtes de nobles cœurs ! Vous n'ignorez pas que le vent a jeté mon kiosque dans la Vienne, ce kiosque où nous avons passé ensemble de si douces heures en des temps plus heureux. J'élèverai sur l'emplacement un petit temple à l'Amitié....

Un murmure flatteur courut dans les rangs des amis.

— Et chaque année, à pareil jour, poursuivit le bon Aristide avec attendrissement, je l'ornerai des plus belles fleurs de mon jardin, en reconnaissance de votre généreux dévouement.

A ces mots, on l'entoura de plus près, on lui prit les mains ; quelques-uns même l'embrassèrent avec effusion. Adélaïde pleurait silencieusement dans un coin, et Jeannette, présente à cette scène, sanglotait bruyamment, sans savoir pourquoi.

— Les jours heureux reviendront, reprit le chœur des amis. Étouffez ces sanglots, séchez ces larmes. Il ne sera pas dit qu'un étranger sans renom n'ait eu qu'à paraître à Saint-Léonard pour renverser votre vieille et bonne renommée. Vous triompherez de cette épreuve. Nous avons espoir dans le retour de Célestin. Le bonheur et la prospérité rentreront avec lui sous le toit des Herbeau. Rappelez, rappelez Célestin !

Les amis ne se retirèrent que sur le tard. Le docteur Herbeau voulut qu'on vidât, comme par le passé, quelques cruchons de bière. On s'entretint longuement de Célestin, qu'on appelait l'enfant du miracle. Pour démentir victorieusement les calomnies que les méchants semaient dans la ville, Adélaïde communiqua à l'assemblée plusieurs lettres de ce jeune homme. Lues à haute voix, ces épîtres furent plus d'une fois interrompues par l'enthousiasme des assistants. Tous admirèrent à l'envi la distinction du style, l'élévation des sentiments. Une fois sur ce chapitre, l'orgueilleuse mère raconta avec complaisance les progrès de son fils dans la science et en toutes choses, ses belles relations, ses beaux succès dans le monde. Lord Flamborough ne fut pas oublié; c'était un riche seigneur anglais, établi depuis quel-

ques années à Montpellier, qui avait pris Célestin en
grande affection. Adélaïde ne tarissait pas, et le docteur se vit obligé de mettre un frein à ses épanchements. Entre neuf et dix heures de la nuit, le chœur
des amis se retira en répétant : — Rappelez Célestin !

Resté seul avec sa femme, le docteur Herbeau se
mit à marcher avec agitation dans la chambre. Les
mains enfoncées dans les poches de sa culotte courte,
il faisait crier le parquet sous ses souliers à boucles
d'argent. Il ne parlait pas ; seulement, de temps en
temps, ses lèvres serrées s'entr'ouvraient pour laisser
passer avec une expression de fureur concentrée
le nom de M. Riquemont. Adélaïde, qui ne l'avait
jamais vu ainsi, l'observait avec un étonnement
mêlé d'inquiétude. Elle voulut l'interroger, il ne
répondit pas, et, comme elle insistait, il ne se gêna
point pour lui imposer silence. C'était le monde ren-
versé : Aristide maître en sa maison ! Parfois un
sourire infernal sillonnait, comme un éclair, son
visage assombri : c'est qu'alors il songeait au lendemain, au jour promis à sa vengeance. En effet,
mercredi tirait à sa fin ; le jour du rendez-vous était
proche.

De son côté, Adélaïde n'attendait pas ce jour avec
une moindre impatience. Alarmée de ne point voir
arriver son fils, surprise de ne pas même recevoir de
réponse à la lettre pressante qu'elle lui avait adressée,
se doutant de quelque mystère, madame Herbeau
avait pris le parti, à l'insu du docteur, d'écrire de
nouveau à Célestin pour lui demander raison de son
retard et de son silence, lui enjoignant expressément

de répondre courrier par courrier, s'il ne voulait en-
courir la malédiction maternelle. A ce compte, une
lettre de Célestin devait arriver le lendemain, jeudi,
à Saint-Léonard, à moins que ce malheureux enfant
ne fût mort, ou que madame d'Olibès ne retint à la
poste la correspondance de la maison Herbeau, à
moins enfin que Célestin n'arrivât lui-même en personne.

Le couple dormit peu ou point. Aristide se leva
avec le soleil ; mais, au lieu de seller Colette et de
partir pour les alentours, ainsi qu'il en avait l'habitude, il s'alla promener en pantoufles dans son jardin.
Il huma le grand air et lut quelques odes d'Horace.
Sur le coup de dix heures, il déjeuna de grand
appétit et but à lui seul une bouteille de vieux bordeaux. Adélaïde n'en revenait pas de le voir agir
de la sorte. Ce fut bien autre chose lorsque après
le déjeuner, elle vit son époux, le docteur Herbeau,
procéder à la plus brillante toilette qu'il eût faite de
sa vie entière, et cela sans parler, sans mot dire,
s'agitant en silence comme un automate. — Que
signifie ceci ? expliquez-moi cela, disait-elle. — Rien,
pas un mot, pas même un regard.

Elle se démenait autour de lui, inquiète, éperdue,
comme une poule qui, ayant couvé des œufs de canard, voit ses petits à peine éclos courir et se jeter à
l'eau.

La toilette du docteur achevée, Adélaïde ne put
s'empêcher d'admirer son époux ainsi façonné. A
vrai dire, il paraissait vingt ans. Son visage fraîchement rasé avait la blancheur mate et parfumée d'un

17

pain de savon à la pâte d'amandes. Sous la perruque
poudrée à frimas, son front rayonnait du suave éclat
de la jeunesse ; ses yeux lançaient des jets de flammes ; sous son nez gonflé de projets amoureux, sa
bouche demi-souriante s'épanouissait comme une
rose. Son costume était on ne peut plus galant : habit
noir qu'il portait pour la première fois, rappelant
par sa coupe les meilleures traditions du xvIII^e siècle ;
cravate blanche, négligemment enroulée ; jabot étincelant ; épingle de diamant brochant sur le tout ;
manchettes de batiste tombant à mille plis sur des
mains potelées ; gilet de satin noir éblouissant ; culotte
et bas de soie de la même couleur, dessinant une
jambe juvénile et fine encore en sa mâle vigueur ;
souliers à boucles d'argent toutes neuves ; chaîne
d'or et breloques chatoyant sur le ventre ; ongles
roses, taillés en ogive ; pierre fine brillant à l'annu-
laire de la main droite ; le tout exhalant les senteurs
de l'iris et singulièrement relevé par une fière mine
et par une grâce tout à fait guerroyante.

— Seigneur Dieu ! où donc allez-vous ? s'écria
madame Herbeau stupéfaite.

— Je vais, répondit le docteur, dîner chez le curé
de Savigny.

— Vous iriez dîner chez un évêque, répliqua madame Herbeau d'une voix aigre, que vous ne seriez
pas mis de la sorte.

— Je vais où il me plaît d'aller, riposta le docteur
sans s'émouvoir.

A ces mots, au lieu de cravache, il prit son jonc

à pomme d'or, et gagna le devant de sa porte, où l'attendait Colette sellée et bridée.

— Aristide, dit madame Herbeau de plus en plus émerveillée, il se passe des choses que je ne dois pas savoir.

—Alors, pourquoi m'interroger? répondit Aristide en enfourchant Colette.

Et il partit au pas de sa monture, sans avoir déposé sur le front de son épouse le baiser accoutumé. Après l'avoir longtemps suivi du regard, Adélaïde se frotta les yeux et se demanda si elle était bien éveillée. Au bout d'une heure, le facteur de la poste lui remit un paquet au timbre de Montpellier. A la suscription, madame Herbeau reconnut l'écriture de son fils bien-aimé. Elle brisa le cachet d'une main émue, et trouva sous l'enveloppe trois lettres incluses. La première qu'elle ouvrit était ainsi conçue :

« MA CHÈRE ET TENDRE MÈRE,

« Je suis fort étonné que vous vous étonniez de ne me point voir arriver à Saint-Léonard. J'espère que les deux lettres ci-incluses vous donneront de ma conduite une explication satisfaisante. Je vous réponds à la hâte ; l'heure du courrier me presse et lord Flamborough est là qui m'attend.

« Recevez, ma chère et tendre mère, l'expression de tous mes respects et de mes plus affectueux sentiments.

                    « CÉLESTIN HERBEAU,

          « Docteur-médecin de la Faculté de Montpellier. »

Adélaïde jeta les yeux sur les deux lettres qui accompagnaient celle qu'elle venait de lire.

L'une était l'épître qu'elle avait adressée à son fils, quelques semaines auparavant, pour lui ordonner de partir ; l'autre, celle que le docteur Herbeau avait, le même jour, — le timbre en faisait foi, — écrite à Célestin pour lui enjoindre de rester.

CHAPITRE VIII.

Une fois dans le sentier de Riquemont, lorsqu'il eut perdu de vue le clocher de Saint-Léonard, le docteur Herbeau ne réprima plus les mouvements tumultueux de son cœur ; une joie sauvage et presque farouche éclata dans ses yeux et rayonna sur son visage. Il allait se venger enfin de deux années d'outrages dévorés en silence. Avait-il assez longtemps souffert ? l'avait-on assez abreuvé de fiel ? avait-on assez abusé de sa résignation et de sa longanimité ? Ah ! certes, il était quitte avec sa conscience et pouvait se sentir en paix avec lui-même, il avait largement payé le droit de représailles ; il pouvait en user sans crime et sans remords.

Sans remords ! En étiez-vous sûr, ô le plus charmant des docteurs, et n'était-ce pas trop présumer de l'endurcissement de votre âme ? Ah ! sans doute, vous étiez justement irrité par le sentiment de l'injure ; mais étiez-vous sûr de ne pas sentir votre haine faiblir et vos rancunes s'apaiser en songeant à l'aimable victime que vous alliez froidement immoler ?

Il s'avançait au trot de Colette, le long de ces haies

qui l'avaient vu passer tant de fois inoffensif, ne rap-
portant que de purs souvenirs ou ne caressant que de
chastes espérances, éternelles prémices de l'amour !
Sur ce chemin si souvent parcouru en des intentions
meilleures, il n'était pas un arbre, pas un hallier en
fleur qui ne fût consacré dans sa poétique mémoire,
pas un coin de ce paysage qui ne fût peuplé de l'image
saintement adorée, pas un brin de l'herbe qu'il fou-
lait qui ne fût imprégné du virginal parfum de ses
pacifiques tendresses. Sans y songer, Aristide avait
laissé sa monture ralentir le pas, et déjà, à son insu,
le calme de la nature descendait insensiblement dans
son âme. Déjà ses traits avaient perdu l'expression
féroce qu'ils avaient au départ ; on eût dit qu'une
main invisible versait goutte à goutte un baume adou-
cissant sur ses blessures. Comme autrefois, les liserons de neige se penchaient sur les traînes pour le
regarder ; les oiseaux le saluaient de leurs chants, les
papillons d'azur voltigeaient dans l'air ; les menthes,
échauffées par l'ardeur du soleil, répandaient sur son
passage leurs exhalaisons enivrantes. Bientôt ses pensées, par degrés détournées de leur cours impétueux,
suivirent des pentes moins alpestres, et, ramenées
enfin dans leur lit naturel, s'égarèrent en gracieux
méandres. Il allait lentement, déroulant dans son esprit la trame immaculée de sa liaison avec la jeune
châtelaine, ressaisissant à chaque pas les honnêtes
émotions de cet amour plus blanc que les liserons des
haies, plus odorant que les menthes qui tapissaient
les marges du sentier. Ses visites au château, les regards échangés à la dérobée, les pressions de main

17.

furtives, les entretiens voilés, les secrètes intelligences,
tout ce riant passé, tous ces pudiques incidents, toute
cette amoureuse histoire, bourdonnaient autour de
lui comme autour d'une ruche un essaim de blondes
abeilles. Cependant les pâtres, en l'apercevant, se dé-
couvraient avec respect ; les enfants des hameaux voisins lui envoyaient le bonjour accoutumé, et les jeunes
filles qui gardaient leurs troupeaux, retenant leurs
chiens hargneux qui s'élançaient après Colette, disaient : — Voici le bon docteur Herbeau qui va visiter ses pauvres.

Il passait, touché de ces témoignages d'affection et
de déférence, rendant à tous leur salut, non sans
adresser à chacun quelques paroles bienveillantes, ni
sans demander aux uns et aux autres des nouvelles de
la ferme, de la métairie et de la chaumière. Les pauvres gens de la campagne l'aimaient et le vénéraient,
car il avait toujours été bon pour leur pauvreté. Non-
seulement il ne leur vendait pas sa science, mais encore il les visitait avec une sollicitude toute spéciale,
et sa bourse se vidait volontiers au chevet des indi-
gents. Il allait donc, recueillant çà et là le prix humble, mais précieux, de ses soins et de ses bienfaits, ré-
coltant, pour ainsi dire, sur sa route la dîme de la
reconnaissance. Cette popularité à travers champs le
vengeait et le consolait de la sottise et de la méchanceté de la ville. Son cœur s'amollissait et ses yeux se
mouillaient de larmes. L'image de Louise se mêlait à
tous ces naïfs enchantements. Dans les pervenches
épanouies sous les buissons, il croyait voir le bleu
regard de l'objet adoré, il entendait sa voix dans le

murmure des brises à travers le feuillage ; dans les
émanations des plantes, il retrouvait le parfum de ses
blonds cheveux, plus fins que les fils de la Vierge qui
flottaient sur l'azur du ciel. Mais ce qu'il retrouvait
surtout dans son âme attendrie, c'était le sentiment
de pieuse adoration qui, depuis deux ans, faisait le
charme de ses jours ; c'était l'amour profond et vrai
qu'il nourrissait pour cette belle enfant depuis qu'il
l'avait vue s'appuyer sur lui pour essayer de vivre ou
pour achever de s'éteindre.

Ainsi rêvant et cheminant, le docteur approchait
du château de Riquemont, et déjà il pouvait voir au
loin les massifs de verdure sous lesquels se cachait
la ferme de Saint-Herblain, quand tout d'un coup,
ramené confusément au sentiment de l'heure présente, il s'examina des pieds à la tête, et, reconnaissant la peau de loup ravisseur qu'il avait endossée
en partant, il arrêta brusquement Colette et s'apo-
strophant lui-même avec indignation :

— Où vas-tu, malheureux ? s'écria-t-il. Quel démon t'agite et te pousse ? Tu vas flétrir la fleur
d'amour et de beauté qui, depuis deux ans, embellit
ta vie et réjouit ton cœur ! Tu vas immoler à ton
orgueil ce qu'avait jusqu'ici respecté ta tendresse !
Ce n'est même pas la passion qui t'égare, c'est la
vanité qui t'emporte. Tu veux te venger, malheureux !
mais est-elle coupable des affronts qu'on t'a fait subir,
cette adorable enfant dont tu n'as pas craint de méditer la perte ? Ne l'as-tu pas vue sans cesse occupée
à t'en adoucir l'amertume ? Tu veux te venger, et
c'est là la victime que tu désignes à ta fureur ! Pour

satisfaire un transport insensé, tu veux ternir la blancheur de cette âme, souiller la pureté de ce lis! Ingrat! c'est le lis qui parfume tes jours, c'est l'âme dont le souffle a rajeuni la tienne!

Il avait penché sa tête sur sa poitrine, comme pour cacher sa honte et ses remords.

— C'est donc là, poursuivit-il le cœur plein de confusion et le front couvert de rougeur, c'est donc là ce docteur Herbeau dont on vante l'honneur et la loyauté! le bon docteur Herbeau, comme ils disent, qui va visiter ses pauvres! Hommages usurpés! menteuse renommée! le bon docteur Herbeau va séduire l'innocence et déshonorer la vertu!

A ces mots, le brave et digne homme n'y tint plus : deux ruisseaux de larmes inondèrent ses joues et soulagèrent un peu sa conscience. Durant ce temps, Colette, d'abord immobile, avait fait volte-face, comme si elle eût deviné les pensées de son maître, et la noble bête regagnait Saint-Léonard d'un pied joyeux et tête haute.

Cependant, ce premier transport apaisé, Aristide sentit bientôt sa haine et sa colère, un instant submergées par les larmes, s'agiter dans son cœur et remonter à la surface. Au souvenir des outrages qu'il avait si longtemps endurés, son sang s'alluma de nouveau, la voix du remords se calma, celle de la vengeance prit encore une fois le dessus. Les plaies de son amour-propre s'étaient rouvertes et saignaient toutes vives. Les mauvais traitements que M. Riquemont lui faisait subir depuis plus de deux ans, les sarcasmes de cet homme, ses paroles amères, ses

procédés indignes, tout ce douloureux poëme, tout
ce cruel et long martyre, lui revenaient en mémoire.
Il s'accusait de faiblesse et de lâcheté ; il était las de
son innocence, il se disait que son supplice lui sem-
blerait moins dur dès lors qu'il l'aurait mérité.

Ramenant donc Colette du côté de Saint-Herblain,
il lui pressa les flancs d'un talon irrité.

Mais, dans cette belle âme, la conscience, un instant
étouffée, ne devait pas tarder à reconquérir ses droits.
Bientôt l'image de Louise, comme l'étoile des mers
qui apaise les tempêtes et rend l'espoir aux matelots,
perça une fois encore les nuages qui la voilaient, les
éclaircit, les dispersa, et versa dans le cœur orageux
d'Aristide ses calmantes et chastes influences. Toutefois, l'orgueil se débattait et ne voulait pas mourir.
Les deux principes qui, depuis qu'il existe, se dis-
putent le monde, étaient aux prises et se livraient des
combats acharnés sous la perruque du docteur. Irait-
il ou n'irait-il pas à ce rendez-vous criminel ? — Va,
disait le mauvais principe. — Retourne, s'écriait le
bon. — Il allait, flottant, indécis, ne sachant que
résoudre, passant tour à tour de l'attendrissement
à la fureur, se demandant s'il devait épargner ou frapper la victime. L'ange et le démon, que chacun de
nous porte en soi, le tiraillaient en sens contraire,
l'un par devant, l'autre par derrière, avec un égal
acharnement. Le démon l'aiguillonnait et le poussait ;
l'ange le retenait par les basques de son habit. L'un
lui jetait Louise à dévorer, l'autre enveloppait la belle
enfant de ses ailes. — Point de pitié ! s'écriait Satan.
— Grâce pour elle ! disait l'ange d'une voix sup-

pliante. — Venge-toi de deux années d'outrages !
s'écriait l'esprit infernal. — Ne renie pas en un jour
deux années d'abnégation et de vertu ! disait le céleste esprit. — Cueille la palme de ton martyre,
s'écriait le diable. — Conserve à ton amour, disait
l'ange, sa couronne de roses blanches. — Le bon
docteur suait à grosses gouttes et ne savait auquel des
deux entendre. Tantôt l'ange terrassait le démon,
tantôt le démon terrassait l'ange. Qui triompherait, du
ciel ou de l'enfer ? c'est ce que nul n'aurait pu décider.

A la même heure, Louise et M. Riquemont sortaient du château et s'en allaient chacun de son côté :
M. Riquemont, escorté de ses chiens, son fusil sur
l'épaule, et réfléchissant au moyen d'en finir avec son
odieux rival ; Louise, son ombrelle à la main, triste,
alarmée, rêveuse, et n'ayant plus d'espoir qu'en son
vieil ami, le docteur Herbeau, pour échapper au
danger qui la menaçait. Elle prit le sentier de Saint-
Herblain, ce même sentier qui l'avait vue, quelques
jours auparavant, appuyée sur le bras du jeune docteur, s'enivrant sans défiance de ce bonheur sans
nom dont la source lui était alors inconnue. Louise
ne put défendre son cœur de ces trop charmants souvenirs. Elle s'arrêtait de loin en loin pour contempler
avec mélancolie les sites qu'ils avaient admirés ensemble ; ce n'était pas le soleil qui dorait les coteaux,
mais l'image de ce jeune homme. Elle marchait
lentement, cherchant sur le gazon les traces mêlées
de leurs pas ; toutes les paroles qu'avait laissées
tomber Savenay, elle les entendait s'éveiller sur son
passage et chanter, comme des oiseaux, dans les

haies. Vainement elle accusait sa mémoire de lâche complaisance, vainement elle s'efforçait de repousser les gracieux fantômes qui venaient se jouer autour d'elle; pour un qui s'enfuyait, il en accourait mille, et mieux que jamais la pauvre enfant comprenait qu'elle ne devait plus revoir le jeune étranger.

A Saint-Herblain, les gens de la ferme s'informèrent du beau monsieur qui accompagnait leur jeune dame à sa dernière visite. Tous se louaient de son affabilité et de sa bonne grâce. Les enfants s'étaient pris d'affection pour lui, et le plus mutin de la troupe, tout barbouillé de raisiné, dit à Louise que ce mari-là était plus à son gré que l'autre. Madame Riquemont sortit de la ferme pour aller visiter les pauvres familles du village; elle découvrit qu'à sa dernière venue elle avait eu M. Savenay pour complice de sa bienfaisance. Tout semblait conspirer contre le repos de son âme. Émue, troublée, elle s'échappa du hameau et suivit un sentier bordé de sureaux, par où devait arriver Aristide. Que lui voulait le docteur Herbeau? Pourquoi ce rendez-vous mystérieux, sollicité avec tant d'insistance? Sans doute il avait surpris ce qui se passait en elle, et cet excellent ami venait pour l'aider de son appui, de son expérience et de ses conseils. Ah! lui seul, en effet, oui, lui seul pouvait la sauver! Ainsi, confiante, elle allait à la rencontre du loup-cervier qui s'approchait pour la déchirer.

Que faisait le docteur? L'heure du rendez-vous était passée. Déjà l'ombre des peupliers commençait à s'allonger sur l'herbe des prés. Aristide ne venait pas. Louise prêta l'oreille aux lointaines rumeurs ; au milieu des confuses harmonies de la campagne, hymne éternel de la terre au ciel, elle n'entendit pas le trot inégal de Colette. A quoi pensait le docteur Herbeau ? Louise sentait ses forces épuisées par la marche. Plus d'une fois elle avait tenté de s'asseoir sous la haie du sentier ; mais, par suite du dernier orage, les fossés étaient encore pleins d'eau, et vainement elle cherchait un tertre qui pût offrir un siége à sa fatigue.

A quelque distance de Saint-Herblain, sur le bord du chemin que suivait Louise depuis près d'une heure, était une masure dès longtemps inhabitée. Ouverte à tous les vents, les hirondelles en faisaient une volière durant les beaux jours. Le soleil et la pluie en avaient transformé le toit de chaume en un véritable parterre où les joubarbes, les campanules et les giroflées croissaient sur une mousse épaisse. On eût dit un tapis de velours vert broché des plus riches couleurs. Affaissé sous les ans moins encore que sous son propre poids, ce toit chargé de fleurs et de verdure offrait une pente presque insensible. Un noyer voisin étendait au-dessus ses feuilles odorantes. Aux alentours, les arbres fruitiers ployaient, comme aurait pu dire le docteur Herbeau, sous les dons luxuriants de Pomone. Louise, prompte à saisir les poésies de la nature dans leurs révélations les plus humbles et les plus modestes, se prit à regarder cette pauvre cabane oubliée sur la lisière du sentier, comme d'autres regarderaient Saint-Pierre de Rome ou la colonnade du Louvre ; puis, lassitude et caprice d'enfant, elle eut la fantaisie d'aller chercher sur la toiture le siége et le lit de repos que lui refusait le chemin. Une échelle, qui servait probablement à la ferme prochaine pour grimper dans les pruniers et dans les pommiers, était appuyée contre le mur et permettait une facile ascension. En moins de quelques secondes, Louise se vit assise sur un coussin de mousse, au milieu des violiers et des campanules qui agitaient, comme pour la saluer, leurs clochettes roses et bleues : toute joyeuse et toute fière de sa conquête, car deux années de souffrance et d'ennui n'avaient pu flétrir entièrement en elle les grâces naïves de l'extrême jeunesse, et, même au milieu des récentes préoccupations, il suffisait d'un rayon de soleil, d'une fleur, d'un nuage flottant dans l'air, pour égayer et pour distraire cette aimable et bonne nature.

Tout n'était autour d'elle que lumière, fraîcheur et parfum. Elle se tenait à demi couchée, mollement accoudée sur la mousse, sa tête reposant sur sa main, ses petits pieds, chastement voilés, dépassant à peine le bord de la toiture. Au bout de quelques instants, une volée de pigeons vint s'abattre auprès d'elle. C'étaient les pigeons de son colombier. Bien que ces oiseaux soient naturellement très-sauvages, Louise était parvenue à les apprivoiser, et sa présence les attirait, au lieu de les effaroucher. Ils se groupèrent aux angles du toit, et, après avoir fait la toilette de leur plumage, se mirent à roucouler et à se becqueter les uns les autres. En même temps une compagnie de poules et de poulettes picorait au pied de l'échelle, sous la surveillance inquiète d'un coq amoureux et

18

superbe. Le soleil déclinait à l'horizon ; on respirait
de toutes parts la senteur des foins nouvellement
coupés ; on entendait au loin les chants des pâtres,
lents et tristes comme tous les chants primitifs.

Mais que faisait donc le docteur Herbeau? à quoi
donc pensait le docteur Herbeau? Il accourait, le bon
docteur, bourrelé de remords, la conscience aux
abois, plus humble, plus abattu que nous ne l'avons
vu fier et conquérant au départ. Tandis que l'ange
et le démon se disputaient son faible cœur, il avait,
lui, le docteur Herbeau, fini par envisager la question sous son point de vue véritable. Qu'adviendrait-
il, s'il lâchait la bride à la passion de Louise, s'il bri-
sait le dernier lien qui l'attachait à ses devoirs?
Certes, la vengeance avait son charme ; mais qu'a-
mers en seraient les fruits! D'une part M. Riquemont, de l'autre Adélaïde : deux jalousies déjà sur
le qui-vive, il n'en pouvait douter, qui n'attendaient
peut-être qu'une occasion pour éclater. S'il avait eu
tant de peine à cacher un amour innocent, comment
s'y prendrait-il pour cacher un amour criminel? comment échapperait-il au châtiment d'un double adul-
tère? Que deviendrait Louise? que deviendrait-il lui-
même? Deux ménages à jamais divisés, quatre
existences à jamais flétries ! Quel exemple pour Célestin ! quel scandale pour Saint-Léonard !

Ces réflexions avaient singulièrement modifié les
coupables desseins d'Aristide. Il ne savait plus et se
demandait avec effroi où il avait pris l'incroyable
audace d'implorer une si dangereuse faveur. Il fut
tenté de rebrousser chemin ; mais la galanterie fran-

çaise, qu'il représentait en sa personne, lui imposait la loi rigoureuse de ne pas manquer à cet entretien qu'il avait sollicité lui-même. Ici, difficulté nouvelle : comment suppléer aux intentions qu'il avait emportées au départ? quel prétexte trouver auprès de Louise pour justifier cette solennelle entrevue? comment éluder le crime? que mettre à la place du bonheur? que dire enfin? que faire? qu'imaginer?

Il allait, front baissé, au pas languissant de sa bête, quand tout d'un coup il s'entendit appeler par une voix qui descendait du ciel. Il leva la tête et resta le nez en l'air, dans une muette contemplation.

— Il y a place pour vous, lui dit Louise.

— Quelle folie! certes, vous voulez rire, répondit Aristide Herbeau.

Louise voulait rire en effet. La cruelle enfant se promettait un malin plaisir de voir son vieux docteur, en bas de soie et en culotte courte, monter à l'échelle et venir se percher sur le toit. La nonchalante se trouvait bien d'ailleurs et n'était pas pressée de descendre.

— Venez donc, lui dit-elle ; vous ne sauriez croire comme on est bien ici. Nous aurons un coucher de soleil magnifique, et nous pourrons causer à l'aise, sans crainte d'être surpris. Vous chercheriez en vain un lieu plus solitaire, un endroit plus propice.

Le docteur Herbeau n'était que médiocrement tenté de se rendre à l'invitation de la jeune femme.

— Imprudente enfant, s'écria-t-il, vous êtes sous un mortel ombrage. Ignorez-vous qu'Hippocrate recommande aux voyageurs de ne jamais s'asseoir à

l'ombre des noyers? L'ombre du noyer est funeste.

— Allons! dit Louise en l'attirant du geste et du
regard.

— Je n'en ferai rien, je vous jure.

— Vous n'êtes pas galant, dit-elle.

Ce reproche alla droit au cœur d'Aristide. Et puis
il regardait Louise, et Louise était charmante sur son
trône de mousse et de fleurs. Le docteur la contemplait avec amour, et ne pouvait surtout détacher ses
yeux de deux petits pieds qui, sous la robe que luti-
nait la brise, semblaient lui sourire et l'agacer.

— Eh bien, vous ne venez pas? dit madame Riquemont. Ah! si vous m'aimiez, vous seriez déjà
près de moi.

Aristide hésitait.

— Louise, s'écria-t-il, vous compromettez étrangement la dignité de mon caractère!

— Quand vous m'avez demandé un rendez-vous,
dit Louise, ai-je craint, moi, de me compromettre?
car c'est un rendez-vous, docteur, ajouta-t-elle en
souriant.

Aristide regardait toujours les deux petits pieds
qui le fascinaient; et de temps en temps la brise indiscrète, qui jouait follement dans les plis de la robe
de Louise, dévoilait à demi les trésors d'une jambe
charmante, que pressait coquettement un brodequin
de coutil gris. Cependant les pigeons piétinaient et
roucoulaient amoureusement; au bas du mur le coq
faisait merveilles; l'air embrasé par le soleil était
chargé de parfums irritants, et le docteur sentait se

réveiller en lui on ne saurait trop dire quelles vel-
léités de vengeance.

Il mit pied à terre, attacha Colette par la bride à
un anneau de fer scellé dans le mur de la maisonnette; puis, après s'être assuré que l'échelle était
d'aplomb et solide, il monta gravement, et prit place
à côté de Louise. Les oiseaux roucouleurs, qui s'é-
taient enfuis à son aspect, revinrent presque aussitôt
à la voix aimée de leur belle maîtresse.

— Voyons, êtes-vous donc si mal ici? dit-elle en
s'appuyant affectueusement sur son épaule.

Le docteur était au supplice. Il étouffait et ne savait que faire de son ventre. Le bord de la toiture lui
coupait les jarrets; ses jambes pendaient le long du
mur, et, en moins d'un instant, il crut sentir dans
ses souliers à boucles d'argent toute une fourmi-
lière lui grimper de la plante des pieds aux mollets.
Le soleil, qui baissait, lui envoyait obliquement tous
ses rayons en plein visage. Colette, au bas de l'échelle,
n'était guère plus à l'aise que son maître; les mouches l'incommodaient à un point inimaginable; elle
s'agitait, hennissait, reniflait, secouait ses harnais à
rompre sangles et courroies, et donnait de droite et
de gauche des ruades à lancer un homme au quatrième ciel.

— N'est-ce pas que nous sommes bien? demanda
madame Riquemont.

— Divinement bien, répondit en soupirant le
pauvre docteur. Je crains seulement que l'ombrage
de ce noyer...

18.

— Et quel beau spectacle nous prépare le coucher du soleil! ajouta-t-elle en l'interrompant.

— Un spectacle éblouissant, dit le docteur clignant des yeux.

— Avouez, docteur, que j'ai eu là une heureuse idée!

— Une idée merveilleuse; mais Hippocrate dit avec raison...

— Et que vous n'êtes pas fâché d'être venu vous asseoir près de moi?

— Vous m'en voyez ravi, Louise, et n'était l'ombrage de ce noyer...

— Ce n'est pourtant pas sans peine que vous vous êtes décidé! dit-elle en lui portant aux lèvres sa petite main à baiser.

Les gaietés de madame Riquemont étaient pareilles aux dernières lueurs d'un foyer presque éteint, vives, imprévues, passagères. Le souvenir de M. Savenay, la prévision du danger qui pesait sur elle, toutes les préoccupations du moment, tout le trouble enfin de son âme, se réveillèrent brusquement et répandirent un nuage de tristesse sur son visage, un instant égayé. Comme elle ne doutait pas que le docteur Herbeau n'eût pénétré ce qui se passait dans son cœur, et qu'il ne fût venu tout exprès pour la secourir et la conseiller, elle attendait, confuse et tremblante, qu'il abordât le premier ce sujet, qu'elle n'osait elle-même entamer; tandis que le docteur, qui ne savait quel motif assigner au rendez-vous qu'il avait obtenu, gardait de son côté un silence morne et embarrassé.

Ils restèrent longtemps ainsi, les yeux baissés, n'osant se regarder l'un l'autre. Louise pensa que son vieil ami se taisait par délicatesse, dans l'attente d'une confidence qui l'autorisât à offrir l'appui de son expérience et le secours de sa sagesse. Elle fit donc effort sur elle-même, et d'une voix émue, sans lever les yeux :

— Je comprends votre silence, dit-elle enfin ; je sais quel sujet vous amène.

A ces mots, le docteur rougit, pâlit et se troubla.

— Oui, reprit-elle, il n'est pas besoin d'explication entre nous ; épargnez-moi la honte d'un aveu désormais inutile. Écoutez ; mais dites-moi d'abord si je puis compter sur vous ?

Et comme le docteur, terrifié par ce préambule, ne répondait pas :

— Dites-moi, s'écria-t-elle avec fermeté et cette fois le regardant en face, dites-moi si vous m'aimez véritablement, sérieusement, courageusement ; si vous m'aimez enfin ?

— De la prudence ! Louise, de la prudence ! s'écria le docteur d'une voix éperdue.

— Vous ne répondez pas, dit-elle.

— Je vous aime, balbutia le bon Aristide ; mais, malheureuse enfant, songez à tous les ménagements que nous avons à prendre et à garder.

— Soyez tranquille, poursuivit la jeune femme ; si vous m'aimez comme vous l'assurez, et comme il m'est doux de le croire, je ne crains rien et suis sauvée. Écoutez donc : vous savez l'histoire de mon cœur ; sachez ce qui se passe dans celui de M. Riquemont. Mon mari ne vous affectionne pas, c'est tout simple; peut-être avez-vous remarqué qu'en ces derniers temps sa haine contre vous n'a fait que croître et redoubler. Avant-hier, après votre départ, il est entré dans ma chambre, et m'a signifié qu'il ne voulait plus de votre présence au château. Que vous dirai-je? En un mot, il exige que vous cédiez la place à votre rival, et que M. Savenay devienne mon médecin.

— Tout est perdu! s'écria le docteur Herbeau, plus blanc que la poudre de sa perruque, plus tremblant que les feuilles que le vent du soir agitait sur sa tête.

— Rien n'est perdu si vous m'aimez, dit Louise résolûment. Je ne veux pas, entendez-vous bien, docteur? je ne veux pas qu'on me sépare de vous; je n'accepterai jamais d'autres soins que les vôtres. Puisque M. Riquemont refuse de m'entendre, je saurai résister à ses aveugles exigences. Si ce n'est mon droit, c'est mon devoir; c'est mon devoir vis-à-vis de lui, vis-à-vis de moi-même, et aussi vis-à-vis de vous, cher et tendre ami, qui me prodiguez depuis deux ans les trésors de votre sollicitude.

Le docteur ne comprit qu'une chose, c'est qu'il allait se trouver pris entre l'amour de Louise et la jalousie de M. Riquemont comme entre deux plaques de fer rouge.

— Le cas est grave, mon enfant, répliqua-t-il; M. Riquemont est votre maître, vous lui devez obéissance.

— J'aurai Dieu et mon cœur pour m'absoudre, dit

Louise avec entraînement. J'ai compté sur vous pour me soutenir; vous ne m'abandonnerez pas. Quoi que M. Riquemont puisse faire, vous resterez auprès de moi. Je mets solennellement entre vos mains mon existence et mon bonheur; en acceptez-vous le dépôt, vous sentez-vous le courage de le garder et de le défendre?

— Tout est perdu! répéta le docteur consterné.

— Ah! s'écria Louise en pleurant, je savais bien que vous ne m'aimiez pas! Tout me repousse, tout me trahit, tout m'abandonne. Mon Dieu, ayez pitié de moi!

Le docteur allait protester de son amour et de sa tendresse, quand tout d'un coup il crut apercevoir à travers champs, au-dessus des haies, la tête de M. Riquemont, qui semblait se diriger de leur côté. Il est aisé d'imaginer ce qu'il dut éprouver à cette douce apparition; il aurait vu avec moins de terreur s'ouvrir sous ses pieds la gueule d'un crocodile, il aurait senti avec moins d'épouvante un serpent à sonnettes se glisser dans la poche de son habit.

— Louise, dit-il en avançant un pied vers l'échelle, nous reparlerons de cette affaire.

— Quoi! vous partez? s'écria-t-elle. Ainsi, telle est l'assistance que vous êtes venu m'offrir! En vérité, ce n'était pas la peine de nous déranger l'un et l'autre. Allez, vous n'êtes qu'un ingrat!

Le docteur n'existait plus que dans le point noir et mobile qu'il venait d'apercevoir au loin, et sur lequel il avait rivé son regard et sa vie tout entière. Il s'était flatté d'abord de l'espoir que ses yeux l'avaient abusé;

mais le point fatal se rapprochait de plus en plus.
Aristide ne s'était pas trompé : c'était l'ogre.

Il se précipita vers l'échelle ; mais, ô contre-temps!
ô désastre! ô amère dérision du sort! ô fatalité sans
exemple! comme il allait poser son pied sur le premier échelon, Colette, que dévorait un essaim de
mouches assassines, lâcha une ruade, dirigée et lan-
cée de telle sorte, qu'elle envoya sauter l'échelle à
vingt pas. Louise partit d'un franc éclat de rire.
Ce qui se passa en cet instant dans l'esprit du docteur
Herbeau, c'est ce que tous peuvent concevoir, ce
que nul ne saurait exprimer. Il demeura comme
frappé de la foudre, regardant tour à tour d'un œil
hébété l'échelle qui gisait à terre et la tête de Méduse
qui s'avançait au-dessus des haies.

— Mais, au nom de Dieu, qu'avez-vous ? s'écria
Louise, qui ne comprenait rien à ce grand effroi.

— Ce que j'ai? répondit le docteur les yeux hagards et la face livide; vous-même, qu'avez-vous
donc, grand Dieu! que vous ne voyez pas là-bas
votre mari qui s'avance?

— Vous vous trompez, docteur, ce n'est pas lui,
dit la jeune femme.

— C'est lui, c'est lui, vous dis-je! s'écria le docteur en se frappant le front.

— En effet, reprit Louise en regardant avec attention, je reconnais ses chiens, je vois briller sur son
épaule le fusil qu'il avait en partant.

A ces mots, le docteur sentit une sueur froide lui
couvrir le visage ; il fit un mouvement pour se jeter
à bas du toit, mais madame Riquemont le retint, et

la crainte de se casser une jambe ou deux l'arrêta.

— Voyons, mon ami, dit Louise, calmez-vous. Je comprends ce que cette position peut avoir pour vous de désagréable, mais vous n'avez pas sujet de vous affecter de la sorte ; il ne s'agit plus à présent que de faire bonne contenance.

— Au nom du ciel ! qu'êtes-vous venue faire sur ce toit ? s'écria-t-il avec désespoir.

— Remettez-vous, mon ami ; soyez sûr que vous vous alarmez au delà de toute raison. D'abord, il est possible que M. Riquemont ne nous aperçoive pas ; ensuite, s'il nous aperçoit, eh bien, nous en serons quittes pour essuyer la bordée de sa belle humeur ; ce ne sera pas la première fois.

— Mais, Louise, qu'êtes-vous venue faire sur ce toit ? répéta le docteur avec une anxiété croissante.

— Vraiment, mon ami, dit Louise en souriant, si mon mari vous surprend dans cet état, je ne sais trop ce qu'il n'imaginera pas.

Comme elle disait, M. Riquemont, le fusil sur l'épaule, escorté de toute sa meute, déboucha dans le sentier des sureaux, et se dirigea du côté de la maison.

— Décidément, dit Louise, voici l'orage qui s'approche.

— Ah ! maudit toit ! s'écria le docteur.

— Du courage, dit Louise.

— Mais, ventre-saint-gris! s'écria-t-il encore, quelle idée avez-vous eue de me faire monter sur ce toit ?

M. Riquemont s'avançait au pas de charge, mais tête basse, le front incliné sous les préoccupations du moment, si bien qu'on pouvait raisonnablement es-

pérer qu'il s'éloignerait sans s'apercevoir de rien. En
effet, il allait dépasser la chaumière; déjà le docteur Herbeau respirait plus à l'aise et se croyait sauvé,
quand, par malheur, les chiens aboyèrent après Colette. M. Riquemont tourna la tête, et reconnut le
noble animal; il leva les yeux, et aperçut nos deux
coupables juchés l'un près de l'autre. Louise ne put
s'empêcher de rire en voyant l'étrange mine que firent le docteur et le châtelain. Aristide ne riait
pas, et volontiers il aurait donné sa part de bonheur
dans l'éternité pour que la toiture sur laquelle il était
perché s'abîmât à cent pieds sous terre. Il se tenait
immobile, silencieux et blême, tandis que M. Riquemont, appuyé sur le canon de son fusil, le regardait avec une expression de visage indéfinissable.
Louise riait à gosier déployé.

> Eh! bonjour, monsieur du Corbeau,
> Que vous êtes joli! que vous me semblez beau!

s'écria M. Riquemont en ôtant sa casquette.

> Sans mentir, si votre ramage
> Se rapporte à votre plumage,
> Vous êtes le phénix des hôtes de ces bois.

A ces mots, le docteur ne se sentit pas d'épouvante.
Il ôta machinalement son chapeau et rendit au châtelain son salut.

— Ah çà, monsieur, dit-celui-ci d'un ton sévère,
que diable faites-vous là?

— Mon ami, dit Louise qui continuait de rire
comme une enfant, je vous conterai la chose; mais

veuillez d'abord relever l'échelle et la mettre contre le mur. Si vous n'étiez venu par aventure, nous courions risque de passer la nuit sur ce toit.

Au milieu de son trouble, de sa confusion et de son effroi, le docteur Herbeau ne pouvait s'empêcher d'admirer l'aplomb, le sang-froid, la présence d'esprit de Louise. Il allait même jusqu'à s'en affliger intérieurement; il reconnaissait avec tristesse cette vérité, vieille comme le monde, qu'il n'est pas d'Agnès que l'amour ne change aussitôt en Rosine.

M. Riquemont se prêta d'assez bonne grâce aux désirs de sa femme. Il releva l'échelle et l'appliqua contre le mur; puis, reculant de quelques pas, il arma son fusil et se tint prêt à mettre en joue, comme un chasseur dont le chien vient de tomber en arrêt.

— Allons, monsieur, je vous attends, dit-il en regardant le docteur Herbeau.

L'infortuné docteur pensa sérieusement que son heure suprême avait sonné et que c'en était fait de lui; de grosses gouttes de sueur ruisselaient de son front, et le jabot de sa chemise, répondant aux battements de son cœur, ressemblait à un éventail agité par une main légère.

— J'espère, monsieur, dit-il enfin, que vous n'avez pas l'intention de recourir à un lâche assassinat?

— De par tous les diables! descendrez-vous, monsieur? s'écria le châtelain avec impatience.

Aristide se mit à descendre; mais il n'était pas au milieu de l'échelle que M. Riquemont le coucha en joue et lâcha la détente. Au bruit de l'explosion,

19

Louise jeta un cri, les pigeons s'envolèrent, Colette tressaillit, toute la meute s'élança en aboyant, et le docteur glissa, comme un sac, jusqu'à terre. Il chancela, s'appuya contre le mur et porta la main à sa poitrine, tandis que le rustre arrachait de la gueule d'un de ses chiens le pigeon qu'il venait d'abattre.

— Vous êtes cruel ! s'écria Louise avec chagrin. Vous savez que j'aime ces oiseaux.

— Moi aussi, je les aime... à la crapaudine, répliqua le brutal en fourrant le pigeon dans sa poche.

Pendant que Louise descendait à son tour, il s'approcha du docteur et lui dit à voix basse :

— Monsieur, vous allez nous suivre. Vous dînerez avec nous, il le faut ; j'ai à vous parler. Offrez votre bras à madame...

Ces paroles furent dites d'un ton qui ne souffrait pas de réplique. Ils prirent tous trois le chemin du château, Louise appuyée sur le bras du docteur, M. Riquemont en avant, Colette par derrière, tous les chiens gambadant autour du cortége. Louise, bien qu'elle ne fût pas dans le secret des préoccupations de ses deux compagnons, était redevenue triste et silencieuse, car elle comprenait que ce nouvel épisode ne ferait qu'irriter l'humeur de son mari et l'encouragerait dans ses projets contre le docteur. Quant à celui-ci, il allait, soutenu par elle plutôt qu'il ne la soutenait, sur les pas du farouche Riquemont, dont le fusil, incliné sur l'épaule, semblait avoir au bout du canon un œil de cyclope qui le menaçait. Ils arrivèrent ainsi au logis sans avoir échangé une parole. Seulement, de loin en loin, la jeune femme pressait doucement le bras de son vieil ami, comme pour le plaindre et le consoler.

Le dîner fut médiocrement gai. Assise auprès du docteur, Louise ressemblait à la coupe, attribut d'Esculape, qu'entoure un serpent de ses anneaux entrelacés, et dans laquelle il plonge sa tête symbolique. Assis en face, M. Riquemont les tenait tous deux sous son regard d'épervier.

— Il paraît, monsieur, dit-il au docteur, que vous exercez la médecine à la façon dont les chats font l'amour, sur les toits. Le procédé est nouveau, ce me semble, car je ne sache pas que votre maître Hippocrate en ait jamais parlé.

M. Herbeau essaya de sourire. Louise raconta comment s'était passée la chose; M. Riquemont ne répondit pas.

— Savez-vous, monsieur, que vous êtes superbe? reprit-il en lui versant à boire. Je ne vous avais jamais vu dans un si galant équipage. Vous avez l'air d'un croque-mort. Vous aimez le noir : vous en avez le droit.

— Monsieur... murmura le docteur d'un air suppliant.

— Ne vous emportez pas, que diable! Toujours vif comme un petit salpêtre. A propos, docteur, quel âge avez-vous?

A cette question insidieuse, le docteur rougit et balbutia.

— Papa, quel âge avez-vous? répéta l'impitoyable Riquemont.

— Monsieur, dit enfin Aristide, au mois de juillet de l'an passé, j'ai dû compter quarante-neuf ans.

— En ce cas, monsieur, répliqua le bourreau, comme nous sommes au mois de juillet de l'année courante, tout bien calculé, vous avez, sauf erreur, vos petits cinquante ans. C'est un bel âge pour marier ses enfants, ajouta-t-il en versant du vin dans son verre. Il serait difficile d'ailleurs de trouver un vieillard mieux conservé que vous. Vous avouez cinquante ans, mais vous n'en portez pas soixante. La perruque vous sied à ravir. Dans quelque vingt ans d'ici, je vous demanderai l'adresse de votre coiffeur.

Et, parlant de la sorte, il passait complaisamment sa main dans son épaisse et brune crinière.

— Pas vrai, Louison, que la perruque sied bien à papa Herbeau ?

— Mon ami, dit Louise, ces plaisanteries sont pour le moins de mauvais goût et n'ont pas même, dans votre bouche, le mérite de la nouveauté. Vous n'avez déjà que trop abusé de la patience de M. Herbeau, de son indulgence et de sa bonté.

— Je ne plaisante pas, mille diables ! et je vous le dis sérieusement, docteur : voilà une trentaine d'années, je ne vous aurais pas confié volontiers ma femme.

Le docteur une fois encore essaya d'un pâle sourire.

— Dans votre temps, monsieur, reprit le féroce animal, vous avez dû avoir bien du succès auprès du beau sexe. Vous étiez un gaillard ; je suis sûr que vous avez fait avaler à la maman Herbeau moins d'anguilles que de couleuvres. On se souvient de vos prouesses à Saint-Léonard. Vous étiez la terreur des époux. Mais vous ne mangez pas, monsieur? Mais, papa, vous ne buvez pas? Vous êtes blanc comme un âne de moulin, et vous tremblez comme un moineau qui sèche ses plumes au soleil.

Louise, qui souffrait visiblement de la grossièreté de son mari et de la position d'Aristide, se leva de table avant le dessert et se retira dans sa chambre, non sans avoir jeté à son cher et pauvre docteur un regard de tendresse compatissante.

— On étouffe ici, s'écria le docteur Herbeau. Baptiste, mon ami, ouvrez, je vous prie, la fenêtre.

Baptiste regarda le docteur d'un air ébahi. Depuis le commencement du repas, la fenêtre était toute grande ouverte.

Le repas achevé, M. Riquemont se leva, et, présentant au docteur Herbeau son chapeau et son jonc à pomme d'or :

— Si vous le voulez bien, monsieur, nous irons respirer l'air du soir dans l'allée du parc. La soirée est belle, et l'exercice nous fera du bien.

Pour le coup, le docteur ne douta plus que sa dernière heure ne fût proche. Il prit sa canne, son chapeau, et suivit machinalement le châtelain.

Une fois dans la grande allée, M. Riquemont, pour prolonger son plaisir, pour savourer à longs traits sa vengeance, commença par entretenir le docteur de choses indifférentes. Il lui soumit plusieurs questions d'agriculture : il lui parla de la rentrée des foins, de l'espoir des regains, d'améliorations à tenter dans

l'entretien des prairies artificielles. Il lui demanda
tranquillement son avis sur le meilleur mode à suivre
pour engraisser les bestiaux, à cette fin de balancer
au marché de Poissy la prééminence des produits
normands. C'était là son unique ambition, disait-il.
Le docteur Herbeau n'en revenait pas et se croyait
sauvé encore une fois, lorsque, après avoir joui tout
à l'aise de l'anxiété de sa victime :

— Monsieur, dit gravement M. Riquemont, vous
m'avez conté l'autre jour l'histoire d'un jeune docteur de Montpellier ; cette histoire m'a vivement intéressé, et, pour vous rendre le plaisir que je vous
dois, je prétends, à mon tour, vous conter l'histoire
d'un vieux docteur de ma connaissance. Cette histoire
est courte et vous amusera, je l'espère. Ce vieux docteur, ainsi que votre jeune docteur, était ignorant
comme une carpe. Vous avez dit comme une carpe, je
crois ? C'est d'ailleurs la seule ressemblance qui ait jamais existé entre votre docteur et le mien. Le mien était
fort laid ; toutefois à sa laideur il joignait les prétentions du vôtre. Appelé auprès d'une femme jeune, belle
et souffrante, il se vit accueilli par le mari avec une
confiance dont il abusa. Le mari s'en aperçut et prit
le parti d'en rire. Seulement, un soir qu'ils avaient
dîné ensemble, chez le mari bien entendu, car chez
le docteur on ne dînait guère, l'amphitryon entraîna
son convive dans une allée qui servait d'avenue à sa
maison. La maison de ce mari était située comme la
mienne, et l'allée dont je vous parle était pareille à
celle-ci. C'était, comme aujourd'hui, par une belle
soirée d'été ; mon docteur et mon mari cheminaient

lentement, côte à côte, ainsi que nous faisons tous
deux. Cette histoire vous ennuie peut-être?

— Au contraire, répondit d'une voix éteinte le dé-
faillant et malheureux Herbeau.

— Vous m'en voyez charmé. Mon mari et mon
docteur cheminaient donc lentement entre deux haies
de charmilles, par une belle soirée d'été. Le mari regardait le docteur absolument comme je vous regarde en cet instant. Le docteur était silencieux
comme vous et quelque peu troublé, j'imagine,
car il se doutait de quelque méchante affaire. Arrivés
au bout de l'avenue, le mari, sans mot dire, ouvrit la
porte à deux battants, ainsi que je fais à cette heure,
et le docteur aperçut sellé, bridé et harnaché, son
cheval, qu'il croyait encore dans les écuries de son
hôte.

Aux pâles lueurs du crépuscule, le docteur Herbeau
reconnut, en dehors du parc, Colette attachée par la
bride à un arbre.

— Je pense, monsieur, s'écria M. Riquemont en
croisant ses bras sur sa poitrine, qu'il est inutile de
vous conter le dénoûment de mon histoire : vous le
devinez sans peine.

Sûr de son malheur, le docteur Herbeau reprit
enfin toute la dignité de son caractère. A son tour il
pouvait se venger, et d'une façon sanglante; il pouvait réhabiliter d'un seul mot ses cinquante ans si
indignement outragés, mais il ne songea qu'au salut
de Louise.

— Monsieur, dit-il avec une noble assurance, ma
vie est entre vos mains, vous pouvez en disposer à

votre gré; je n'attends ni grâce ni merci; l'unique
faveur que je demande, c'est qu'il me soit permis
d'espérer que vous épargnerez votre épouse. J'en atteste le ciel! madame Riquemont est innocente.

— Je le sais, monsieur, je le sais, répliqua le châtelain; vous me diriez le contraire que je ne vous
croirais pas, mon brave homme. Quant à votre vie,
je n'en ai que faire, merci! Seulement, retenez bien
ceci : tout le pays saura demain que vous avez perdu
la clientèle du château de Riquemont. Dans votre intérêt, monsieur, dans l'intérêt de vos oreilles, je
vous conseille de veiller à ce que le pays et ma
femme surtout ignorent toujours le vrai motif de
votre renvoi; car, j'en atteste le ciel à mon tour, si
je dois être ridicule, je ne le serai pas à demi.

A ces mots, il ferma la grille et s'éloigna en sifflant, tandis que le docteur Herbeau, pareil au premier homme chassé de l'Éden par l'ange au glaive
flamboyant, regardait pour la dernière fois, d'un air
consterné et d'un œil plein de larmes, les célestes ombrages d'où il était à jamais exilé. Mais Ève suivait
les pas de notre premier père, et tous deux, du
moins, avaient mordu dans la même pomme.

Il faudrait une langue qui s'écrivît avec des larmes
et se parlât avec des sanglots, pour pouvoir raconter
en quel état le docteur Herbeau retourna à Saint-
Léonard. Vers le soir, le ciel s'était voilé de nuages;
il faisait une nuit sans lune et sans étoiles, moins
sombre toutefois que le cœur du docteur Herbeau.
Quelle journée! et quel dénoûment à de si charmantes amours! Aristide s'arrêta devant sa porte, et;

s'étant laissé glisser jusqu'à terre, il entra pâle et défait dans sa maison. Aussitôt qu'elle l'aperçut, Adélaïde faillit se précipiter sur lui ; mais se contenant d'abord :

— Vous venez de dîner chez le curé de Savigny ? dit-elle avec un calme apparent.

— Sans doute, répliqua négligemment le docteur.

Après un silence durant lequel la lionne rugit intérieurement :

— Comprenez-vous rien, reprit-elle, au retard de l'arrivée de Célestin ?

— Rien, assurément, répondit le docteur d'un air distrait.

— Il est fâcheux pour vous, dit l'épouse en grinçant des dents, que le curé de Savigny ait dîné aujourd'hui même chez le curé de Saint-Léonard. Deux heures après votre départ, vous avez reçu sa visite. Quant à l'arrivée de notre fils, la lettre que voici vous en expliquera peut-être le retard.

A ces mots, elle lui porta sous le nez le billet de contre-ordre qu'il avait lui-même écrit à son héritier.

Ainsi commença l'orage le plus violent, le plus terrible qui eût éclaté jusqu'alors sous le toit des deux époux. Mais qu'importait au docteur Herbeau ? que lui importaient désormais toutes choses ? Il demeura impassible et ne se donna même pas la peine de répondre aux emportements de sa femme. Au bout de deux petites heures, force fut bien à la mégère d'adoucir l'éclat de sa voix. La foudre s'éteignit dans les larmes. L'ouragan apaisé, le docteur se leva

gravement et sonna Jeannette. La grosse fille s'étant
présentée :

— Notre fils Célestin, dit-il à haute voix en s'a-
dressant à madame Herbeau, sera de retour avant
une semaine accomplie. Que tout s'apprête pour sa
réception. Dès demain, je m'occuperai d'acheter un
cheval qui lui fasse honneur. Vous, Jeannette, sus-
pendez en lieu sûr et convenable ma selle et ma
bride, et que Colette, soignée comme par le passé,
achève en paix ses jours dans mon écurie ; vous la
mettrez seulement à la demi-ration d'avoine. Aux
malades qui m'enverront chercher, vous ferez répondre qu'à partir d'aujourd'hui le docteur Herbeau
n'exerce plus la médecine, et qu'il a déposé sa clientèle entre les mains de son fils, Célestin Herbeau,
docteur-médecin de la faculté de Montpellier.

M. Herbeau se retira ensuite dans le salon, et s'y
enferma pour le reste de la nuit. Là, seul et libre, le
bon docteur cacha sa tête entre ses mains et répandit
des larmes abondantes. Le sacrifice était consommé !
En moins d'un jour, il avait perdu deux couronnes.
Pour ne pas compromettre madame Riquemont, il
venait d'abdiquer sa clientèle. Plus grand que son
illustre homonyme de l'antiquité grecque, Aristide
prévenait en même temps l'injustice de ses concitoyens et se condamnait lui-même à l'ostracisme.
Ah ! ce n'était point là ce qui faisait couler ses larmes ! Ce dernier sacrifice, il l'avait accompli avec
une sombre joie ; c'était une immolation de lui-
même qu'il offrait avec bonheur au souvenir de la
jeune beauté qu'il avait tant aimée, et qu'il devait

aimer jusqu'à son heure dernière : heureux de renoncer à la science, dès lors qu'il ne pouvait plus l'exercer en vue d'une santé chérie ! Non, ce qu'il pleurait,
c'était Louise ; c'était le doux rayon qui dorait son
automne, la voix qui chantait dans son cœur, la
source qui coulait sous ses gazons flétris et conser-
vait à leurs racines un reste de fraîcheur et de vie.
Il pleurait aussi sur la destinée de cette enfant, qu'il
avait brisée peut-être. Il tremblait enfin qu'égarée
par la passion elle n'embrassât quelque résolution
funeste. Il se rappelait avec terreur qu'un jour cette
jeune imprudente n'avait parlé de rien moins que de
s'échapper du domicile conjugal et de venir le surprendre à Saint-Léonard. Aujourd'hui même, sur le
toit fatal, toit à jamais maudit ! Louise n'avait-elle
pas fait un appel formel à l'amour du docteur ?
n'avait-elle pas, pour preuve de cet amour, demandé
qu'il entrât avec elle en rébellion ouverte contre l'autorité de son mari ? A toutes ces questions, il sentait
redoubler ses angoisses. Ce fut une cruelle nuit. Vers
le matin, pour compléter son œuvre, il écrivit à madame Riquemont une lettre ainsi conçue :

« MADAME,

« Des raisons de haute convenance, que le monde
doit ignorer, me font une loi de renoncer à l'exercice
de mon art. Les dégoûts de tout genre dont je me
suis vu abreuvé en ces derniers temps suffiraient
d'ailleurs pour expliquer et justifier au besoin la détermination que je viens de prendre. Dans l'exil

volontaire que je m'impose, il me reste cette pensée
consolante, que mon dévouement ne saurait vous
être suspect, et qu'en cherchant les motifs qui m'ont
commandé vous ne sauriez me soupçonner d'ingratitude ou d'indifférence. Vous vous direz, madame,
qu'il a fallu des motifs bien impérieux et bien légitimes pour que j'aie cru devoir confier à des mains
étrangères le soin de votre personne, et me déshériter
d'une tâche qui me rendait heureux et fier. Croyez,
ah ! croyez bien que du fond de la retraite où je vais
tristement achever de vieillir, ma sollicitude vous
accompagnera sans cesse ; croyez que mon cœur
continuera de veiller sur vous, et que le jour où j'ap-
prendrai que vous avez retrouvé la santé sera jour de
fête dans ma solitude.

« Recevez, madame, avec mes adieux, l'expression
de tous les hommages.

« ARISTIDE HERBEAU. »

On imagine sans peine ce que cette lettre dut
coûter au docteur Herbeau, tout ce qu'il lui fallut
étouffer pour s'en tenir à cet adieu froid et compassé.
Vingt fois, en écrivant ces lignes, il sentit son cœur
près de se fondre en flots de tendresse ; vingt fois
il refoula les épanchements de son cœur. Cependant, quoi que nous ayons dit plus haut, le sacrifice
n'était pas consommé. Il lui restait à boire la lie de
son calice.

Vers le milieu du jour qui suivit cette nuit désastreuse, on put voir à Saint-Léonard un spec-

tacle digne d'une éternelle pitié. Le docteur Herbeau
sortit à pied de sa maison, pâle, abattu, se soutenant
à peine, mais, dans son affaissement, plein de noblesse et de dignité. Il gagna la demeure de son rival
et pria le domestique de M. Savenay de l'annoncer à
son maître. Le jeune homme s'empressa d'aller le
recevoir au bas de l'escalier, et l'introduisit dans sa
chambre avec révérence. Après l'avoir fait asseoir :

— Monsieur, lui dit-il, quel que soit le sujet qui
me procure l'avantage de votre visite, souffrez
d'abord que je vous en exprime ma reconnaissance ;
c'est le plus grand honneur qu'il me fût permis d'espérer.

Le docteur Herbeau demeura quelques instants
silencieux ; il ne pouvait s'empêcher de penser avec
quelque amertume que tous ses malheurs dataient de
l'arrivée de ce jeune homme à Saint-Léonard.

— Monsieur, dit-il enfin, je me fais vieux. Unique
médecin en ce pays, j'ai dû mener durant vingt-cinq
ans une vie active et laborieuse. C'est un rude ministère que le nôtre ; jeune homme, vous le saurez plus
tard. Que nous en revient-il la plupart du temps ?
l'ingratitude, couronnement inévitable de toute existence vouée au bien public. Puissiez-vous, au bout
de votre carrière, rencontrer moins d'épines que je
n'en ai trouvé à la fin de la mienne !

—Quelle qu'en doive être la récompense, puissé-je,
monsieur, répliqua Savenay, fournir une carrière
aussi noble, aussi belle, aussi bien remplie que la
vôtre !

— Je ne vous cache pas, poursuivit le docteur

Herbeau, que depuis longtemps je me sentais suc-
comber à la tâche ; voilà longtemps que j'aurais
en effet succombé, si le sentiment de mes devoirs ne
m'eût imposé l'obligation de rester debout à mon ·
poste. J'y suis resté, monsieur ; si je l'avais abandonné, que seraient devenus mes pauvres malades?
J'étais seul alors ; trop jeune encore pour me
suppléer, mon fils Célestin n'avait pas achevé son
cours. Dieu merci ! je n'aurai point failli à mes
concitoyens ; durant les vingt-cinq ans qui viennent
de s'écouler, personne en ce pays n'est mort ou n'a
vécu sans mon assistance. Puisque je peux désormais, sans trahir la cause de l'humanité, me dé-
charger sur vous et sur mon fils du pesant fardeau
qui m'accable, je rentre dès à présent dans le repos
et vous laisse à tous deux le soin de vous partager
mes labeurs.

— J'espère, monsieur, se hâta de répondre M. Savenay, que vous ne persisterez pas dans cette résolution. Vous êtes dans la force de l'âge ; le pays ne
saurait se passer de vos soins, de vos talents, de
votre expérience.

— Le pays, monsieur, répliqua tristement le docteur Herbeau, s'inquiète peu de ses vieux serviteurs.
Depuis Athènes jusqu'à Saint-Léonard, toujours et
partout le peuple est le même, oublieux, inconstant,
ingrat. Mon parti est pris irrévocablement. Dans peu
de jours, mon fils Célestin m'aura succédé. Je sou-
haite que vous viviez fraternellement, sans haine et
sans rivalité : Célestin est doux, timide, point avantageux ; il vous plaira.

— Croyez, monsieur, dit le jeune homme, que je serai heureux de me lier d'amitié avec monsieur votre fils, et que je ne négligerai rien pour me rendre digne de sa bienveillance.

— Cela vous sera bien facile. Vous le verrez, c'est un agneau. Mais souffrez, monsieur, que j'arrive au véritable but de ma visite.

M. Savenay redoubla d'attention.

Après quelques instants de recueillement :

— Hier encore, reprit le docteur Herbeau d'une voix émue, j'avais dans ma clientèle une personne qui me sera éternellement chère. Cette personne, vous la connaissez ; je veux parler de madame Riquemont. C'est un ange. Pour des motifs que je dois taire, je désire que Célestin n'entretienne avec le château aucun genre de relations. Mon fils est d'ailleurs, ainsi que je vous le disais tout à l'heure, une nature timide, délicate, ombrageuse ; M. Riquemont l'effaroucherait infailliblement. C'est donc à vous, monsieur, qu'il appartient d'achever l'œuvre de guérison que j'ai commencée voilà deux années. C'est entre vos mains que je dépose cet inestimable trésor. Je vous le confie. Jeune homme, j'appelle sur cette jeune tête votre sollicitude la plus constante et la plus assidue. Veillez sur elle sans cesse, à toute heure ; nulle créature ici-bas n'est plus digne de vos soins et de vos hommages.

— J'accepte avec orgueil et reconnaissance la tâche que vous voulez bien me transmettre, répondit M. Savenay. Votre confiance me touche et m'honore ; je m'efforcerai de la mériter, et peut-être y réussirai-je, si vous daignez, monsieur, m'aider de vos conseils et m'éclairer de vos lumières.

— Vous trouverez sur ces feuillets, dit M. Herbeau en tirant de sa poche quelques papiers qu'il remit au jeune docteur, l'analyse du traitement que j'ai fait suivre à notre chère souffrante. C'est, ainsi que vous l'avez reconnu vous-même le jour où j'eus l'honneur de vous voir pour la première fois, l'application directe des théories que je développai devant vous sur les maladies chroniques en général. J'y ai joint sur le tempérament du sujet en particulier quelques réflexions qui pourront ne pas vous être tout à fait inutiles. Toutes les fois, d'ailleurs, qu'il vous plaira de vous adresser à ma vieille expérience, vous me trouverez prêt à vous communiquer mon sentiment en toutes choses.

A ces mots, le docteur Herbeau se leva.

— Adieu, monsieur, dit-il au jeune docteur. Vous avez servi de prétexte à la malveillance de mes ennemis, je suis convaincu que vous en avez plus souffert que moi, et je vous prie de me pardonner, ajouta-t-il avec bonté en tendant sa main au jeune homme.

M. Savenay, tout ému et tout attendri, s'empara de cette main avec effusion et la pressa respectueusement entre les siennes.

Ce dernier devoir accompli, le docteur Herbeau tourna sa pensée vers son fils, depuis deux ans trop négligé peut-être ! De retour au logis, il se mit aussitôt à son bureau et écrivit la lettre suivante à Célestin :

« MON CHER FILS,

« L'heure est venue de tenir vos promessés et de réaliser les espérances que votre mère et moi avons placées sur votre tête. Mon cœur m'assure que vous reconnaîtrez dignement notre amour et nos sacrifices, et que vous ne serez pas au-dessous de la position qui vous est réservée. Je vous attends, mon fils, pour remettre publiquement ma clientèle entre vos mains. Je vous appelle pour me succéder. Hâtez-vous donc, car chaque jour qui s'écoule compromet vos intérêts et ceux de votre famille. Les temps sont bien changés, Célestin! Il ne s'agit plus de vous asseoir paisiblement dans mon héritage et de régner sans rivaux sur le pays. Vous trouverez établi à Saint-Léonard un jeune docteur de la faculté de Paris, qui vous disputera avec acharnement la succession de votre père. Vous saurez défendre vos droits. Que ce titre de docteur de la faculté de Paris ne vous intimide pas! Rappelez-vous, mon fils, que l'académie de médecine de Montpellier est illustre entre toutes, et que ses titres de noblesse sont les premiers inscrits sur le livre d'or de la science. Vous ne démentirez pas la renommée de cette glorieuse école; vous ajouterez un rayon de plus à cet astre resplendissant. Vous êtes bien jeune encore pour la tâche que je vous destine, mais j'ose croire que vous la remplirez avec honneur. Vous serez l'orgueil et la joie de notre vieillesse. Revenez avec confiance, et que la prévision des luttes que vous aurez à soutenir ne trouble point la

20.

sérénité de votre âme. Soyez fort. Je vous ai vu partir enfant, que je retrouve en vous un homme,
l'homme à la fois élégant et sérieux que vos lettres
m'ont permis d'entrevoir. Unissant, par un rare privilége, aux grâces de la jeunesse l'expérience de l'âge
mûr, vous marcherez d'un pas sûr et ferme dans la
voie qui vous est ouverte. Depuis quelques années,
mon cher fils, il s'accomplit autour de nous un mouvement fatal, qui, s'il n'est comprimé, conduira nécessairement la France à sa perte. Vous vous garderez
du danger des idées révolutionnaires ; la gloire de tra-
cer un sillon parallèle à celui qu'a tracé votre père
suffira, sans doute, à vos honnêtes ambitions. En politique, fidèle à vos princes ; inaccessible, en littérature, aux doctrines insensées que le goût et la raison réprouvent ; soumis, en médecine, à la tradition
des grands maîtres, vous pratiquerez en toutes choses
le culte et la religion du passé. Vous aurez toujours
présent à l'esprit cet axiome qui résume à lui seul ma
vie tout entière : *Meliùs est sistere gradum quàm pro-
gredi per tenebras.*

« Nous vous attendrons jeudi prochain, par la voiture
de Limoges. Ce sera pour votre mère et pour moi,
mon cher fils, un bien heureux jour, un jour trois
fois béni. Nos cœurs sont altérés de votre présence.
Vous trouverez ci-incluse une traite qui vous per-
mettra de subvenir aux exigences du départ. Désirant
réunir quelques amis pour fêter le jour de votre arrivée, votre mère vous conseille de vous reposer à
Limoges et d'y faire un peu de toilette.

« Priez lord Flamborough d'agréer nos hommages,

et croyez, notre cher enfant, à l'impatience que nous avons de vous presser tendrement dans nos bras.

« A. HERBEAU. »

Le docteur fit jeter par Jeannette cette lettre à la poste. Celle qu'il avait écrite à Louise fut confiée au garde champêtre de Riquemont, qui venait tous les jours à Saint-Léonard chercher les journaux de son maître.

Louise ignorait absolument ce qui s'était passé la veille. Comme M. Riquemont n'avait plus reparlé de remplacer le docteur Herbeau, et qu'au contraire il semblait avoir renoncé à lui donner un successeur, elle avait retrouvé un peu de calme et de sécurité. La veille, après avoir mis le docteur à la porte, M. Riquemont était entré dans la chambre de sa femme. — Décidément, avait-il dit, papa Herbeau est un bon diable ; il prend bien la plaisanterie. Je l'affectionne au fond, et ne saurais me passer de lui. Puisqu'il te plaît, nous le garderons. Tu comprends bien que je tiens par-dessus tout à t'être agréable. D'ailleurs, tout bien calculé, je me soucie médiocrement de ce petit Savenay. Tu avais raison l'autre soir, papa Herbeau est plus convenable. C'est un brave homme. Il m'amuse, et, s'il ne revenait plus au château, je sens qu'il me manquerait quelque chose. Va donc pour le docteur Herbeau ! Je ne suis pas jaloux, moi. J'aime tout ce que tu aimes, et tes sympathies font les miennes. Je ne sais pas quelle lubie m'avait passé, l'autre jour, par la tête ! Tu ne m'en veux plus, n'est-ce

pas? On a ses mauvais moments, mais cela n'empêche
pas qu'on adore sa petite Louison.

Louise avait remercié son mari de ses bonnes dispositions; mais, par une contradiction que nous ne
nous chargeons pas d'expliquer, le bonheur qu'elle
en ressentit fut moins près de la joie que de la tristesse. Le lendemain, dans l'après-midi, elle reçut, en
présence de son mari, la lettre du docteur Herbeau.
M. Riquemont rôdait depuis le matin autour d'elle,
inquiet de ne rien voir arriver, curieux de savoir
comment le vieux docteur se tirerait de l'impasse où
il l'avait acculé. La jeune femme ouvrit la lettre, et,
l'ayant lue :

— Vous triomphez! monsieur, s'écria-t-elle les
yeux remplis de larmes; vous en êtes venu à vos
fins. Vous avez si bien fait, que M. Herbeau m'abandonne. Quelle patience, quel dévouement n'a-t-il pas
fallu pour résister si longtemps à vos indignes procédés!

M. Riquemont releva la lettre échappée des mains de
sa femme; puis, après en avoir pris connaissance :

— Comment, mille diables! s'écria-t-il, le docteur
Herbeau quitte les affaires! le docteur Herbeau abandonne ses amis! Il trahit l'amitié, le docteur Herbeau! Mais c'est infâme, cela! mais c'est impossible!
Je ne le souffrirai pas; j'irai plutôt me jeter à ses
pieds, j'embrasserai ses genoux, je lui demanderai
excuse à mains jointes. Baptiste, qu'on me selle un
cheval! Rassure-toi, Louison ; la résolution du docteur Herbeau ne tiendra pas contre mes prières. Je
m'engage à te le ramener aujourd'hui même ; sois

tranquille, je te le rendrai. Mais, ventrebleu, il fallait donc me dire qu'il était susceptible à ce point! Pouvais-je m'en douter, moi? Je riais, je plaisantais, je folàtrais. Tu verras qu'il se sera piqué de ce que j'ai dit hier soir à propos de sa perruque. Tu conviendras aussi que c'est être par trop difficile à vivre.

—Allez, dit Louise en pleurant, vous avez été abominable. Quand je songe à la façon dont vous avez reconnu l'affection et les soins que m'a prodigués cet excellent homme, j'ai honte, je rougis pour vous et pour moi-même. Mon pauvre vieil ami, toujours si bon, si tendre, si dévoué, un esprit si charmant, un caractère si doux, une humeur si facile! Je n'avais que lui, vous me l'avez ôté.

—Je répète que je te le rendrai. Baptiste, mes éperons, ma cravache! Je lui croyais un meilleur caractère. Je te promets, puisqu'il en est ainsi, de m'observer à l'avenir. Je prétends désormais faire assaut avec lui de politesse et de belles manières. On est campagnard, mais au besoin on sait son monde.

Ce disant, il avait, pour ajuster ses éperons, appuyé tour à tour ses pieds malhonnêtes sur le bras du fauteuil où sa femme était assise. Cette opération achevée, il s'élança, la cravache au poing, et partit au galop pour ne s'arrêter qu'à la porte de M. Savenay.

— Eh bien, jeune homme, vous savez la nouvelle, s'écria-t-il en se frottant les mains. Le docteur Herbeau se retire des affaires. Il donne sa démission et se fait justice lui-même. Riquemont ne pouvait vous échapper.

— En effet, monsieur, dit le jeune docteur, je viens d'apprendre par M. Herbeau lui-même la nouvelle que vous m'apportez. C'est une grande perte pour la science et pour le pays.

— Allons donc! allons donc! s'écria M. Riquemont en faisant siffler sa cravache. Quoi qu'il en soit, la clientèle du château vous revient de droit; et, à moins que vous ne désiriez la mort de ma femme, vous ne sauriez lui refuser vos soins. Il s'agit de savoir, jeune homme, si vous voulez la mort de Louison.

— Je connais mes devoirs et saurai les remplir, répondit gravement M. Savenay.

— Ce qui veut dire?...

— Que je m'efforcerai, monsieur, de remplacer le docteur Herbeau auprès de madame Riquemont.

— A la bonne heure donc! s'écria le châtelain; mais, mille diables! ce n'aura pas été sans peine.

Là-dessus, il s'en retourna joyeux et triomphant, et certes il pouvait être fier de la façon dont il avait mené cette aventure. Grâce à sa perspicacité, grâce à son active intelligence, il avait, en moins de vingt-quatre heures, accompli toute une révolution. Il s'était vengé sans éclat et sans bruit, au delà de ses espérances. Il avait, en moins d'un jour, ruiné un odieux rival dans ses prétentions et dans sa fortune, et, du même coup, installé dans sa maison un médecin qu'il aimait et auquel il voulait du bien.

De retour au château, il se laissa tomber lourdement dans un fauteuil, en poussant des exclamations lamentables.

— Qu'est-ce donc? demanda Louise avec inquiétude.

M. Riquemont se tordait, se roulait, se frappait le front et ne répondait pas.

— Louison, s'écria-t-il enfin, tu vois ton époux au désespoir. J'en ferai une maladie. Tout ce que j'ai pu dire a été inutile. J'ai prié, supplié : absolument comme si j'avais chanté ! Le docteur Herbeau est inflexible, une barre de fer ! Il a de la médecine par-dessus la tête, et ne veut plus entendre parler de malades. Au reste, il est bon que tu saches que je ne suis pour rien dans sa détermination. Il a coupé court à mes excuses, en m'assurant que je l'avais hier beaucoup diverti. Il dit qu'il est dégoûté de son métier et qu'il a besoin de repos. Cela se conçoit. Colette a le trot dur, et si tu l'avais eue pendant vingt-cinq ans entre les jambes, tu serais de l'avis du papa Herbeau, tu éprouverais un vif désir de t'étendre dans ta bergère et d'y passer le reste de tes jours. Il faut que ce brave homme se repose. Voilà long-temps qu'il tire à sa fin. J'ai voulu te l'amener : il a pour jamais renoncé au monde. Il te présente ses civilités. Nous nous sommes embrassés en nous quittant. Je pleurais, moi; oui, j'en conviens, je pleurais comme une vieille bête. On a beau être fort, la nature ne perd jamais ses droits. Sur le pas de sa porte, je lui ai demandé ce que nous lui devions pour deux années de visites et de soins ; mais là-dessus le docteur Herbeau n'a rien voulu écouter, et, voyant que j'insistais, il m'a fermé la porte au nez. Il peut être sûr, par exemple, de recevoir le premier lièvre qui se trouvera au bout de mon fusil, et si je puis y joindre quelques cailles et quelques perdreaux, je te jure, Louison, que je le ferai de grand cœur. Un bienfait n'est jamais perdu.

— Que vais-je devenir, moi? s'écria Louise avec épouvante.

— Ce que tu vas devenir, Louison? c'est tout simple. N'ayant pu fléchir le docteur Herbeau, je suis allé chez le docteur Savenay...

Louise tressaillit à ce nom.

— Mais, mon ami, s'écria-t-elle, je vous ai dit que je ne pouvais, que je ne devais pas...

— Allons-nous recommencer? interrompit M. Riquemont avec colère. Comment, ventrebleu! je me donne un mal d'enfer pour vous trouver un médecin; je crève des chevaux, j'use le pavé de Saint-Léonard; je vais de l'un à l'autre, du docteur Herbeau au docteur Savenay; je néglige mes poulains, et vous n'êtes pas contente! Vous attendez peut-être que M. Chomel ou M. Gendrin vienne de Paris s'établir à Riquemont tout exprès pour soigner vos gastrites? A votre aise! Vivez, mourez, cela vous regarde; pour moi, je ne m'en mêle plus.

Il sortit. Demeurée seule, Louise s'agenouilla au pied de son lit. La pauvre enfant ne comprenait qu'une chose à la comédie qui venait de se jouer autour d'elle, c'est qu'elle restait sans appui, sans défense, et qu'en perdant le docteur Herbeau elle perdait son dernier refuge. Elle joignit les mains, et les yeux pleins de larmes:

— Mon Dieu, secourez-moi! dit-elle.

CHAPITRE IX.

La nouvelle de l'abdication du docteur Herbeau en faveur de son fils s'était, en moins d'un jour, répandue dans Saint-Léonard. On en parlait diversement. Les uns approuvaient le docteur ; les autres le blâmaient hautement. On cherchait les motifs de cette détermination soudaine. On savait déjà que le château de Riquemont venait d'échoir au docteur Savenay. La ville entière était aux abois. On se préoccupait surtout du prochain retour du jeune Célestin. On se demandait si la gloire et la puissance de la maison Herbeau refleuriraient dans ce jeune homme, si le vieux docteur, ainsi que l'avait dit Adélaïde, renaîtrait comme le phénix de ses cendres. Les avis étaient partagés. La politique, qui s'envenimait fort à cette époque, mêlait son fiel et son venin à toutes les discussions qui s'entamaient à ce sujet. Le parti libéral tenait pour le docteur Savenay, qui ne se doutait pas d'un si grand honneur ; le parti monarchique, pour le docteur Herbeau, qui le représentait. Les uns prétendaient que les Herbeau étaient une dynastie usée, avec laquelle on devait une bonne fois en finir ; les autres, qu'il n'en était rien, et que les destinées du pays reposaient sur cette famille. Ainsi placées sur ce terrain brûlant, les discussions ne tardaient pas à prendre un caractère d'acharnement difficile à décrire. Chacun personnifiant dans le docteur Herbeau ses haines et ses sympathies politiques, on en arri-

vait bientôt à se traiter les uns les autres de tyrans
et de sans-culottes, de jésuites et de buveurs de sang.
Durant la semaine qui précéda l'arrivée de Célestin,
on put voir chaque jour des groupes furieux parcourir
en tous sens la ville. Comme autrefois à Florence,
entre Guelfes et Gibelins, on s'insultait dans les rues
de Saint-Léonard, sur la place et sur les boulevards;
chaque soir les cafés, transformés en clubs, conti-
nuaient les discordes et les querelles de la journée.

Sourd au bruit qui se faisait autour de son nom,
le docteur Herbeau vivait retiré dans sa maison et ne
recevait que ses amis les plus chers. Vainement quelques fièvres et quelques érysipèles, courtisans du
malheur, vinrent le solliciter. Il refusa leurs hommages et les pria d'attendre le retour de son fils. Il
était triste et grave. Chose étrange ! ce noble et
doux visage, que les années avaient à peine sillonné
du bout de leurs ailes, se flétrit en moins de quelques
jours. Ses yeux s'éteignirent, ses joues se plissèrent,
son front se chargea de rides. Ainsi l'hiver succède
brusquement à l'été de la Saint-Martin ; ainsi la nature, un instant rajeunie par les derniers baisers du
soleil, s'affaisse en une nuit, se dépouille et s'endort.
Toutefois, de même que l'hiver a ses floraisons mystérieuses, le bon Aristide cachait sous ses ennuis une
pensée jeune et charmante. Louise habitait en lui
comme une perle au fond d'une coupe amère.

Le lendemain de son abdication, il avait reçu par
un messager du château une petite boîte qu'accompagnait une lettre ainsi conçue :

« Non, je ne vous accuserai jamais d'ingratitude

ou d'indifférence. J'ignore les motifs qui vous ont pu décider ; il faut qu'en effet ils soient aussi impérieux que vous le dites, puisque, sachant ce qui se passe dans mon pauvre cœur, vous avez cru devoir m'abandonner et me retirer mon unique appui. Laissez-moi vous dire cependant, que vous avez été cruel. Oui, vous avez été cruel pour l'enfant qui vous aime et que vous aimiez. Fallait-il me délaisser ainsi, et ne pouviez-vous attendre un peu ? Il me semble que cela vous était facile. Et puis, pourquoi me quitter de la sorte ? Pourquoi ne vous ai-je pas vu avant notre séparation ? Ne dois-je donc plus vous revoir ? Tout cela est bien étrange, et je ne saurais rien y comprendre. Ma tendresse en souffre et ma raison s'y perd. Ami, quoi qu'il en soit, je me rappellerai toujours avec bonheur et reconnaissance ces deux tristes années qui viennent de s'écouler ; si désormais vous ne devez être pour moi qu'un souvenir, croyez que ce souvenir me sera éternellement cher.

« Adieu. Je renonce à vous exprimer ma gratitude autrement que par mes larmes, dont vous reconnaîtrez la trace. Acceptez, pour l'amour de moi, ces objets qui ne peuvent avoir d'autre prix que celui que vous daignerez vous-même y attacher.

« LOUISE. »

La boîte renfermait une magnifique tabatière de platine russe, qui avait appartenu à madame de Marsanges. Dans la tabatière se trouvait une petite miniature d'un fini merveilleux, richement montée en

épingle, et représentant les traits de Louise quelques
années avant son mariage. A cet aspect, le docteur
s'était sauvé dans son jardin, et là il avait arrosé
de pleurs et de baisers la lettre et le portrait de
Louise.

Ce dernier incident d'une liaison brisée ne put toutefois détourner la pensée du docteur de l'avenir de
Célestin. Il s'accusait, non sans quelque raison, d'a-
voir trop négligé cet aimable enfant dans son cœur.
A l'idée qu'il allait revoir son fils, le presser dans ses
bras, et revivre en lui une nouvelle vie, son âme ne
pouvait se défendre de palpiter d'aise et de joie. Il
revenait à des sentiments plus calmes et à des tendresses meilleures. Il avait fait acheter par un de ses
amis un petit cheval de bonne mine, qui mangeait
déjà au râtelier de Colette. Il avait transporté lui-
même et mis en ordre dans la chambre de Célestin les
livres de sa bibliothèque. De son côté, Adélaïde, tout
entière au bonheur de retrouver du même coup son
époux et son fils, avait fait trêve à sa passion jalouse,
et s'occupait uniquement à préparer la fête du retour. Elle avait décidé que, pour célébrer ce beau
jour, les Herbeau donneraient un grand repas à leurs
amis et partisans. Le docteur, qui n'avait pas le cœur
aux réjouissances, s'y était opposé d'abord ; mais
Adélaïde avait tenu bon, disant que, si l'on avait tué
le veau gras au retour de l'enfant prodigue, il était
juste qu'on en fît au moins autant au retour de l'enfant vertueux, honneur et gloire de sa famille. D'ailleurs c'était le moyen de montrer tout d'abord Célestin au pays, et de remettre publiquement entre ses

mains la clientèle de son père. Le docteur s'était
rendu à cette dernière raison. On ne pouvait, en effet,
pour écraser la calomnie, se trop hâter de mettre en
évidence l'esprit, la grâce et la noble assurance de
ce jeune homme, que Saint-Léonard se rappelait
avoir connu simple, timide et rougissant comme une
vierge. Madame Herbeau avait juré qu'en ce jour les
ennemis de sa maison crèveraient de honte et de dépit.
Déjà, de tous les coins des départements d'alentour,
les produits les plus fins et les plus exquis affluaient
dans les buffets et dans la cuisine du docteur. Limoges envoyait ses pâtes d'abricots, Tours ses pruneaux,
Niort ses carpes d'angélique, la Creuse ses truites
saumonnées. Déjà on avait tiré des armoires et des
bahuts tout ce luxe de linge, d'argenterie et de vaisselle, que la province n'expose à l'air que dans les
grandes solennités. Jeannette, du matin au soir, frot-
tait les meubles et le carreau. C'était un remue-
ménage infernal; madame Herbeau avait la tête à
tout. Les lettres d'invitation étaient expédiées ; pour
ajouter au lustre de la fête, le docteur venait, à l'in-
stigation de son épouse, d'en adresser une à madame K..., femme poëte de Limoges, qui avait
autrefois échangé quelques petits vers avec Célestin,
du temps que ce jeune homme courtisait les muses
et s'abreuvait des eaux du Permesse. Ce n'est pas
que madame Herbeau affectionnât les bas-bleus en
général et madame K... en particulier ; mais, nour-
rissant de vieilles rancunes contre la directrice de la
poste aux lettres, elle n'avait rien imaginé de mieux
pour faire enrager madame d'Olibès, qui, depuis les

vers qu'elle avait adressés à M. Savenay, tenait à
Saint-Léonard le sceptre poétique.

On pense bien qu'il n'était bruit dans la ville que
des apprêts de ce festin, près duquel le repas des no-
ces de Gamache ne devait plus être qu'une collation
frugale. Tous les soirs, on calculait dans chaque
maison ce que madame Herbeau avait acheté le matin
au marché. Les libéraux accusaient le docteur d'ac-
caparer les vivres et d'affamer les pauvres ; les républicains criaient aux prodigalités de Lucullus, aux
gloutonneries de Trimalcion, aux orgies de Tibère
à Caprée.

Enfin il brilla sur le monde et sur Saint-Léonard,
ce jour si impatiemment attendu, qui devait ramener
le jeune Rodrigue sous le toit de son père ; jour trois
fois béni, ainsi qu'avait dit Aristide, qui allait rendre
aux deux époux, après cinq ans de séparation, l'unique
gage de leur tendresse. Le matin, aux premières
blancheurs de l'aube, réveillés tous deux par le
sentiment de leur bonheur, ils s'embrassèrent l'un
l'autre avec attendrissement. A cette heure solennelle,
le docteur Herbeau dépouilla le jeune homme, et ne
fut plus qu'époux et père. Ils se levèrent dans la joie
de leur cœur, et remercièrent Dieu, qui leur avait
permis de vivre jusqu'à cet heureux jour. Jeannette,
qui partageait l'allégresse de ses maîtres, vint les
embrasser en pleurant et en sanglotant, à ce point
que M. et madame Herbeau ne pouvaient rien y comprendre. — Jeannette, mon enfant, dit le docteur
avec bonté, comment donc serez-vous le jour de mon
enterrement ? A ces mots, la pauvre jeune fille jeta

des cris aigus, voulut s'arracher les cheveux, et l'on eut bien de la peine à la calmer.

On avait reçu, l'avant-veille, une lettre de Célestin, quelques mots seulement par lesquels il annonçait son retour pour le jour indiqué. Deux voitures faisaient le service de Limoges à Saint-Léonard ; l'une arrivait à huit heures du matin, l'autre à quatre heures de l'après-midi. Celle du matin n'ayant déposé que madame K... à la porte du docteur Herbeau, on n'attendit plus Célestin que par la diligence du soir. Madame K... fut accueillie par les deux époux avec les sentiments de respect et d'admiration dus à son beau talent. C'était une grande femme sur le retour, qui avait le nez rouge.

Dès quatre heures, les conviés commencèrent à se présenter. C'était, à vrai dire, l'élite de la société du pays : les autorités, le clergé, la noblesse. En moins de quelques instants, le salon du docteur Herbeau fut rempli par les personnages les plus éminents de Saint-Léonard et des environs : hommes de choix, femmes élégantes, jeunes filles au cœur palpitant à l'approche de Célestin. Le docteur faisait les honneurs de sa maison avec sa grâce accoutumée ; Adélaïde veillait aux soins de la fête. Célestin était le sujet de toutes les conversations : seulement, dans un angle du salon, un groupe de lettrés, que présidait madame K..., s'entretenait vivement de beaux-arts et de poésie. On s'y raillait finement des essais de l'école moderne, et madame K... récitait de temps en temps quelques vers de sa façon qui excitaient le plus vif enthousiasme. Il n'y avait qu'une voix autour d'elle pour la comparer à Corinne improvisant au cap de Misène.

— Vous me flattez, disait-elle en rougissant ; Corinne habite en ces murs ; vous m'offrez un encens qui ne m'appartient pas ; vous volez l'autel de madame d'Olibès.

A ces mots, on se récriait. Qu'était-ce après tout que madame d'Olibès ? un esprit lyrique sans doute, mais gâté, mais perdu par l'influence des doctrines nouvelles ; on n'en voulait pas d'autres preuves que les vers adressés à M. Savenay. Ces vers, on les récitait en les dénigrant ; on en faisait ressortir avec malignité les tendances romantiques ; on les perçait un à un avec l'aiguille du sarcasme. On effeuillait comme une rose, aux pieds de la Corinne de Limoges, la couronne poétique de la Sapho de Saint-Léonard.

Il était près de cinq heures, la voiture n'arrivait pas. Déjà l'anxiété se peignait sur le visage du docteur. A cinq heures et demie, rien encore ! Tous les estomacs criaient la faim ; on se regardait, on s'interrogeait ; madame Herbeau était aux champs ; les sauces brûlaient sur les fourneaux, les rôtis desséchaient à la broche. Enfin on entendit un roulement sourd, et, au bout de quelques minutes, la diligence de Limoges s'arrêta devant la maison. Tous les invités se ruèrent aux fenêtres, tandis que les deux époux se précipitaient vers la porte. Tous les pères et toutes les mères comprennent ce qui dut se passer en cet instant dans ces deux cœurs, qui n'en faisaient qu'un à cette heure.

Une foule d'oisifs, qui guettaient l'arrivée de la voiture, se pressèrent avidement autour des roues et des chevaux. M. et madame Herbeau se tenaient, pâles de joie, sur le pas de leur porte ; derrière eux, Jeannette pleurait comme une fontaine. Des grappes de têtes curieuses pendaient de toutes les croisées du voisinage.

Deux voyageurs descendirent à reculons de l'impériale de la diligence. Aussitôt qu'il eut mis pied à terre, le premier jeta un bout de cigare qu'il tenait entre ses dents , et s'élançant vers madame Herbeau :

— Ma tendre mère ! s'écria-t-il en la serrant entre ses bras.

Il la tint longtemps embrassée ; puis, se tournant vers le docteur, dont les yeux étaient mouillés de larmes :

— Mon père ! s'écria-t-il.

Et de ses bras entrelacés il l'étouffait sur sa large poitrine.

Durant quelques instants, on n'entendit que ces paroles, entrecoupées de baisers : Mon père ! ma mère ! mon cher fils ! mon enfant bien-aimé !

Spectateur de cette scène attendrissante, un étranger, long et mince, cheveux blond ardent, collier de barbe rouge autour du visage, nez pointu, œil vitreux, se tenait muet, impassible et grave, derrière Célestin.

— Mon père et ma mère, dit enfin le jeune homme en se retournant, permettez que je vous présente mon noble ami, lord Flamborough, qui a bien voulu se décider à venir passer quelques semaines avec nous.

— C'est le plus grand honneur qu'aura reçu notre maison, répondirent à la fois Adélaïde et le docteur.

Lord Flamborough s'inclina sans desserrer les lèvres, sans qu'un imperceptible sourire dérangeât l'immobilité de ses traits.

Cependant, l'ivresse des premiers transports dissipée, les deux époux examinaient Célestin d'un air inquiet, et, se regardant l'un l'autre avec stupeur, semblaient se demander si c'était bien là leur enfant. C'est que les cinq années qui venaient de s'écouler l'avaient bien changé. Jeannette, aussitôt qu'elle l'avait aperçu, s'était enfuie dans la cuisine, en refusant de le reconnaître. C'est qu'il était méconnaissable en effet ! Ange aux cheveux dorés, jeune ange rêveur qu'on voyait jadis, à travers les saules bleuâtres, errer sur les bords de la Vienne ; ange aux yeux d'azur, qu'êtes-vous devenu ? Ses cheveux blonds et fins, qu'aimait autrefois à soulever la brise, ont bruni et tombent en touffes incultes sur son col et sur ses épaules. Son visage, autrefois blanc comme le camélia et velouté comme la pêche, est enseveli presque tout entier sous une barbe épaisse, panachée et relevée en éventail. L'azur de ses yeux s'est terni ; son front, qu'on aurait pris autrefois pour une lame d'ivoire, ressemble à une feuille de parchemin jauni par le temps. Qu'est devenue cette taille frêle et flexible qu'un coup de vent ployait comme un roseau ? Qu'a-t-il fait de ces mains fines et délicates qu'aurait enviées une duchesse et qui rendaient jalouses les vierges de Saint-Léonard ? On a vu partir le jeune et bel Hylas, et l'on voit revenir Hercule. Son costume n'est pas moins étrange : pantalon collant ; bottes montant jusqu'à mi-jambe, à la façon des étudiants allemands ; gilet à larges revers, qui rappelle les modes d'une époque sanglante ; habit exagéré ; chapeau de feutre gris, à poil ras, se terminant en pain de sucre. Lord Flamborough porte un pantalon de nankin trop court, que tire et retient sur la botte une courroie en forme de sous-pied ; habit étriqué ; gilet faisant des efforts inouïs pour arriver jusqu'à la ceinture, et mourant, comme Léandre, avant d'avoir touché le rivage.

Ces observations avaient lieu dans la chambre de Célestin, où l'on avait conduit tout d'abord les deux jeunes gens. A peine entré dans cet asile :

A tous les cœurs bien nés que la patrie est chère !

s'écria Célestin ; et, vidant ses poches, il déposa sur le marbre de la cheminée une pierre à fusil, quelques morceaux de sucre, un briquet, deux gros sous et un étui de bois. Les deux époux l'observaient avec l'étonnement du petit Chaperon rouge qui trouve un loup couché dans le lit de sa mère grand.—Mon Dieu ! mon fils, que vous avez une grande barbe ! — Mon Dieu ! Célestin, que vous voici étrangement vêtu ! — Mon Dieu ! mon enfant, que vous êtes donc changé !

Célestin souriait dans sa barbe.

— Tout change, répondit-il ; si quelques siècles suffisent à renouveler la face du monde, doit-on s'étonner que quelques années aient pu changer la mienne ?

Puis il ajouta :

— Croyez, mes chers parents, que mon cœur est resté le même.

Et il pressa derechef M. et madame Herbeau dans ses bras.

— Cher fils, dit Adélaïde qui ne revenait pas de sa stupéfaction, je croyait vous avoir prié de faire un peu de toilette à Limoges.

— Tudieu, ma tendre mère ! répliqua le jeune homme à son tour étonné, espériez-vous que j'arriverais déguisé en empereur romain ? Il me semble pourtant que je suis assez présentable, ajouta-t-il en passant ses pouces dans les entournures de son gilet.

Durant ce colloque, le docteur Herbeau examinait d'un air distrait les objets que son fils avait déposés sur le marbre de la cheminée. Il prit l'étui de bois et l'ouvrit, pensant y trouver quelque instrument de chirurgie ; il n'en tira qu'une horrible pipe culottée.

— Vous fumez, mon fils ! s'écria-t-il avec douleur.

— Quoi ! mon fils, vous fumez ! répéta la tendre mère consternée.

— Autres temps, autres mœurs, dit Célestin sans s'émouvoir. Mais, chère mère, peut-être serait-il convenable d'offrir quelques rafraîchissements à lord Flamborough ? N'ayant rien bu depuis le dernier relais, nous viderions volontiers un petit verre de vieux rhum.

—Ah! mon fils, s'écria madame Herbeau en rete-

nant ses pleurs, vous ne buviez autrefois que de l'eau
sucrée.

A ces mots, s'étant retirée, non sans jeter un regard
de défiance sur lord Flamborough, qui se tenait droit,
immobile, et n'avait point encore laissé tomber une
parole, Adélaïde se réfugia dans la cuisine, où le
docteur Herbeau ne tarda pas à la rejoindre. Là, les
deux époux se regardèrent l'un l'autre en silence sans
oser se communiquer leurs pensées. Enfin les larmes
de madame Herbeau s'ouvrirent un passage, et le
bon docteur y mêla les siennes. Jeannette soutenait
qu'ils étaient dupes d'un intrigant, que ce n'était
point là M. Célestin, et qu'on avait changé leur fils à
l'École de Médecine. Ce fut, cette fois, Aristide qui
releva la confiance de son épouse. A l'entendre, il
n'était pas temps de se désespérer, on ne devait pas
se hâter de juger Célestin sur les apparences. Certes,
au premier coup d'œil, la forme était rude et l'écorce
grossière ; mais sous ces ronces et ces épines se
cachait sans doute un puits de science. Il était sage et
prudent d'attendre. D'ailleurs, Célestin n'affectait
peut-être ces manières hardies, ces façons cavalières,
que pour échapper aux reproches qu'on lui avait si
souvent adressés à propos de sa timidité. Peut-être
n'était-ce qu'un jeu ; peut-être enfin le désir de prouver qu'il s'était entièrement débarrassé du malheureux
défaut de son jeune âge l'entraînait-il, à son insu,
dans un excès contraire. Prompte à s'abuser, comme
toutes les mères, Adélaïde convenait qu'Aristide pouvait avoir raison ; mais ce qu'il y avait d'affreux,
c'était cette société qu'ils avaient réunie pour assister

22

au triomphe de leur orgueil, et qu'ils allaient rendre
témoin de la ruine de leurs espérances.

— Et puis, ajoutait madame Herbeau, qu'est-ce
que ce monstre d'Anglais qui nous arrive sans crier
gare ? Est-ce donc là ce lord Flamborough dont Célestin nous a tant parlé ?

Il s'agissait, vis-à-vis des invités, de faire, comme
on dit communément, contre mauvaise fortune bon
cœur. Le docteur Herbeau rentra dans le salon, et,
le sourire sur les lèvres, il annonça d'abord que lord
Flamborough avait daigné accompagner son fils.
A ce nom bien connu, un murmure de flatteuse approbation circula dans l'assemblée. — Ces deux messieurs, ajouta le docteur, prient ces dames de vouloir
bien les excuser s'ils osent se présenter en habits de
voyage. Un peu de toilette devant entraîner beaucoup
de temps, lord Flamborough et Célestin ont pensé
qu'il était plus convenable de mettre votre indulgence
que vos estomacs à l'épreuve.

De nouveaux murmures, gages de bienveillance,
coururent dans les rangs.

— Ah çà ! demanda M. X... en se penchant à
l'oreille de son voisin, est-ce que, par hasard, Célestin et lord Flamborough seraient les deux Chinois
qui viennent de descendre de l'impériale de la diligence ?

— Nous allons bien voir, répondit le voisin.

En cet instant, la porte du salon s'ouvrit à deux
battants, et Célestin et lord Flamborough entrèrent
de front, présentés par madame Herbeau qui les con-
duisait chacun par la main.

Il y eut dans l'assemblée un mouvement de consternation qu'il n'est pas donné à la parole humaine d'exprimer. Les femmes frissonnèrent d'horreur à la vue de la barbe de Célestin ; les jeunes filles se demandèrent avec confusion si c'était bien là le gracieux compagnon de leur enfance ; les hommes échangèrent à la dérobée des regards significatifs. Toutefois, après un instant de silence et d'hésitation, qui dut sembler un siècle à chaque assistant, on entoura le jeune docteur. Chacun s'empressa de lui faire fête ; ce ne fut, durant quelques minutes, que reconnaissances, accolades et poignées de main. Lord Flamborough eut sa part de ce bon accueil ; mais il fut impossible de lui arracher une parole ni même un sourire. Pour couper court aux impressions fâcheuses, madame Herbeau se hâta de faire annoncer que le dîner attendait les convives.

Ayant pris le bras de lord Flamborough pour passer dans la salle à manger :

— Il paraît, milord, dit Adélaïde en lui indiquant une place auprès d'elle, il paraît que vous vous plaisez beaucoup à Montpellier ?

— Je m'ennuie partout, répondit froidement l'Anglais.

Célestin avait offert son bras à Corinne.

— J'espère, monsieur, lui dit-elle, que la science ne vous a pas brouillé avec les neuf sœurs, et que vous faites toujours des *verses* ?

— En médecine, nous disons des vers, répondit Célestin en se mettant à table.

Il n'entre ni dans nos goûts ni dans nos idées de

donner le menu du dîner, de compter les plats, d'a-
nalyser les sauces, d'énumérer les cristaux et de
décrire les fourchettes. Ces sortes de nomenclatures
sont fort à la mode, mais reviennent de droit aux
maîtres d'hôtel et aux commissaires-priseurs. Nous
nous contenterons d'affirmer que la salle à manger
du docteur Herbeau offrait un spectacle à ravir tous
les sens ; et si l'on veut bien se figurer, rangé autour
d'une table magnifiquement servie, tout ce que Saint-
Léonard et les environs possédaient de plus marquant
dans les arts, dans l'aristocratie et dans les hautes
fonctions publiques ; si l'on se représente ces graves
personnages émaillés de femmes élégantes et de
blanches jeunes filles, semées çà et là comme des
roses et des pâquerettes dans une guirlande de fleurs
sombres ; enfin, si l'on ajoute à ce tableau déjà ma-
gique les verres étincelants à la lueur des bougies,
les porcelaines du cru, et, à chaque bout de la nappe,
deux vases de fleurs artificielles dans l'un desquels
se voyait, sous verre, un bouquet d'oranger, gage de
virginité, que madame Herbeau ne pouvait regarder
sans rougir, on ne s'étonnera pas qu'il soit encore
question dans le pays de ce somptueux festin, qui
finit, hélas ! aussi misérablement que celui de Bal-
thazar.

Ainsi qu'il arrive toujours, les convives furent
d'abord silencieux. A table, il en est de la conversation comme à la guerre d'une bataille. Longtemps
les deux armées s'observent, puis on échange de çà
de là quelques coups de fusil : bientôt les coups de-
viennent plus fréquents ; le canon tonne enfin, et la

mêlée devient générale. C'est là du moins ce qu'on put observer au dîner du docteur Herbeau. On n'entendit d'abord que le bruit des fourchettes et des assiettes ; on regardait en dessous Célestin et lord Flamborough, qui dévoraient à qui mieux mieux. Puis, quelques mots spirituels du bon docteur partirent de loin en loin, comme des fusées : les esprits s'animèrent ; on riposta de droite et de gauche ; des causeries s'établirent sur tous les points, et vers la fin du premier service la conversation ressemblait au bouquet d'un feu d'artifice où soleils, fusées, bombes, pétards et feux de Bengale tournent, éclatent, jaillissent et ruissellent de toute part et tout à la fois. On parlait de tout et de quelques choses encore. Littérature, poésie, politique, toutes les affaires du jour, toutes les questions *palpitantes d'actualité*, furent mises sur le tapis, ou plutôt sur la nappe. Célestin se montra d'abord plein de réserve et de convenance, et plus d'une fois un murmure flatteur accueillit ses discours ; plus d'une fois Adélaïde et le docteur tressaillirent d'orgueil et de joie. Cependant les deux époux observaient avec effroi que leur fils buvait outre mesure. Quant à lord Flamborough, il buvait, mangeait, sans s'inquiéter de rien, suppléant, comme la plupart de ses compatriotes, l'esprit par le silence, l'élégance par la gravité, la distinction par l'impassibilité.

Célestin commença par écouter patiemment ce qui se disait autour de lui ; mais, échauffé bientôt par les vins de son père, moins encore que par les opinions tant soit peu surannées qu'il entendait émettre

22.

à sa barbe, il se prit à lâcher quelques hérésies qui glacèrent l'assemblée d'épouvante et firent bondir le docteur Herbeau sur sa chaise. Poussé à bout par madame K..., qui l'avait imprudemment engagé dans une discussion littéraire, Célestin décapita sans respect toutes les gloires du XVIIe et du XVIIIe siècle. Pas un autel ne fut respecté, pas un dieu ne resta debout sur son piédestal. Il déclara qu'il tenait Corneille pour un buveur de cidre, Racine pour un faquin, et que l'heure était enfin venue de renouveler le Parnasse. — C'est dans le peuple, s'écria-t-il, dans le peuple et non ailleurs qu'est l'avenir de la poésie. Avec les rois s'en vont les vieilles muses. L'Hélicon, c'est la patrie ; Apollon, c'est la liberté.

— Les rois s'en vont ! s'écria-t-on de toutes parts avec indignation.

— La patrie ! s'écria l'un.

— La liberté ! s'écria l'autre.

— Qu'est-ce que cela ? dit un troisième.

— Que parlez-vous de vieilles muses ? ajouta madame K..., rouge de colère ; sachez, monsieur, que les muses ne vieillissent pas.

— Au contraire, elles rajeunissent, répliqua Célestin en la regardant d'un air effronté.

Ce fut un tohu-bohu épouvantable ; le désastre ne devait pas en rester là. Il était impossible qu'une question littéraire ainsi posée n'empiétât pas presque aussitôt sur le terrain de la politique. Nous devons à Célestin la justice de reconnaître qu'il fit des efforts surhumains pour se vaincre et se dominer. Contenu par les regards que ne cessaient d'attacher sur lui son père et sa mère, longtemps il essuya, sans broncher, le feu de ses adversaires, se contentant de vider, de remplir et de vider son verre; mais à la fin, exaspéré et n'en pouvant plus, las de voir égorger sans pitié ses opinions et ses principes, las de voir égorger ses frères, il oublia toute retenue, et, le vin aidant à la chose, il éclate tout d'un coup comme un canon chargé à mitraille.

Les femmes cachèrent leurs têtes entre leurs mains; le docteur Herbeau chancela; Adélaïde faillit s'évanouir; le curé de Saint-Léonard, regardant Célestin avec douleur, pleura l'enfant religieux et timide qui, le jour de sa première communion, avait édifié toute la paroisse par son recueillement et sa pieuse attitude. Mais Célestin allait toujours; vainement on murmurait autour de lui; vainement le docteur s'efforçait de le rappeler à l'ordre; vainement madame Herbeau lui lançait des regards à le percer de part en part et à le clouer contre la muraille: il allait, ainsi qu'un cheval échappé, à travers dix-huit siècles, saccageant la monarchie comme il avait fait du Parnasse : Henri IV, François Ier et Louis XIV allèrent rejoindre Racine et Corneille dans le panier aux chiffons. Il démontra, clair comme le jour, que c'était fini de la royauté, et qu'une aurore nouvelle allait se lever sur le monde. Le docteur Herbeau suait sang et eau; Adélaïde adressait sous la table des coups de pied aux jambes de son fils; de toutes parts on criait à Marat et à Robespierre. Lui cependant allait toujours, ne s'interrompant que pour vider son verre, et reprenant aussitôt l'exposé de ses doc-

trines, l'œil en feu, le poil hérissé, la bouche écu-
mante. Il flétrit le gouvernement de l'étranger, déchira les traités de 1815, et porta plusieurs toasts au
renversement de la tyrannie, à l'expulsion des jésuites
et au triomphe de la jeune France.

— Il est gentil, Célestin! dit M. X... à M. de B...,
son voisin, vieux gentillâtre limousin, qui avait émi-
gré en 89, et n'était rentré en France qu'avec ses
maîtres légitimes.

M. de B..., qui avait écouté Célestin sans mot
dire, se leva froidement de table et demanda sa
canne et son chapeau ; on était à peine au dessert.

— Eh quoi ! s'écrièrent à la fois M. et madame
Herbeau, monsieur le chevalier se retire !

— Je fais comme les rois, dit le chevalier en souriant ; il est tard, les chemins sont mauvais, je ne
voudrais pas inquiéter ma maison. Recevez mes
compliments, docteur, ajouta-t-il en offrant sa main
à Aristide, votre fils est charmant ; Célestin a tenu
toutes ses promesses.

A ces mots, il salua poliment, et s'esquiva sans
laisser aux deux époux le temps d'exprimer leurs regrets et leur étonnement.

— Il suffit de la voix d'un homme libre, s'écria
Célestin, pour mettre en fuite les esclaves.

— Vous êtes beaucoup trop libre, mon fils, répliqua le docteur Herbeau, qui étouffait de honte et de
colère, et se sentait près d'éclater.

Au même instant, le curé de Saint-Léonard se leva,
et demanda son chapeau à Jeannette.

— Et vous aussi, monsieur le curé ! s'écrièrent les deux époux.

— Je vais où m'appelle mon ministère, répondit le vieux pasteur.

Ayant dit, il se retira, après avoir jeté sur Célestin un regard rempli de tristesse.

— C'est une ouaille égarée, dit-il au docteur qui l'avait accompagné jusqu'à la porte ; avec le secours de Dieu, nous le ramènerons au bercail.

En rentrant dans la salle du festin, le bon Aristide avait les yeux pleins de larmes ; Adélaïde pleurait dans son assiette. Les convives souffraient visiblement ; un sentiment de gêne et d'embarras se trahissait sur tous les visages. Célestin ayant fait trêve à son éloquence, un morne silence, un silence de plomb, plus terrible, plus fatal que l'orage qu'avait soulevé le jeune démagogue, pesait sur l'assemblée tout entière ; lord Flamborough seul continuait de manger d'un appétit imperturbable.

Le départ presque simultané du curé de Saint-Léonard et du chevalier de B... avait un peu dégrisé Célestin, qui venait enfin de comprendre qu'il s'était laissé entraîner trop loin. Il fut frappé de l'attitude douloureuse de son père, qui, pareil au roi de Thulé, buvait ses larmes dans son verre. Les regards de madame Herbeau achevèrent de le ramener à des idées plus calmes. Il essaya donc de réparer le mal autant que faire se pouvait. Il sut ranimer la conversation éteinte ; il s'entretint gravement de poésie avec madame K..., d'administration avec le percepteur ; il rappela aux jeunes vierges les souvenirs de leur en-

fance ; il eut plus d'un mot gracieux pour les mères.
Puis il parla de Montpellier, de ses études, de son
long exil, de la joie qu'il éprouvait de son retour
dans la patrie et dans sa famille. Bien qu'il lui échap-
pât fréquemment des paroles qui éclataient comme
des grenades au nez des convives, Célestin parvint,
sinon à effacer entièrement, du moins à adoucir les
impressions malveillantes qu'il avait fait naître. On
respirait plus librement : on l'écoutait avec un certain charme ; un peu de confiance et de sérénité rentrait dans l'âme des deux époux. On était en plein
dessert ; les flacons circulaient ; le vin de Champagne
disposait merveilleusement tous les cœurs à la bienveillance ; les yeux s'animaient, les fronts s'illumi-
naient ; un sourire de béatitude s'épanouissait sur
toutes les bouches ; la mousse petillait dans les cristaux et l'esprit dans tous les discours. Lord Flamborough lui-même avait parlé ; il avait daigné se plaindre de ce que le vin de Champagne n'était pas frappé
de glace.

Le docteur Herbeau pensa que le moment était propice pour adresser à l'assemblée une petite allocution
qu'il avait préparée depuis plusieurs jours ; il sollicita donc l'attention des convives. et lorsqu'il les vit
silencieux, recueillis, et comme suspendus à ses
lèvres :

— Mes amis, mes concitoyens, dit-il en élevant la
voix, près de rentrer dans le repos et de remettre
les soins de ma clientèle entre les mains de mon fils,
j'éprouve, à cette heure solennelle, le besoin de vous
remercier des honorables sympathies que vous m'a-

vez témoignées durant ma longue carrière. (Mouvement dans l'assemblée.) Les sentiments d'estime et
d'affection dont vous m'avez entouré m'ont récom-
pensé bien au delà de mes faibles mérites; et s'il m'est
permis d'espérer que quelques regrets m'accompa-
gneront dans ma retraite, j'aurai touché le but le plus
cher de mes ambitions. (Murmures d'assentiment.)
Il est cependant, messieurs, un autre prix que j'ose
solliciter de votre justice et de votre bonté. (Redoublement d'attention.) Si vous ne pensez pas que, durant
les vingt-cinq années qui viennent de s'écouler, j'aie
démérité du pays, si vous croyez au contraire que la
vie du docteur Herbeau n'a pas été tout à fait inutile,
vous reporterez sur le fils les sentiments de haute
bienveillance dont vous avez honoré le père; vous ne
dépouillerez pas Célestin de son plus précieux héritage. (Silence, hésitation : l'orateur se trouble.)
Célestin est jeune, messieurs, reprit le bon docteur ;
comme tous les jeunes gens, il a subi la contagion
des idées nouvelles ; mais quelques mois de séjour à
Saint-Léonard l'auront bientôt ramené à des opinions
plus saines. Je me porte garant de son avenir, je réponds de lui devant Dieu et devant les hommes. Mon
fils, votre père n'a jamais failli à sa parole : voudrez-
vous le rendre parjure ? (Approbation dans l'assemblée. Célestin caresse sa barbe.) J'en ai la conviction,
messieurs, mon fils se montrera digne de votre confiance et de vos suffrages. Un séjour de cinq ans à
Montpellier l'a mis à même de faire, en médecine, des
études sérieuses. Mes conseils ne lui manqueront pas ;
il s'appuiera sur ma vieille expérience ; je dirigerai

sa jeunesse et lui rappellerai chaque jour les devoirs
de son ministère : heureux et fier de le voir continuer
mon œuvre et ajouter quelques bienfaits à ceux que
j'ai rendus peut-être ! (Attendrissement général.)

Après quelques instants d'agitation, le maire de
Saint-Léonard se leva, et s'exprima en ces termes,
au milieu d'un religieux silence :

— Notre digne ami, nos cœurs tout entiers vous
suivront dans votre retraite. Vous avez été, pendant
vingt-cinq ans, le dieu sauveur de notre ville et de nos
campagnes. Votre probité, vos talents, votre esprit,
votre caractère et votre amour du bien public, lais-
seront parmi nous des souvenirs qui ne s'effaceront
jamais. Vos concitoyens vous expriment ici, par ma
voix, leur reconnaissance. (Émotion universelle ; le
bon docteur essuie ses yeux.) Que votre fils suive
l'exemple de vos vertus et de vos mérites, que Célestin nous rende son père : à ce titre, il ne trouvera
parmi nous qu'estime, appui et bienveillance. (Ap-
plaudissements.)

Le maire s'étant assis, Célestin se leva à son tour
et prit la parole. Lord Flamborough s'était endormi.

« MESSIEURS ET CHERS CONCITOYENS,

« Je ne chercherai pas à vous exprimer le bonheur
que je ressens à me voir au milieu de vous. Pour
comprendre ma joie, il faudrait être dans le secret
de ce que j'ai souffert durant les cinq années d'exil
que je viens d'endurer. La patrie n'est pas un vain
mot ; lorsque j'ai aperçu de loin le clocher de Saint-

Léonard, mon cœur s'est troublé, mes yeux se sont mouillés de douces larmes. (Mouvement.) Je suis profondément touché de l'accueil flatteur que j'ai reçu de vous ; qu'il me soit permis de le dire, je crois l'avoir déjà mérité. (Marques d'étonnement.) Oui, répéta Célestin avec une noble assurance, je crois l'avoir déjà mérité par les études opiniâtres auxquelles je me suis livré durant de longues années, à cette unique fin de vous apporter les bienfaits de mes découvertes. C'est pour vous, pour vous seuls, que j'ai pâli dans le travail, pour vous que j'ai brûlé mon sang dans les veilles. Pendant cinq ans, messieurs, privé des baisers de ma mère, j'ai fouillé chaque jour, chaque nuit, à toute heure, le grand mystère de la science ; mes plus belles années s'y sont consumées ; mais à force de plonger dans l'abîme, une fois j'en suis sorti vainqueur. (Murmures d'approbation ; triomphe des deux époux.) J'ai cru m'apercevoir, messieurs, poursuivit Célestin, que les opinions politiques et littéraires que j'ai professées devant vous n'avaient pas entièrement conquis votre suffrage. Demandez ma vie, prenez ma tête ; quant au sacrifice de mes opinions, jamais ! Laissez-moi vous dire, d'ailleurs, que vous ne sauriez désormais les proscrire sans une horrible ingratitude, car ce sont elles qui m'ont poussé dans les voies nouvelles de la science ; c'est à elles que je dois et que vous devez la découverte que je vous apporte. (Écoutez, écoutez.) Tout se tient, messieurs ; les arts, la littérature, la science et la politique sont unis par des liens invisibles qu'on ne saurait briser sans arrêter la marche progressive de

23

l'humanité. La politique, les arts, la science et la poésie, grand quadrige humanitaire, marchent ensemble et du même pas. Je sais des gens qui ne consentent à avancer d'un pied qu'à la condition de reculer de l'autre ; des gens qui concilient le culte du passé avec la religion de l'avenir, poussent au char de la main gauche et le retiennent de la droite, accouplent les institutions d'un peuple libre avec une littérature de tyrans et d'esclaves, et posent effrontément le bonnet de la liberté sur la perruque académique. Moi, messieurs, plus conséquent avec mes principes, je suis allé de la réforme politique à la réforme littéraire, et de là, passant à la science, je me suis convaincu qu'elle devait, elle aussi, subir l'éternelle loi du progrès qui régit le monde, et sortir de l'ornière où elle se crottait depuis quelques milliers de siècles. (Marques de vive curiosité ; Adélaïde frissonne ; le docteur avale un verre d'eau.) Jusqu'à présent, messieurs, on s'était imaginé qu'Hippocrate, ce roi de la routine, avait établi la science médicale sur des bases impérissables. Hier encore, on croyait que Galien, Avicenne, Bœrhaave, Stall, Bordeu, Pinel, Broussais, Bichat, Andral et tous les prétendus savants qui ont étudié l'organisation de l'homme et l'action des corps de la nature sur cette organisation ; on croyait, dis-je, que ces illustres empiriques avaient trouvé quelques vérités lumineuses, et légué à leurs successeurs quelques observations utiles. Profonde erreur qui n'a fait que trop de victimes ! Nous sommes deux ou trois qui venons de découvrir que toutes les formules et tous les aphorismes stéréotypés jusqu'ici par ces maîtres ignorants ou menteurs sont autant de bévues et d'impostures qui doivent à jamais disparaître du livre profané de la science. Que l'humanité entonne donc des chants d'allégresse en signe de délivrance ! La vieille médecine, ce Minotaure qui a dévoré plus d'existences que toutes les pestes d'Orient ; cette vieille empoisonneuse, cette vieille buveuse de sang, l'allopathie, puisqu'il faut l'appeler par son nom, l'allopathie est morte, et l'homœopathie vient de naître ! »

Exprime qui pourra l'effet que produisit cette profession de foi sur les convives en général et sur le docteur Herbeau en particulier. Pour nous, nous devons renoncer à la tâche. Les convives, qui venaient d'entendre pour la première fois les mots d'allopathie et d'homœopathie, ne comprenant rien à la chose, se regardaient d'un air étonné. Mais le docteur Herbeau, qui savait qu'une réforme nouvelle venait de surgir du fond de l'Allemagne et menaçait d'envahir la France, que dut-il éprouver, grand Dieu ! en apprenant que son fils était le Mélanchthon du Luther de la médecine? C'est ce que nul ne saurait dire. Il voulut se lever, il retomba sur son siége ; il voulut parler, la parole mourut sur ses lèvres. Il resta sans voix, sans mouvement ; il était foudroyé.

— La vieille médecine, messieurs, poursuivit Célestin, s'appliquait à rechercher et à écarter les causes des maladies. *Tolle causam !* s'écriait-elle, et, pour détruire les causes du mal, elle procédait d'après cet axiome : *Contraria contrariis curantur.* D'après ce principe, plus meurtrier, plus funeste que les boulets ramés et les fusées à la Congrève, elle combattait les irritations par les calmants et les inflammations par les saignées, raisonnant comme un homme qui, voyant sa maison brûler, s'aviserait de jeter de l'eau sur la flamme. Nous autres, nous avons changé tout cela ; nous disons : *Similia similibus*. Nous irritons les irritations, nous enflammons les inflammations ; pour le guérir, nous doublons le mal du même ; nous le poussons à bout, nous l'aiguillonnons, nous l'exaspérons.

— Décidément, dit M. X.... à son voisin, le jeune drôle se moque de ses concitoyens.

— Malheureux ! s'écria le docteur Herbeau, chez qui l'indignation venait enfin de s'ouvrir un passage, il ne vous reste plus qu'à abjurer la religion de vos pères !

— Cela viendra, répondit Célestin avec calme. Il en est de la religion de nos pères comme de leur politique, de leur littérature et de leur médecine ; elle a fait son temps. Je l'ai dit, tout se tient, tout va du même pas. Le christianisme ne suffit plus aux besoins des sociétés modernes ; le ciel de Jéhovah est aussi délabré que l'Olympe. Nous y remédierons. Je sais de source certaine que des dieux nouveaux se préparent.

Ce fut le coup de grâce. Madame Herbeau poussa un cri de douleur et d'effroi ; le docteur se frappa le front avec désespoir ; l'assemblée se leva en tumulte ; lord Flamborough se réveilla. Les hommes cherchaient leurs cannes et leurs chapeaux ; les femmes demandaient leurs châles et leurs socques.

— Je supplie l'honorable société, s'écria Célestin,

de vouloir bien ne pas se retirer avant d'avoir écouté
l'exposé de notre admirable système. La vieille médecine, messieurs, s'était imaginé que les médica-
ments produisaient d'autant plus d'effet, qu'on les
administrait à plus fortes doses. Il n'en est rien. Nous
autres, nous avons découvert qu'un remède agit d'autant plus sûrement, qu'il est pris en fraction plus
minime et plus exiguë. Nous avons inventé les doses
infinitésimales ; nous avons créé la médicamenta-
tion microscopique. Si nous pouvions parvenir à
fractionner au-dessous de zéro, l'homœopathie ne
laisserait plus rien à désirer : nous y parviendrons,
je l'espère. Notre *posologie* est quelque chose de si
merveilleusement simple, que j'avais d'abord refusé
d'y croire ; mais mon illustre maître m'ayant donné
sa parole d'honneur que tout cela était parfaitement
exact, la foi est descendue dans mon cœur. Quoi de
plus simple, ô mes concitoyens ! quoi de plus merveilleux en effet ! ajouta Célestin en tirant de sa
poche une boîte d'acajou qu'il ouvrit, et dans laquelle
étaient rangés, comme des cartouches dans une gi-
berne, des tubes de verre presque imperceptibles.
Avez-vous une brancho-pleuro-pneumonie ? une
hépatite ? une splénite ? Mon père, avec ses vieilles
idées, vous criblerait de coups de lancette et de piqûres
de sangsues. Moi, je vous fais avaler un de ces globules, si petit, si ténu, que vous ne le verriez pas à la
loupe. Cela fait, si le principe vital triomphe, vous ne
mourez pas, et vous gardez tout votre sang, qui est
de la chair coulante, comme l'a dit Bordeu, dont je
fais d'ailleurs peu de cas. L'homœopathie, messieurs,

23.

n'a jamais versé et ne versera jamais une goutte de sang. Nous saignons en dedans, nous autres.

Tout ce que disait Célestin semblait si surprenant, que les convives, près de se retirer, s'étaient arrêtés pour l'entendre. Les deux époux consternés se demandaient si ce n'était pas un rêve.

— Avez-vous une forte migraine ? poursuivit le jeune homme. Je prends un petit tube renfermant une dilution à un décillionième de grain d'extrait de n'importe quoi ; je vous le fais flairer, puis j'en mets une gouttelette invisible dans trois cent cinquante pintes d'eau ; vous en buvez modérément, et, si le principe vital l'emporte sur le principe morbifique, vous n'avez plus mal à la tête. Mon père, lui, vous aurait appliqué une ventouse scarifiée à la nuque, ou vous aurait brûlé les mollets avec des bains sinapisés.

Convaincus que Célestin les prenait pour des niais et qu'il se moquait, ne sachant d'ailleurs quelle contenance tenir vis-à-vis de la douleur des deux époux, les amis commencèrent à se glisser furtivement par la porte entr'ouverte. En cet instant, la voiture de Limoges venant à passer, madame K... salua ses hôtes, et courut se blottir dans la rotonde.

— Messieurs, continua Célestin, il y a en homœopathie des choses vraiment extraordinaires et qui tiennent tout à fait du prodige. Ainsi, quelques coups de pilon donnés à une substance médicamenteuse suffisent pour ajouter à sa puissance d'action. Une once d'extrait de quinquina jeté à la source de la Vienne en rendrait les eaux merveilleusement propices à guérir, durant cinq années, toutes les fièvres du département, le frottement de ces eaux sur les cailloux de leur lit et contre les rochers de leurs rivages devant donner au médicament une force incalculable. Malheureusement, ô mes concitoyens, une pareille expérience ne saurait être tentée sans danger ; car, les remèdes homœopathiques donnant nécessairement la maladie qu'ils sont destinés à guérir, une semblable dilution, faite à la source de la Vienne, procurerait, en un seul jour, une fièvre de tous les diables à tous les riverains qui s'aviseraient d'en boire.

L'orateur s'aperçut, au bout de sa tirade, que tout le monde était parti et qu'il n'avait plus pour auditeurs que son père et lord Flamborough. Adélaïde s'était enfuie dans la cuisine pour y pleurer tout à son aise ; le docteur Herbeau tenait son visage caché entre ses mains ; lord Flamborough bâillait démesurément ; Célestin se mit tranquillement à charger sa pipe.

— Est-ce que nous n'allons pas nous coucher ? demanda l'Anglais au jeune homme.

— Je crois, répondit celui-ci, que nous n'avons rien de mieux à faire. Vous le voyez, milord, ajouta-t-il en se levant ; je ne vous avais pas trompé : la table est bonne, mes parents sont de braves gens, les habitants de Saint-Léonard sont affables et pleins d'esprit ; j'espère que vous n'aurez pas à vous plaindre.

— Le plum-pudding manquait, répondit sévèrement le lord, les viandes étaient trop cuites, on avait oublié de chauffer le vin de Bordeaux et de glacer le vin de Champagne.

— A l'avenir, j'y veillerai, milord, répliqua respectueusement Célestin.

A ces mots, ayant allumé son brûle-gueule, il offrit le bras à son hôte, et tous deux allèrent se reposer des fatigues de leur voyage.

Quand le docteur Herbeau sortit de l'espèce de léthargie dans laquelle il était plongé, et que, relevant la tête, il se vit tout seul devant cette table en désordre, dans cette salle à manger déserte, il refusa d'abord de croire à son malheur, et pensa qu'il était le jouet de quelque hallucination infernale. Le retour d'Adélaïde éplorée ne lui laissa bientôt plus de doute ni d'espoir. Ils passèrent une partie de la nuit à mêler l'amertume de leurs réflexions. Ils avaient enfin le secret de ces histoires de loups que Célestin absent racontait sans cesse ! Ils comprenaient quel intérêt leur fils avait à les éloigner l'un et l'autre du théâtre de son inconduite ; ils comprenaient tout à cette heure.

— Ah ! je le disais bien, s'écria le docteur avec désespoir ; je disais bien qu'il n'y avait pas de loups entre Castaro et Langogne !

Dès le même soir, tout Saint-Léonard fut instruit de ce qui venait de se passer sous le toit des Herbeau ; les cafés ne fermèrent qu'à dix heures et demie ; jusqu'à minuit des groupes de curieux stationnèrent sur la place et sur les boulevards.

S'étant endormi vers le matin, le docteur Herbeau rêva que son fils s'était fait médecin homœopathe : songe affreux qui devait, au réveil, se trouver une réalité !

CHAPITRE X.

Il en est des familles comme des empires : elles ont leur phase ascendante, leur point culminant, leur époque de décadence. Ainsi, nous avons vu la maison Herbeau au faîte de la gloire et de la prospérité ; nous l'avons vue, en moins de quelques mois, ébranlée dans sa base, se pencher sur l'abîme ; nous venons de voir Célestin l'y précipiter à jamais. Oui, c'en est fait de la maison Herbeau ! Il ne nous reste plus qu'à suivre le bon docteur jusqu'à sa tombe, où le pousse, avant l'âge, la main terrible qui s'est appesantie sur sa tête. Mais, hélas ! qu'il est loin encore d'avoir épuisé le calice de ses douleurs !

Le lendemain du fatal dîner, comme Célestin et lord Flamborough dormaient encore, le docteur Herbeau vit entrer dans son salon M. Grippard, huissier, dont il avait traité autrefois la femelle et les petits. Aristide, en l'apercevant, pensa qu'il venait réclamer pour quelqu'un des siens les secours de la médecine. Sans lui laisser le temps de s'exprimer :

— Monsieur Grippard, dit-il aussitôt, je ne puis rien pour vous ni pour personne. Vous devez savoir que j'ai renoncé à l'exercice de mon art. Madame Herbeau serait malade, qu'à défaut de mon fils je ferais appeler le docteur Savenay.

— Monsieur, veuillez m'écouter, répondit humblement l'honnête Grippard.

— Je n'écouterai rien, je ne veux rien entendre,

s'écria le docteur Herbeau. Vos prières seraient inutiles. Adressez-vous au docteur Savenay, ou bien à
mon fils si vous avez foi dans l'homœopathie.

— Monsieur, je vous supplie...

— Je vous dis, monsieur Grippard, que je laisse-
rais mourir mon meilleur ami plutôt que de signer
une ordonnance à son chevet. Vous n'obtiendrez rien
de moi, pas même une consultation.

—Dieu merci ! ma femme et mes enfants se portent
bien, dit M. Grippard en tirant plusieurs liasses de
papiers de ses poches.

— Si vous êtes malade, répliqua le docteur Herbeau, allez vous faire guérir ailleurs.

— Mais, monsieur, si vous daigniez m'accorder
quelques minutes d'attention...

— Ah çà ! monsieur, vous y mettez une insistance
qui passe toute mesure ; vous abusez de ma patience,
et si vous m'y contraignez...

— Monsieur, s'écria M. Grippard en élevant enfin
la voix, je suis dans l'exercice de mes fonctions.

A ces mots, M. Herbeau recula de trois pas, comme
s'il venait d'apercevoir un crapaud sur le seuil de sa
porte.

— Qu'est-ce à dire, monsieur ? demanda-t-il avec
fierté.

— C'est-à-dire, monsieur, répliqua le Grippard
d'un air patelin, que je viens de recevoir par le courrier d'aujourd'hui quelques petits effets protestés que
m'adresse un de mes confrères de Montpellier, en me
chargeant d'en recouvrer le montant, tant en principal qu'intérêts et frais, jusqu'à parfait payement de

la somme. Ces effets ont été souscrits par M. Célestin Herbeau, au profit de tailleurs, maîtres d'hôtel, cafetiers et autres commerçants de la susdite ville.

— Monsieur, dit le docteur Herbeau, que cet horrible grimoire, qu'il entendait pour la première fois, glaçait jusque dans la moelle des os, je ne réponds pas des dettes de mon fils. Célestin a toujours eu de quoi subvenir à ses besoins; ses parents ne l'ont laissé manquer de rien, ses folies ne me regardent pas.

— Je le sais, mon cher monsieur Herbeau, je le sais, reprit Grippard d'un air attendri; mais la chose est plus grave que vous ne pensez peut-être, et, avant d'agir rigoureusement, j'ai cru devoir, pour éviter un esclandre dans le pays, m'adresser tout d'abord à vous; car, outre le respect qui vous est dû en général, je vous dois en mon particulier beaucoup de gratitude, tant en mon nom qu'en celui de mes enfants et de mon épouse. Je n'ai pas oublié combien vous avez été bon pour les Grippard.

— De quoi donc s'agit-il, monsieur? demanda le docteur d'une voix effrayée.

— Vous n'ignorez pas ce que c'est que les jeunes gens, mon bon monsieur Herbeau; c'est jeune, c'est gentil, ça ne calcule pas. Ajoutez que Montpellier est un petit Paris. Les femmes y sont bien séduisantes! Vous devez en savoir quelque chose.

— Monsieur, de quoi s'agit-il? répéta le docteur avec un geste d'impatience.

— De six prises de corps, mon cher monsieur Herbeau, répondit Grippard d'un ton doucereux. Les jugements sont définitifs, les arrêts exécutoires. J'au-

rais pu remettre les pièces à qui de droit, mais je
n'ai pas voulu procéder sans avoir usé auparavant de
tous les moyens de conciliation qu'autorise mon ministère, et que m'impose la reconnaissance.

— Voyons, monsieur, dit le docteur Herbeau dont
le cœur était un abîme sans fond d'indulgence et de
miséricorde ; à combien se monte la somme des effets
souscrits par mon fils ?

— Une misère, mon cher monsieur Herbeau, une
misère, répondit Grippard en souriant. Six petits
effets de 150 fr. chacun, 900 fr. en tout. Il est bien
des pères qui seraient heureux d'en être quittes à si
bon compte.

Parlant ainsi, il remit au docteur Herbeau six petits
effets de commerce paraphés par l'enregistrement,
sur chacun desquels Aristide reconnut la signature
de son fils. Le docteur ouvrit son secrétaire, prit
deux billets de 500 fr. et les tendit au Grippard en
disant : — Payez-vous là-dessus, monsieur, et
rendez-moi.

— Pardon, monsieur, pardon, dit Grippard avec
un doux sourire : nous avons les frais et les intérêts.

— Eh bien ? demanda le docteur.

— Il faut bien, mon bon monsieur Herbeau, que
les pauvres huissiers gagnent leur pauvre vie ! Il faut
bien qu'ils nourrissent leur pauvre femme et leurs
pauvres enfants ! Les temps sont bien durs, mon
cher monsieur Herbeau !

— Au nom du ciel, monsieur, finissons ! s'écria
le docteur en frappant du pied le parquet.

— Eh bien, monsieur, répondit Grippard, tant en

principal qu'en intérêts et frais, c'est 3,333 fr. 75 c. que vous avez à me remettre.

— Vous vous moquez, monsieur !

— 900 fr. en principal, calcula Grippard ; intérêts et frais, 2,433 fr. 75 c. : cela donne au total, ainsi que j'ai eu l'honneur de vous le dire, 3,333 fr. 75 c.; sauf erreur, ajouta-t-il en s'inclinant.

— Mais c'est affreux, cela ! mais savez-vous, monsieur, que c'est infâme ! s'écria le docteur Herbeau, qui, ayant toujours suivi la ligne inflexible de l'ordre et du devoir, n'avait jamais soupçonné qu'il existât de pareilles misères.

— Permettez, monsieur, permettez, dit Grippard en dépliant l'énorme liasse de papiers qu'il avait entre les mains. Remarquez qu'on a joué sur chaque billet de M. votre fils ce que nous appelons la grande symphonie à grand orchestre : pas un instrument n'a fait défaut. Voici la partition : elle est au complet, rien n'y manque ; vous pouvez vous en assurer vous-même. Il paraît que lorsqu'il s'en mêle, M. Célestin fait bien les choses. C'est un des plus beaux cas qui se soient présentés jusqu'ici. D'abord, les effets étant souscrits sur papier libre, nous avons l'amende du timbre, une bagatelle. Le timbre est un brave homme : pour 3 sous qu'on lui vole, il réclame 30 fr. Puis, comme s'il en pleuvait, en veux-tu, en voilà, sauve qui peut ! protêts, dénonciations, assignations, jugements, coûts de jugements, significations, oppositions, déboutés d'opposition ; commandements, saisies, oppositions, déboutés d'opposition, procès-verbaux de carence, prises de corps, envois de pièces, ports

24

de lettres, frais d'enregistrement et de déplacement, courses, démarches, intérêts du capital, etc. Tout cela, mon bon M. Herbeau, pour 2,433 fr. 75 c.; entre nous, c'est pour rien. Voyez quel beau papier, et au coin de chaque feuillet quelles gentilles petites images ! Tenez, voici Mercure avec son caducée; au-dessous, la Justice avec son glaive et sa balance. Comme c'est gracieux ! comme ça se détache ! ne dirait-on pas des camées antiques ? Dans des médaillons, on pourrait croire que ça vient de Pompéi ou d'Herculanum.

Tandis que M. Grippard parlait de la sorte, le docteur Herbeau parcourait du pouce et de l'œil ces papiers immondes, dont l'aspect seul est un outrage, dont le contact est une flétrissure, où chaque mot est comme une marque infamante appliquée par la main du bourreau. Jetant loin de lui ces obscénités fiscales avec un sentiment de dégoût mêlé de colère :

— Savez-vous bien, monsieur, s'écria-t-il, que c'est un brigandage abominable, et que je m'en plaindrai aux tribunaux ? Il est impossible que la loi sanctionne des abus si criants. 2,400 francs de frais ! C'est un vol, monsieur, c'est un vol infâme !

— Je vous assure, mon cher monsieur Herbeau, répondit Grippard, qu'on vous a traité en ami. Il n'y a rien à dire. J'aurais eu cette affaire entre les mains, qu'en bonne conscience je n'aurais pu vous ménager davantage. J'ai bien examiné les pièces, j'affirme qu'elles sont en règle. C'est au plus bas prix, au prix coûtant. Les tribunaux condamneraient monsieur votre fils; vous n'y gagneriez qu'un peu de scandale.

Au reste, mon bon monsieur Herbeau, on ne vous met pas le pistolet sur la gorge, on vous donnera du temps : les huissiers ne sont pas des Turcs. Payez d'abord les frais et les intérêts, et prenez à votre aise quinze jours pour acquitter le reste.

— Je ne payerai rien, s'écria le docteur irrité ; faites jeter mon fils en prison, et qu'il s'en tire par l'homœopathie !

Ce n'était pas le compte de Grippard, qui aimait mieux appréhender les écus du père que la barbe du fils.

— Ah ! monsieur, dit-il en portant son mouchoir à ses yeux, quelle horrible condition est la mienne ! Ne m'avez-vous sauvé mon aîné de la rougeole et mon dernier de la coqueluche que pour me réduire plus tard à l'affreuse nécessité de faire traîner dans les cachots de Saint-Léonard le fils de mon respectable bienfaiteur ? Maudit soit le jour où feu mon père, Étienne Grippard, m'a transmis son étude ! Je ne devais pas être huissier, monsieur ; j'avais reçu de ma mère un cœur trop tendre, une âme trop sensible. J'étais né pour être avoué. Monsieur, prenez pitié de ma peine. Songez, monsieur, que vous allez ruiner à jamais l'avenir de M. Célestin, et qu'il vous sera impossible de l'établir dans la contrée. Vous le savez, mon bienfaiteur, la province a des idées bizarres. Il suffit qu'un jeune homme ait subi d'un seul coup six contraintes par corps pour que les familles ne le voient pas d'un bon œil et lui donnent difficilement leur fille. Voudrez-vous, pour 900 misérables francs, fermer irrévocablement à M. Célestin le temple de l'hyménée ?

Le docteur Herbeau n'avait pas attendu les réflexions de Grippard pour entrevoir les funestes résultats qu'aurait cette affaire en suivant son cours. Il ne s'agissait de rien moins, en effet, que de l'avenir de Célestin, déjà trop compromis, hélas ! Il s'agissait de sauver l'honneur de son nom. Ayant donc de nouveau ouvert son secrétaire, où se trouvaient heureusement quelques fonds disponibles, Aristide vida quatre gros sacs d'écus, fruits de ses honnêtes labeurs, qu'il s'occupa d'aligner en piles de 100 fr. sur la table. Sur ces entrefaites, Célestin entra enveloppé dans une robe de chambre de son père ; il avait sur sa tête un bonnet à la Louis XI, de velours noir crasseux, à fleurs de soie fanées, brodées sans doute par quelque chère main ; aux pieds, des pantoufles de velours violet à la poulaine. Au fond de sa barbe brillait, comme un ver luisant dans un buisson, le fourneau d'un petit brûle-gueule embrasé, d'où s'échappaient des flots de fumée.

— Vous arrivez à propos, monsieur, dit le docteur Herbeau d'un ton sévère.

Célestin reconnut maître Grippard ; et, voyant les armoiries du fisc et les écus que comptait son père, il se douta sur-le-champ de quelle affaire il retournait.

— Qu'est-ce que cela signifie ? s'écria-t-il aussitôt ; mon tendre père aurait-il la prétention de vouloir payer les dettes de son fils ? Je ne le souffrirai pas. Que maître Grippard saute par la fenêtre, s'il ne préfère sortir par où il est entré.

— Silence, mon fils ! répliqua le docteur Herbeau

avec une indignation contenue. Le nom que vous portez ne vous appartient pas : c'est le nom, c'est l'honneur de votre père que vous avez laissé protester. Ignorez-vous, monsieur, ce que c'est qu'un nom ? c'est le drapeau de la famille. Quant à vous, monsieur, ajouta-t-il en s'adressant à Grippard, qui tremblait de tous ses membres sous le regard de Célestin, vous et vos confrères, vous remplissez un ministère odieux. Il est triste à penser que vous avez la loi pour complice. Vous et les vôtres, vous avez fait du glaive de la justice, que vous me montriez tout à l'heure, un couteau d'égorgeurs, et de la balance une bourse de suppôts avides où s'engloutissent les deniers de vos victimes. Prenez cet argent que j'ai gagné à la sueur de mon front, et ne souillez pas plus longtemps de votre présence cette maison, vierge jusqu'à ce jour de semblables outrages.

A ces mots, le Grippard empocha, sans se le faire répéter, les écus du docteur Herbeau, et se glissa, comme un reptile, vers la porte. Célestin l'attendait au passage. — Grippard, mon ami, dit-il en lui frappant sur l'épaule, le jour de la vengeance approche. Il approche le saint jour où dégorgeront les sangsues et les vampires qui ont sucé le sang du pauvre peuple. Regardez bien cette place, Grippard ! c'est la place des *Récollets*. Plus d'une tête est destinée à tomber sur cette place : la première qui tombera, vous ne la relèverez pas.

Là-dessus, l'honnête huissier prit ses jambes à son cou, et s'enfuit comme s'il avait eu tous les démons de l'enfer à ses trousses.

24.

Nous devons renoncer à raconter en détail le trouble et le désordre que Célestin continua de jeter sous
le toit de ses parents. Ce fut, chaque jour, dans ses
mœurs et dans ses habitudes, quelque découverte
affligeante, chaque jour quelque nouvel épisode aussi
déplorable que celui qui signala le lendemain de son
arrivée. Un matin, ayant enfourché le cheval que lui
avait acheté son père, il le fit galoper de telle sorte,
que la pauvre bête rentra fourbue à l'écurie et fut
trouvée, le lendemain, sans vie, sur la paille. Le docteur Herbeau acquit bientôt la certitude que son fils
n'avait rien fait à Montpellier que hanter les estaminets, boire, fumer, et se perdre de dettes. Il n'était
guère de courrier qui n'apportât au logis quelques
épîtres au sujet des sommes dues par Célestin ; entre
autres, un débitant de tabac réclamait sept cent
vingt-sept francs pour fourniture de cigares. Célestin
remplissait la maison de son père des éclats de sa
voix et de la fumée de sa pipe. Ni les prières de sa
mère, ni les sollicitations de son père n'avaient pu le
décider à se faire émonder le visage. Il jurait, cra-
chait du matin au soir, passait la moitié des journées
au billard, et ne rentrait au gîte que pour désespérer
sa famille par son appétit, par ses manières, par ses
opinions et par son langage. Il s'était observé d'a-
bord ; mais, au bout de quelques semaines, il avait
lâché la bride à tous ses mauvais instincts. C'était
Riquemont à domicile, Riquemont doublé de lord
Flamborough !

Les jours suivaient les jours, les semaines se succédaient, le jeune lord ne bougeait pas ; il semblait

avoir pris racine à Saint-Léonard. Voici en peu de mots quel était le genre de vie qu'il avait adopté dès le lendemain de son installation, et duquel il ne s'était pas une fois départi. Il se levait à six heures du matin, avalait une grande tasse de café à la crème, puis allait, jusqu'à l'heure du déjeuner, pêcher à la ligne sur les bords de la Vienne. A l'heure du déjeuner, il rentrait ponctuellement, saluait froidement les deux époux, serrait la main de Célestin et se mettait à table. Il mangeait en silence, vidait gravement sa bouteille de vin de Bordeaux, ne répondait que par monosyllabes aux questions qu'on lui adressait; le repas terminé, il retournait à sa ligne et à ses poissons. Il revenait à l'heure du dîner, mangeait, buvait, sans s'inquiéter de ce qui se disait autour de lui; le dîner achevé, il se levait de table et allait se promener seul sur les boulevards, où l'insultaient les petits drôles de la ville, jusqu'à l'heure de son coucher. Il serait impossible de citer une vie plus régulière et plus uniforme. Jeannette l'avait pris en horreur, Adélaïde en haine sourde ; le docteur le portait sur ses épaules. Célestin était le seul qui le traitât avec déférence. Il l'appelait son noble ami et milord gros comme le bras. Tout Saint-Léonard en faisait des gorges chaudes. Ainsi que nous le disions tout à l'heure, les petits polissons couraient après lui dans les rues, criant à l'Anglais et lui jetant des pierres. Les grisettes lui riaient au nez, les passants le montraient au doigt. On pouvait raisonnablement espérer que lord Flamborough ne séjournerait pas longtemps dans une cité si inhospitalière, et qu'il se

hâterait de retourner à Montpellier. Loin de là : deux
mois avaient passé sur son arrivée, qu'il n'était pas
plus question de son départ qu'au premier jour.
Déjà plus d'une fois M. et madame Herbeau s'étaient
efforcés de lui insinuer qu'ils avaient de lui par-
dessus la tête, et qu'il abusait quelque peu de
l'hospitalité de leur maison : lord Flamborough
s'était montré sourd ou rebelle à toutes les insinuations. Jeannette le malmenait fort : milord ne semblait pas s'en apercevoir. On avait fini par ne lui
épargner ni les regards équivoques, ni les accueils
glacés, ni les procédés malveillants : les balles bondissaient ou s'aplatissaient sur sa peau d'hippopo-
tame.

Avant de recourir à des moyens extrêmes qui
répugnaient à sa délicatesse, le docteur Herbeau eut
l'idée de faire donner congé par son fils à cet hôte
opiniâtre. Il s'adressa donc directement à Célestin ;
mais à peine Célestin eut-il compris où son père
voulait en venir, qu'il jeta les hauts cris et repoussa
vertement la mission qu'on osait lui offrir.

— Eh quoi ! s'écria-t-il, c'est ainsi que vous reconnaissez l'honneur qu'a daigné nous faire mon
noble ami ! Tel est le prix que vous réservez aux
bontés qu'il a prodiguées durant cinq ans à votre fils
exilé du foyer paternel ! Et c'est moi que vous char-
gez du soin de le mettre à la porte ! On veut que je
chasse lord Flamborough ! on veut que je lui donne
congé comme à un locataire qui ne paye pas son
loyer ! O mon noble ami !... N'y comptez pas, mon
père. Quand même je pourrais oublier les devoirs

de la reconnaissance, je n'oublierai jamais ceux que
l'hospitalité nous impose. Lord Flamborough est votre
hôte : tout ici lui appartient. Quoi ! voudriez-vous
qu'on pût dire un jour que le toit du docteur Herbeau
fut moins hospitalier que la tente de l'Arabe ou la
hutte du Mohican ? Notre hôte, mon père ! vous êtes-
vous jamais demandé ce que c'est que notre hôte ?
En tout temps et partout, vous voyez l'hospitalité en
honneur. Interrogez les peuplades les plus sauvages :
les anthropophages eux-mêmes vous répondront que
congédier son hôte, c'est mettre le bon Dieu à la porte
de sa maison.

— Mais, mon fils, dit le bon docteur que la noblesse de ces sentiments avait attendri malgré lui, outre qu'il est un hôte peu agréable, lord Flamborough
rend les devoirs de l'hospitalité très-rudes et très-
onéreux. Il boit et mange outre mesure ; c'est à la fois
un gouffre et une éponge.

— Lord Flamborough ! s'écria Célestin ; mais vous
n'y songez pas, mon père, c'est un chameau pour la
sobriété ; il vivrait au besoin d'eau claire et de pois
chiches. Seulement, il croirait faillir lui-même aux
devoirs de l'hospitalité, s'il ne faisait honneur à la
vôtre.

— Ainsi, dit le bon docteur, c'est pour me faire
honneur que lord Flamborough boit tous les matins
à son déjeuner une bouteille de mon vieux bordeaux ?

— Oui, sans doute, mon père, répondit Célestin.

— Mais enfin, dites-moi, mon fils, quel intérêt que
je ne puis deviner, quel charme que je ne puis comprendre, attache lord Flamborough aux pavés de

Saint-Léonard? Ce ne saurait être seulement l'amitié qu'il vous porte. Vous n'avez ni les mêmes goûts, ni les mêmes habitudes. Vous êtes rarement ensemble. Expliquez-moi...

— Rien n'est plus simple, répliqua Célestin. Lord Flamborough, en m'accompagnant, avait l'intention de ne rester que quelques heures parmi nous. Il voulait vous voir, être témoin de notre bonheur, et repartir presque aussitôt pour Montpellier, dont le climat lui est salutaire. Qu'est-il arrivé? ce qui devait arriver, mon père. Lord Flamborough a des goûts paisibles : il aime le seuil domestique, les mœurs patriarcales, les conversations intimes. Dieu lui a fait un cœur avide des joies du foyer. Orphelin depuis plus de dix ans, il traînait dans l'ennui sa jeunesse solitaire. quand son amitié pour moi le pousse à Saint-Léonard. Qu'y trouve-t-il? une famille des temps bibliques ; votre esprit l'enchante, la bonté de ma mère le ravit. Il n'était venu que pour quelques jours, voilà qu'il s'oublie plusieurs mois. Lord Flamborough a des dehors froids et austères, mais vous ne savez pas quels trésors de sensibilité se cachent sous ces glaciales apparences. C'est un brasier sous six pieds de neige. Je voudrais que vous pussiez l'entendre, lorsqu'il vient, le soir, me trouver dans ma chambre, et qu'assis comme un frère au chevet de mon lit il épanche son âme dans la mienne. Hier encore, il me disait : — Madame Herbeau ressemble à ma mère; oui, ce sont les yeux de lady Flamborough, c'est la même démarche, la même dignité à la fois grave et bienveillante. J'aime madame Herbeau ; mais votre père! ajoutait-il avec une ineffable tendresse, je crois, Célestin, que je préfère votre père. Quel esprit! quelle grâce! quelle élégance de manières! Vous êtes heureux, mon jeune ami : vous avez un intérieur adorable. C'est là, c'est parmi vous que je voudrais achever mes jours. — Ainsi parlait lord Flamborough ; et tel est, oui, tel est, mon père, le charme que vous ne pouviez comprendre ni définir.

Tout cela avait été dit avec tant de chaleur et de bonne foi, que le docteur Herbeau, ne sachant plus qu'imaginer, se résignait à attendre quelques jours encore. Mais les jours s'écoulaient, et lord Flamborough tenait bon. Moins patiente que son époux, madame Herbeau ayant enfin déclaré qu'elle était décidée à faire porter la valise de l'Anglais à la diligence, le docteur, qui répugnait à ces procédés peu chevaleresques, prit sur lui de congédier son hôte aussi galamment que possible.

Un matin donc, qu'après avoir vidé sa tasse de café le jeune lord s'apprêtait à sortir pour aller jeter son hameçon dans les eaux de la Vienne, le docteur Herbeau, qui, de son côté, s'était levé avec l'aube, lui manifesta le désir de l'accompagner. Lord Flamborough s'inclina en silence, et tous deux gagnèrent le sentier qui mène au rivage. Il faisait une fraîche matinée, une de ces brumeuses matinées d'automne où la terre sent le vin. Dès qu'ils eurent gagné les traînes qu'avait dépouillées le vent d'octobre :

— Milord, dit le docteur Herbeau en montrant de la main les coteaux submergés par la brume, les arbres effeuillés et toute la nature prise déjà des pre-

miers frissons de l'agonie ; milord, voici l'hiver, saison fatale aux constitutions débiles qui ont besoin
des tièdes brises du Midi. C'est l'époque où les oiseaux
frileux émigrent : déjà les hirondelles nous ont quit-
tés. C'est l'heure où nos malades, pour échapper aux
influences du Nord, vont chercher la santé sous des
cieux indulgents.

Lord Flamborough ne répondit pas.

— Faible comme vous êtes, poursuivit le docteur
Herbeau, poitrine délicate, organisation souffreteuse,
je conçois, milord, que vous ayez choisi pour rési-
dence la ville de Montpellier. C'est le doux ciel de l'I-
talie : c'est presque la terre où les orangers fleuris-
sent. Il y règne un printemps éternel. Vous avez agi
prudemment, milord, en vous établissant dans ce pa-
radis de la France. La température de votre patrie
vous eût été mortelle ; je crois même que vous n'auriez pas longtemps résisté au climat de nos provinces
du centre. L'hiver est très-âpre à Saint-Léonard ;
nous nous ressentons du voisinage de la Creuse.

Lord Flamborough regarda le docteur d'un air
presque étonné.

— Je ne suis pas faible, répondit-il froidement ; ma
poitrine n'est pas délicate, mon organisation n'est
pas souffreteuse. J'ai passé deux hivers à Saint-Pé-
tersbourg ; j'ai voyagé dans la Norwége ; je suis allé
au Spitzberg ; j'ai vécu chez les Esquimaux et chez
les Lapons. Je n'ai jamais été malade, et je vous tue-
rais d'un coup de poing.

Le docteur Herbeau demeura quelques instants
abasourdi.

— Il paraît toutefois, milord, que Montpellier a su fixer votre humeur voyageuse ; c'est là que sont vos affections, c'est là que vous avez dressé votre tente.

— Je m'ennuie partout et n'ai d'affection nulle part, répliqua lord Flamborough.

— Ah ! milord, s'écria le docteur Herbeau, permettez-moi de croire que vous aimez mon fils et que Saint-Léonard a su vous plaire ; comment expliquer autrement votre long séjour dans ma maison ?

— Je n'aime pas votre fils, répondit gravement lord Flamborough ; je n'aime que la pêche à la ligne. Saint-Léonard est la plus sotte ville que j'aie jamais rencontrée sur mon chemin. Votre rivière est comme la mer de Gênes, *mare senza pesce*, elle n'a pas de poissons. Quant à votre maison, on y vit fort mal.

— Pourquoi diable y restez-vous ? dit le docteur poussé à bout par cette rare impertinence.

— Vous êtes bien curieux, répliqua tranquillement l'Anglais.

— Ah çà ! monsieur, s'écria le docteur qui ne se contenait plus, prenez-vous ma maison pour une auberge ?

— Pour une auberge détestable, répondit le lord sans s'émouvoir.

— Monsieur !... s'écria le docteur Herbeau, rouge comme une pivoine.

— J'ai beaucoup voyagé, poursuivit paisiblement lord Flamborough. Je connais les *locande* de l'Italie, les tavernes anglaises, les kermesses allemandes, les cabarets de la France, les *ventas*, les *fondas* et les *posadas* de l'Espagne. J'ai visité les Calabres et la Si-

25

cile. Mais je déclare n'avoir rencontré en aucun pays civilisé une guinguette aussi misérable que la vôtre.

— Vous partirez, monsieur ! balbutia le docteur d'une voix qu'étouffait la colère.

— Quand vous voudrez, riposta Flamborough avec un imperturbable sang-froid.

— Vous partirez aujourd'hui même !

— C'est le plus grand plaisir que vous puissiez me faire.

— Vous ne remettrez pas les pieds dans ma maison !

A ces mots, lord Flamborough appuya sur l'épaule du docteur Herbeau une main blanche et froide comme la main du commandeur, et, de ses lèvres de marbre, il laissa tomber ces terribles paroles sous lesquelles le docteur resta pâle et anéanti :

— Vous avez donc, monsieur, six mille francs dans votre poche ?

Voyant que le docteur ne répondait pas :

— Tenez, monsieur, ajouta-t-il, j'avais promis de me taire : mais vous me nourrissez si mal ; je suis l'objet de tant de malveillance, tant de la part de madame Herbeau que de celle de vos compatriotes ; votre rivière est si peu poissonneuse ; je joue d'ailleurs vis-à-vis de vous un si singulier rôle, que votre fils me pardonnera, je l'espère, d'avoir enfin rompu le silence. En bonne conscience, la place et la table, la rivière et les habitants, ne sont plus tenables.

— Expliquez-vous, milord, dit le docteur Herbeau, qui s'attendit à voir la foudre éclater sur sa tête.

— Je serai bref, reprit lord Flamborough. Durant

les deux premières années de son séjour à Montpellier, j'ai obligé votre fils d'un prêt de 6,000 francs. Il avait surpris ma reconnaissance en me vaccinant avec succès quatre petits chiens de chasse auxquels je m'intéressais vivement. Je dois convenir, d'ailleurs, que Célestin me plaisait ; je ne saurais dire pourquoi, car ce n'a jamais été qu'un vaurien. Toujours est-il que je lui prêtai 6,000 francs. Dès lors il me fut impossible de lui arracher un schelling. A l'heure de son départ, je déclarai qu'il ne quitterait pas Montpellier sans avoir acquitté sa dette. Il lui restait à peine de quoi payer les frais de son voyage. Pour le tirer d'embarras et ne pas vous priver plus longtemps du bonheur de revoir cet enfant adoré, j'imaginai d'aller m'établir chez vous à raison de cinq francs par jour. Célestin m'avait assuré que votre cuisine était confortable, que vous étiez de braves gens, et que la Vienne regorgeait de tanches et de goujons. J'eus la niaiserie d'ajouter foi à ces paroles ; nous partîmes ensemble. Vous savez quelles furent mes déceptions. Vous m'avez nourri d'avanies et de mauvais beefsteaks ; votre thé n'a jamais été qu'une horrible décoction de plantes vulnéraires, votre café qu'une affreuse tisane de chicorée. Votre vin de Bordeaux ne vaut pas le diable. Les enfants de la ville m'ont insulté dans les rues ; et, depuis deux mois que je pêche huit heures par jour dans votre rivière, je n'ai pas vu deux ablettes frétiller au bout de ma ligne. Je suis aussi las de vous tous que vous l'êtes de ma personne. Votre visage m'agrée peu, celui de votre femme encore moins. Vos matelas sont durs ; les rats m'empê-

chent de dormir. Vous souhaitez mon départ, je le
désire autant que vous ; seulement, j'en jure par les
destinées de l'Angleterre, je ne viderai pas les lieux
sans être rentré dans mon argent. Je suis chez vous
depuis deux mois, à raison de cent sous par jour :
c'est 300 francs que vous m'avez remboursés en co-
mestibles avariés. Comptez-moi 5,700 francs, et je
pars sans vous dire adieu ; sinon, dussé-je crever à
votre régime, dussé-je, comme le lierre, mourir où
je m'attache, je reste encore chez vous trente-neuf
mois.

A ces mots lord Flamborough jeta sa ligne dans la
Vienne. Le docteur Herbeau se tenait immobile, sans
force contre ce nouveau coup. Il regardait couler d'un
air stupide l'eau de la rivière, il écoutait d'une oreille
distraite les dernières feuilles que le vent abattait autour de lui. Il demeura longtemps ainsi, plongé dans
une méditation douloureuse.

Au bout de dix minutes :

— Vous le voyez, monsieur, dit lord Flamborough
avec un sombre découragement, ça ne mord pas !
C'est tous les jours la même chose.

Ces paroles tirèrent le docteur Herbeau de l'abîme
de sa rêverie. Sans répondre à lord Flamborough,
qui ne tourna même pas la tête, il se dirigea
vers la ville d'un pas affaissé, que pressaient toutefois l'indignation et la colère. Du bout de la place
des Récollets, il aperçut Célestin qui fumait sa pipe
du matin sur le seuil paternel. Il courut à lui, et, le
saisissant par le collet de son habit, il l'entraîna dans
le salon.

— Malheureux ! s'écria-t-il, tu as donc juré de ruiner ta famille ? Tu veux donc réduire ton père et ta mère à la mendicité ?

Il ne put en dire davantage : une main de fer lui serrait la gorge, sa voix étranglée expira sur ses lèvres. Au cri qu'il avait poussé, madame Herbeau et Jeannette accoururent.

— Viens, ma femme, venez Jeannette, dit le bon docteur après avoir repris haleine, quittons tous trois cette maison maudite, et allons tendre la main aux portes. Nous sommes ruinés, ma pauvre femme ; c'est fait de nous, ma chère fille. Il ne nous reste plus qu'à mendier dans les rues de Saint-Léonard, avec un bissac sur le dos. Le malheureux que voici a porté sous ce toit la misère et le déshonneur.

Célestin n'avait rien compris d'abord à cette scène de désolation ; mais, illuminé par une clarté soudaine :

— Ah ! mille millions de tonnerres ! s'écria-t-il en brisant sa pipe, il n'y a plus d'amis ; ce drôle de Flamborough a parlé !

Jeannette, éplorée, tournait autour du docteur et d'Adélaïde, qui mêlaient leurs imprécations et leur désespoir.

— Mon bon maître, ma bonne maîtresse ! disait l'excellente fille en leur baisant les mains, soyez sûrs que ce n'est là ni M. Flambeau-Rouge ni M. Célestin, mais deux bandits, deux filous, Cartouche et Mandrin, qui s'entendent pour vous mettre au pillage. Ah ! tas de gueux ! ajouta-t-elle en montrant le poing au jeune homœopathe.

25.

— Ah! traître! ah! Judas! ah! vil délateur! murmurait Célestin en marchant de long en large, les mains dans ses poches. A qui se fier désormais? dans quelle âme épancher son cœur? J'aurais dû m'en douter. Perfide Albion, c'est là de tes coups! Je te reconnais là, patrie de Pitt et de Hudson Lowe, nid de serpents au milieu des flots!

— Malheureux! s'écria le docteur Herbeau en s'arrachant des bras d'Adélaïde, qui cherchait vainement à le retenir; malheureux! répéta-t-il en étendant vers son fils ses deux mains convulsives : je te donne ma malédiction!

— Calmez-vous, mon père, dit Célestin, sur qui la malédiction paternelle venait de produire l'effet d'un moxa sur le tronc d'un chêne. Que diable, aussi! il faut être juste : vous avez voulu que votre fils fréquentât le monde élégant et figurât convenablement à l'école des belles manières. Aviez-vous espéré qu'avec 1,500 francs de pension je deviendrais la fleur des pois de Montpellier? La fleur des pois est une fleur qui demande beaucoup d'entretien et veut être arrosée sans cesse. Et puis, de quoi s'agit-il? d'une pitoyable somme de 6,000 francs. Quand nous avons là 30,000 livres de rente assurées, ajouta-t-il en tirant de la poche de son habit sa petite pharmacie homœopathique, qui ne le quittait jamais; quand chacun de ces globules nous représente dans l'avenir un capital de 20,000 francs, est-il raisonnable de crier à la ruine et de se lamenter pour de semblables vétilles?

Tant d'aplomb et tant d'impudence clouèrent le

docteur Herbeau sur son siége et le réduisirent au silence. Cependant l'heure du déjeuner approchait ; c'était l'heure où l'Anglais revenait de la pêche. Aristide ne voulut pas que cet abominable étranger eût le droit de s'asseoir encore une fois à sa table. Il avait quelques fonds placés à Montpellier ; il se mit à son bureau et tira sur son banquier une lettre de change de 6,000 livres à l'ordre de lord Flamborough. Au même instant, celui-ci entra dans le salon.

— Tenez, monsieur, nous sommes quittes, dit le docteur Herbeau en lui tendant la traite qu'il venait de souscrire.

Lord Flamborough prit le billet, et, après en avoir étudié attentivement la forme et la teneur :

— A raison de cinq francs par jour, répliqua-t-il, je vous suis redevable là-dessus dé 300 livres.

— Non, monsieur, non ! s'écria le docteur Herbeau ; quoi que vous ayez pu croire, notre maison n'est point une auberge.

Célestin fredonna entre ses dents :

> Chez les montagnards écossais
> L'hospitalité se donne
> Et ne se vend jamais.

— Puisque vous l'exigez, ajouta lord Flamborough, je garderai ces 300 francs à titre de dommages et intérêts.

A ces mots, il sortit pour aller préparer sa valise.

— Vous m'en rendrez raison, Flamborough, dit Célestin en l'arrêtant au pied de l'escalier.

— A l'épée, répondit froidement l'Anglais, j'ai tué,

à Palerme, trois officiers du roi de Naples. A Paris,
j'ai touché Lozès. Je connais la garde sicilienne et
vous embrocherais comme un becfigue. Je suis passé
maître dans l'art de boxer : à Londres, j'ai crevé un
œil au professeur de lord Byron. Au pistolet, je
mouche à vingt pas une chandelle. Je vous laisse le
choix des armes.

— Que le diable t'emporte ! s'écria Célestin tournant sur les talons.

Une heure après, à défaut du diable, la voiture de
Saint-Léonard à Limoges emportait lord Flamborough et sa fortune.

Le docteur Herbeau passa le reste de la journée à
réfléchir sur la situation présente et à se concerter
avec Adélaïde sur le parti qu'ils avaient à prendre
vis-à-vis de Célestin. Deux mois avaient suffi pour
perdre, à Saint-Léonard, ce jeune homme de réputation. Maître Grippard ne s'était pas fait scrupule de
semer l'épisode des six prises de corps dans tous les
carrefours. L'histoire de lord Flamborough ne tarde-
rait pas à se répandre. On savait déjà que Célestin
était criblé de dettes. Madame d'Olibès racontait qu'il
arrivait tous les jours, à l'adresse de M. Herbeau, des
lettres de forme équivoque et d'aspect malhonnête,
qui exhalaient un haut fumet de créancier. On n'ignorait pas que le désordre habitait sous le toit des Herbeau, sous ce toit autrefois si calme et si paisible, que
troublait seulement de temps à autre la jalousie d'A-
délaïde. Grippard contait à qui voulait l'entendre que
Célestin l'avait menacé de lui faire couper la tête. A
ce propos, des bruits étranges circulaient : on ajoutait

tout bas qu'il s'était vanté de relever un jour, sur la place des *Récollets*, l'échafaud de 93 ; les gendarmes, qui poursuivaient le docteur Herbeau dans sa race, avaient agité la question de savoir s'ils ne lui mettraient pas au collet leurs larges mains gantées de peau de daim. Par une fatalité sans exemple, Célestin avait contre lui tous les partis et toutes les opinions : les royalistes le tenaient pour un louveteau altéré de sang ; les libéraux, pour un jésuite coiffé du bonnet phrygien. On ne voulait de lui dans aucun camp ; on se le renvoyait de part et d'autre comme la navette d'un tisserand, comme un volant sur des raquettes. Il était lié, d'ailleurs, avec tous les mauvais sujets de la ville. Il hantait les estaminets, s'enivrait de vin chaud épicé de cannelle; montait sur les tables pour proclamer la mort des tyrans, le triomphe de l'homœopathie et le règne de l'égalité. On devait s'attendre chaque jour à voir le parquet lancer contre lui un mandat d'arrestation. Cependant tous les clients du docteur Herbeau passaient au docteur Savenay ; Célestin avait beau exhiber ses globules et prêcher son système, il ne trouvait pas une victime à sacrifier sur les autels du moderne Esculape. Certes, nous sommes loin de ce timide et beau jeune homme dont nous avons si longtemps caressé l'image. Jamais plus riantes illusions ne furent plus cruellement déçues ; jamais plus belles fleurs n'amenèrent des fruits plus amers. Eh bien, malgré tous ces désenchantements, nous pouvons affirmer, nous qui le connaissons, que c'était au fond un bon diable, fils indigne sans doute de ce charmant vieillard que nous nommons Aristide

Herbeau, mais doué de plus de sens qu'on ne le pourrait croire. A l'heure où nous achevons ce triste récit, Célestin a renoncé depuis longtemps à l'homœopathie, à la longue barbe, aux bottes collantes et à tous les travers du jeune âge. Il vient d'épouser la fille aînée de maître Grippard, et tient à Saint-Léonard une boutique de pharmacie. Garde national zélé, bon père, bon époux, bon citoyen, dévoué à l'ordre de choses, il voudrait pouvoir administrer des pilules d'acide prussique à tous les perturbateurs de la tranquillité du royaume. Il hait les républicains, abomine les communistes, voue aux dieux infernaux Saint-Simon, Fourier et Robert Owen. Il est d'avis que tout est pour le mieux dans le meilleur des mondes possibles. Rentré dans le giron de la belle-littérature, on peut chaque matin, durant les beaux jours, le voir, en casquette de loutre, à sa porte, se délectant à la lecture du feuilleton quotidien ; tandis que sa femme, accorte et gentille, distribue gracieusement à la pratique ses drogues enveloppées dans le numéro de la veille.

Revenons au docteur Herbeau.

Le jour même du départ de lord Flamborough, après s'être consulté avec son épouse, Aristide avait écrit à son vieux ami, M. Pistolet, célèbre pharmacien de Limoges. Le lendemain, ayant reçu de cette ville une réponse conforme à ses désirs, telle, en un mot, qu'il l'avait sollicitée, il fit appeler son fils, et lorsque Célestin fut en présence de son père :

— Monsieur, dit le docteur Herbeau avec une dignité sévère qui imposa tout d'abord au jeune gars, vous nous avez indignement trompés, vous vous êtes joué cruellement de notre crédulité et de notre aveugle tendresse. Vous êtes un mauvais fils, la honte et le désespoir de deux cœurs qui se plaisaient à vous appeler leur orgueil et leur joie. Vous deviez être la gloire de nos vieux jours, vous en êtes le déshonneur. Puisse Dieu vous pardonner ! puisse aussi vous être douce et consolante la pensée que vous aurez abrégé la vieillesse de votre père !

A ces mots, Célestin, véritablement ému, ôta son bonnet de velours qu'il avait d'abord gardé sur sa tête.

— Ne m'interrompez pas, poursuivit le docteur. Assez longtemps vous avez mystifié notre amour, il convient de mettre un terme à cette triste comédie ; vous nous avez fait une douleur assez grande pour que vous la respectiez désormais. Écoutez-moi, monsieur ; c'est de vous qu'il s'agit à cette heure. Vous êtes pauvre. J'ose le dire avec une noble fierté, j'ai fait, durant ma longue carrière, plus de bien que je n'en ai reçu ; ma clientèle était la seule fortune qu'il vous fût permis d'espérer : incapable de la recueillir, vous l'avez laissée passer en des mains étrangères. Quant à l'héritage qui vous attend après ma mort, croyez-moi, vos désordres l'ont réduit à très-peu de chose. Indigne d'exercer le grand art de la médecine, qu'allez-vous devenir ? quel parti prétendez-vous prendre, à moins que vous n'ayez espéré que je nourrirais complaisamment votre paresse et votre inconduite.

Célestin baissa les yeux et ne répondit pas.

— Vous êtes jeune, monsieur ; vous pouvez encore réédifier votre destinée, moins brillante sans doute que ne l'avait rêvée votre orgueil ; la déchéance de vos ambitions sera votre châtiment sur la terre. Vous partirez aujourd'hui même pour Limoges. A ma sollicitation, mon digne ami, M. Pistolet, que vous connaissez, consent à vous prendre pour élève apothicaire.

— Apothicaire, jamais ! s'écria Célestin, qui sentit, à cette injonction, tout son sang lui monter au visage. Plutôt douanier, plutôt gendarme, huissier même, si vous l'exigez ; mais apothicaire !...

— Monsieur, répliqua le docteur Herbeau, attendez, pour dénigrer ce titre cher à l'humanité souffrante, que vous soyez digne de le porter.

— Jamais ! répéta Célestin.

— Vous partirez ce soir, dit le docteur avec fermeté.

Et, levant la séance, il abandonna son fils à son désespoir et à ses méditations.

Notre jeune homœopathe commença par se frapper le front, par arracher quelques mèches de ses longs cheveux, et par jurer qu'il ne mettrait jamais les pieds dans le laboratoire de M. Pistolet. La réflexion le calma. Il ne pouvait s'empêcher de reconnaître qu'il n'avait obtenu qu'un médiocre succès à Saint-Léonard, qu'il s'était joué outrageusement de sa famille, et qu'avec ses globules pour toute ressource il courait grand risque de mourir de faim. Nous devons dire aussi que le langage du docteur Herbeau avait produit sur lui une assez vive impression. D'une autre part, il se trouvait avoir sur

les bras deux ou trois méchantes affaires qui devaient
se vider au premier jour; il était brave, mais il n'aimait pas à se battre. Enfin, en y songeant bien, il en
vint à se dire qu'il n'y avait pas de pharmacien à
Saint-Léonard, et que c'était une place à prendre.
Toutefois, s'il arriva à la résignation, ce ne fut pas
par des pentes faciles. Longtemps il hésita, il se cabra
longtemps sous la volonté de son père. Lorsque le
sacrifice fut accompli dans son cœur, il tira de sa
poche sa boîte homœopathique, et la regardant avec
tristesse :

— O mon maître! s'écria-t-il, que diras-tu en
apprenant que ton plus fervent disciple s'est vu réduit
à se faire garçon apothicaire chez un pharmacien
allopathe?

Le même jour, comblé des malédictions de sa famille et de l'animadversion de ses concitoyens, il
partit à neuf heures du soir, comme il était venu,
sur l'impériale de la diligence, pour aller piler de la
rhubarbe dans la patrie de madame K... et de M. de
Pourceaugnac.

CHAPITRE XI.

Ce n'est que lorsqu'il est passé qu'on peut évaluer
les dégâts causés par l'orage. Ainsi, ce ne fut qu'a-
près le départ de leur fils que les deux époux purent
apprécier nettement leur désastre et leur désespoir.
Célestin présent, l'ivresse de la douleur, l'étourdisse-

26

ment, la consternation, la stupeur, ne leur avaient
pas permis de mesurer l'étendue de leur infortune ;
mais lorsque, après deux mois de cet horrible cauchemar, ils se réveillèrent seuls, dans cette maison
que Célestin venait de dévaster comme une trombe,
lorsqu'ils comprirent enfin que ces deux mois n'é-
taient pas un rêve, mais une sombre réalité, ce fut
un terrible réveil, et ce dut être un spectacle digne
d'une pitié profonde, que ces deux vieillards mêlant
silencieusement leurs larmes sur les débris de leur
bonheur, sur les ruines de leurs espérances.

De même que les orages du ciel ne s'éloignent pas
tout d'un coup, et que, longtemps après que l'horizon s'est éclairci, partent encore de loin en loin des
éclairs et des coups de foudre, de même la tempête
que Célestin avait amassée sur le toit paternel gronda
longtemps après sa fureur apaisée. Longtemps encore des tonnerres lancés de Montpellier, sous forme
de lettres de change, vinrent de loin en loin éclater
dans le salon du docteur Herbeau.

Écrions-nous avec le roi-prophète : Que les gloires
de la terre sont vaines et périssables ! Voilà quelques
mois à peine, le docteur Herbeau s'épanouissait
au faîte des félicités humaines. Tout lui souriait.
L'aisance et le bien-être affluaient à son foyer.
Des amis empressés égayaient sa fortune. Il s'en-
dormait dans la confiance et s'éveillait dans la
joie de sa destinée. Une étoile invisible illuminait son
front ; dans son cœur fleurissait une mystérieuse
violette. Ainsi qu'il suffit de quelques coups de
hache pour mettre le cèdre au niveau de l'hysope, il

a suffi de quelques jours pour abattre tant de prospérités. Hélas ! combien est rapide et facile à descendre la pente du bonheur, si lente et si rude à gravir !

Ce n'est déjà plus la haine qui veille à sa porte, mais le silence et la solitude. Le docteur Herbeau n'a plus même d'ennemis. Les gendarmes lui ont pardonné ; maître Grippard seul vient de temps en temps lui présenter quelques autographes de son fils. L'indifférence pèse sur son nom, l'oubli l'enveloppe de son froid linceul. Il assiste vivant à sa mort. Tout ce pays qu'il a soigné durant vingt-cinq ans ne s'inquiète pas de savoir si le docteur Herbeau existe encore. Les cercles, qu'il a si longtemps charmés par sa grâce et par son esprit, ne remarquent plus son absence. Il a filé comme une étoile, sans laisser de vide au ciel. Bientôt Saint-Léonard se demandera ce que c'était qu'Aristide Herbeau. Il se déciderait à reprendre le cours de ses visites, qu'il ne trouverait pas un malade qui le fît appeler, sinon les pauvres qui l'aimaient, et qui seuls ont gardé sa mémoire. Sa maison est morne, sa table silencieuse, son foyer désert. Ses amis, comprenant que son malheur est sans ressource, se sont retirés de lui. Les amis sont pareils aux feuilles des arbres, ils tombent au vent de l'adversité comme les feuilles au souffle de l'hiver. Cependant le bon docteur a tenu sa promesse. Sur l'emplacement de son kiosque s'élève un petit temple grec ; sur le fronton, on lit : A L'AMITIÉ. Chef-d'œuvre d'architecture ! tout s'y trouve, colonnade, feuillage d'acanthe, intérieur élégant et simple ; il n'y manque que des amis.

Le règne du docteur Herbeau est passé ; celui du docteur Savenay commence. Que dis-je? il est déjà dans l'éclat de toute sa gloire. Il n'est bruit dans la ville et aux alentours que de la guérison merveilleuse de la jeune dame Riquemont. En moins d'un an, M. Savenay a rendu la santé à cette charmante femme, que tout le pays croyait perdue à jamais. Ce n'est de toutes parts qu'un cantique de louanges en l'honneur du savant médecin qui vient d'accomplir cette cure miraculeuse. Toutes les mères le convoitent, ainsi qu'elles faisaient autrefois de Célestin. Il en est qui, pour l'attirer, ordonnent à leurs filles d'être malades. Toutes les vierges rougissent à son nom, baissent les yeux à son aspect. Madame d'Olibès l'accable de vers et de fleurs des quatre saisons. Mais, comme le farouche Hippolyte, M. Savenay est inaccessible à toutes les agaceries, insensible à toutes les prévenances ; tous les traits s'émoussent sur son cœur de Scythe. Madame d'Olibès prétend qu'une Amazone de la Thrace l'a nourri de son lait sauvage, sur les bords du Thermodon. Il n'en est rien. M. Savenay a pris avec lui sa vieille mère, excellente femme, née tout simplement, voilà quelques soixante années, à Saint-Léonard, sur les bords de la Vienne : heureuse de pouvoir achever ses jours sous le coin de ciel qui l'a vue naître, près de son fils qui l'entoure de tous les témoignages de la plus adorable tendresse. Un confrère de M. Savenay, de la Faculté de Paris, le jeune docteur Lombard, déjà cher à la science presque autant qu'à ses amis, est venu dernièrement s'établir dans la même ville. Il a épousé mademoiselle

Savenay, honnête et belle fille de vingt ans à laquelle il a su plaire, que le bonheur et l'amour ont guérie, comme le soleil guérit les fleurs qui souffraient à l'ombre. Tout ce monde se mêle peu à la province, vit heureux, travaille et s'aime. Déjà le jeune ménage a fait présent à Savenay, pour le jour de sa fête, d'une jolie petite nièce, blanche et rose comme sa mère.

Pendant ce temps, Célestin accomplit ses destinées. Il se réhabilite par l'ordre et le travail. Il expie courageusement les égarements de sa jeunesse. Célestin a trouvé son maître. M. Pistolet est un apothicaire de la vieille roche. A peine a-t-il vu notre jeune ami, qu'il a fait aussitôt appeler un barbier du voisinage pour faucher ce luxe incongru de barbe épaisse et de longs cheveux. Vainement Célestin s'est débattu. Deux jeunes Purgon en herbe vous l'ont empoigné, vous l'ont scellé sur une chaise, et Figaro a promené sur cette tête inculte et sur ce visage feuillu les branches de ses ciseaux et la lame de son rasoir. La moisson achevée, on a passé un tablier de toile verte autour du corps de l'homœopathe, on lui a mis un pilon entre les mains, et on vous l'a placé tout d'abord devant un mortier de marbre. Le jour même de son arrivée, il a pilé durant dix heures consécutives. Le soir, il s'est délassé à rouler dans de la poussière de réglisse les pilules qu'il avait préparées le matin ; ainsi des jours suivants. On ne saurait croire quelle influence a le pilon sur ce caractère indomptable. Il semble que Célestin ait mis dans le même mortier tous ses défauts, tous ses vices, tous

ses travers, et qu'il les pile, les écrase et les réduit en
poudre inerte. Déjà, vous ne reconnaîtriez plus l'étudiant de Montpellier. Mais quelle n'est pas sa confusion
en voyant, un jour, entrer dans la pharmacie de son
patron madame K...., qui recule elle-même d'étonnement en reconnaissant le nourrisson des muses, occupé à lui préparer une potion suivant l'ordonnance !
Se remettant aussitôt, Corinne, qui avait à se venger,
le salua de ces trois vers d'un poëte, qu'un poëte venait tout récemment de découvrir et de donner à la
France :

> Apollon, dieu sauveur, dieu des savants mystères,
> Dieu de la vie et dieu des plantes salutaires,
> Dieu vainqueur de Python, dieu jeune et triomphant!

Aiguillonné par l'amour-propre, Célestin faillit répondre une impertinence; mais il montra bien, par
un silence respectueux, quelles victoires éclatantes il
savait déjà remporter sur lui-même.

Cependant le docteur Herbeau offrait à ses concitoyens, qui ne paraissaient pas s'en soucier le moins
du monde, le plus beau spectacle qui se puisse voir,
celui d'un homme aux prises avec l'adversité et ne se
laissant point abattre ; grave, résigné, plus fort que
le destin, plus grand que son malheur.

Il n'en fut pas de même d'Adélaïde. Son caractère,
qui n'était déjà pas de miel rosat, acheva de s'aigrir ;
son humeur jalouse, ne pouvant s'attaquer au présent, tant la conduite de son époux était d'un juste
et d'un sage, se prit à remuer les cendres du passé,
et trouva le moyen d'en faire jaillir de vives étincelles.

Un jour, en fourrageant les tiroirs d'Aristide, elle découvrit le portrait de Louise avec la lettre d'envoi. Dès lors le docteur Herbeau dut se résigner à se voir lacéré journellement par les vipères de la jalousie. Il n'opposa qu'un dédaigneux silence aux fureurs de sa vieille lionne ; mais la discorde veillait sous son toit et la tristesse dans son cœur. Sa femme l'avait pressé inutilement de reprendre le cours de ses visites ; il persista dans son abdication, préférant un noble repos aux soucis d'une agitation vaine. Il ne se plaignait pas. Parfois seulement, en se promenant dans son jardin, il s'écriait avec amertume : Ingrate, ô ingrate patrie ! Les arts, les lettres, la poésie latine, occupaient ses heures oisives. Il sortait rarement ; de temps à autre, il allait seul et rêveur sur les bords de la Vienne ; jamais on ne le rencontrait dans le sentier qui mène de Saint-Léonard à Riquemont.

Malgré le coup de pied qu'elle avait donné dans l'échelle, il avait conservé pour Colette une tendresse véritable. Chaque matin il la visitait, lui adressait de douces paroles, et ne la quittait jamais sans avoir caressé son poil gris. Colette avait assisté à la dernière bataille de son maître ; il avait, lui aussi, son cheval blanc de Waterloo.

Le sort n'est pas toujours de fer. Le ciel, dans sa clémence, daigna ravir Adélaïde à la terre. Bien qu'elle l'eût abreuvé de fiel durant sa vie entière, le docteur Herbeau la pleura sincèrement. D'or ou de fer, de chanvre ou de soie, l'habitude est un lien qu'on ne rompt pas impunément. Aristide pleura sa femme après l'avoir perdue, comme le prisonnier de Chillon regretta son cachot après avoir recouvré la liberté. Il continua de vivre seul avec son cher Horace, qui lui, du moins, ne l'avait pas abandonné. *Eheu! Posthume, Posthume*, s'écriait-il souvent, *fugaces labuntur anni.*

Les années fuyaient en effet. Jeannette était restée fidèle à son vieux maître. Vainement le bon docteur l'avait engagée à chercher une condition meilleure ; elle déclara qu'elle ne sortirait de la maison qu'avec le cercueil du docteur Herbeau. Il est à remarquer qu'elle s'est toujours refusée à reconnaître Célestin, et qu'à cette heure même, qu'il a coupé sa barbe et qu'il édifie tout Saint-Léonard par sa conduite et par ses vertus, Jeannette soutient plus haut que jamais que ce n'est point le fils de son ancien maître, mais un vil intrigant qui, pour se faire apothicaire, a volé le nom du docteur Herbeau. Lorsqu'elle rencontre Célestin dans la rue, elle ne se gêne pas pour l'invectiver ; car Jeannette est forte en gueule, comme les servantes de Molière, et jamais elle ne passe devant la boutique du jeune pharmacien sans y jeter un regard de travers et quelque parole outrageante.

Le docteur Herbeau recevait de temps à autre des lettres de son digne ami, M. Pistolet, toutes à la louange de Célestin. Ce jeune homme marchait à pas de géant dans la carrière nouvelle qu'il s'était ouverte ; sa conduite devenait de jour en jour plus exemplaire, et son patron ne doutait pas qu'il ne prît place un jour parmi les apothicaires les plus distingués du royaume. Tout en le rassurant sur l'avenir de son fils, ces bulletins ne consolaient que bien médiocrement l'orgueil du docteur Herbeau, qui ne pouvait s'empêcher de souffrir à la pensée que son nom figurerait un jour sur l'enseigne d'un pharmacien de Saint-Léonard.

Comme le roi-prophète que nous citions tout à l'heure, Aristide était devenu pareil au pélican des déserts, et au hibou, qui n'habite que les lieux solitaires. Frappé dans sa race, délaissé de ses amis, trahi, oublié, abandonné de tous, le docteur Herbeau finit par se réfugier dans la pensée de madame Riquemont. Il se replia tout entier sur ce souvenir toujours jeune, toujours enchanté. Il lui arrivait souvent de s'oublier des heures entières, dans le temple de l'Amitié, à relire les lettres, à baiser le portrait de Louise, à respirer les fleurs desséchées qu'il rapportait autrefois de Riquemont, et qu'il avait religieusement conservées. Il se plaisait à remonter le courant des jours écoulés, à retrouver sur le rivage les poétiques accidents qui l'avaient si longtemps charmé. Il achevait d'une voix mélancolique et tendre ce grand duo de l'amour qu'il avait chanté durant deux ans et plus, sans se douter qu'il le chantait à lui tout seul. Nature naïve et vraiment aimable qu'on ne saurait s'empêcher d'aimer dans une époque de cœurs blasés et d'âmes appauvries avant l'âge, où l'on voit la jeunesse elle-même se targuer de son impuissance et désespérer hautement de la jeunesse et de l'amour !

Il avait goût à la solitude; et, s'il en souffrait parfois, c'est qu'il lui eût été doux d'entendre de loin en loin le nom de son enfant bien-aimée. La santé de Louise l'inquiétait. Jeannette lui avait bien rapporté qu'on disait madame Riquemont entièrement rétablie ; mais ces bruits qui venaient du dehors ne suffisaient pas à rassurer sa sollicitude. Un soir, quand les ombres de la nuit eurent enveloppé Saint-Léonard, le docteur sortit furtivement de sa maison, et, se glissant le long des murs, gagna, par des rues détournées, le logis de M. Savenay. Il refusa d'entrer, et fit avertir le jeune docteur qu'il l'attendait à la porte. C'était par une soirée d'hiver ; M. Savenay causait au coin du feu avec sa vieille mère. Il se hâta d'accourir, et supplia M. Herbeau de venir prendre place au foyer. Le vieillard s'en défendit.

— N'insistez pas, dit-il tristement ; voilà bien longtemps que je ne suis plus de ce monde, et que ma place est vide même au foyer de mes amis. Mais je n'ai pas voulu mourir sans entendre parler une fois encore de la jeune beauté que je vous confiai jadis. Jeune homme, dois-je croire ce qu'on m'a rapporté ? Est-il vrai que la science ait triomphé de la nature ? Est-il vrai que cette belle enfant ait recouvré la santé ? Puis-je quitter la vie, rassuré sur cette chère tête ?

— Rien n'est plus vrai, monsieur, répondit Henri Savenay. Madame Riquemont brille à cette heure de tout l'éclat de la jeunesse.

— Béni soit Dieu et béni soyez-vous, jeune homme ! s'écria le vieux docteur en prenant avec attendrissement les mains de M. Savenay.

— C'est vous, monsieur, qu'il faut bénir, répliqua modestement le jeune homme, en serrant avec respect la main de son vénérable confrère. C'est à vous, à vous seul, après Dieu, que revient la gloire de cette guérison. Pour moi, monsieur, je n'ai d'autre mérite que d'avoir suivi religieusement le traitement que vous aviez commencé et que vous avez daigné m'indiquer. Je n'ai pas fait autre chose que recueillir le prix de vos soins.

— Ainsi, monsieur, c'est mon système qui l'a guérie ? s'écria le bon docteur, avec un sentiment d'orgueil bien permis et bien légitime.

— Oui, monsieur, repartit Savenay, et je dois dire comme Alexandre, en parlant du roi son père, que vous ne m'avez laissé rien à faire.

— C'est mon système ! répéta le docteur Herbeau, qui ne se sentait pas de joie. Ah ! jeune homme, c'est mon dernier triomphe, c'est mon triomphe le plus doux. J'en étais sûr, monsieur, j'étais sûr qu'avec les antiphlogistiques nous aurions raison de cette cruelle maladie. Chère enfant ! Et vous dites, jeune homme, qu'elle rayonne à présent de tous les dons de la santé et de la jeunesse ? Dieu soit béni d'abord, puis la science qui l'a sauvée !

— C'est sur vous, monsieur, sur vous seul, ajouta M. Savenay, que madame Riquemont reporte sa reconnaissance ; c'est vous qu'elle remercie chaque jour, à toute heure...

— Elle parle de moi ?...

— Sans cesse. Pourrait-il en être autrement ? Hier soir encore, dans l'allée du parc, madame Riquemont me confiait qu'elle n'attendait qu'un jour de soleil pour s'échapper à cheval et vous aller visiter à Saint-Léonard.

— Qu'elle s'en garde bien ! s'écria le docteur avec effroi, — car ç'avait été là sa crainte incessante, et même à cette heure qu'Adélaïde n'était plus, il redoutait pour Louise et pour lui-même les représailles de M. Riquemont. — Dites-lui, monsieur, dites à cette enfant, reprit-il d'une voix plus calme, que je suis touché de son aimable souvenir, mais que son vieux ami en a désormais fini avec le monde, et qu'il s'est condamné à une solitude éternelle.

A ces mots, il salua M. Savenay, et s'en retourna tout fier et tout joyeux.

— Jeannette, s'écria-t-il en rentrant, on ne vous avait pas trompée, ma fille : il est bien vrai que madame Riquemont est entièrement rétablie. C'est votre maître qui a fait ce miracle. Je veux vider ce soir un vieux flacon pour fêter la confirmation de cette heureuse nouvelle.

Jeannette, tout heureuse elle-même de voir son bon maître ainsi dispos, s'empressa de courir à la cave; et le docteur Herbeau demeura jusqu'à près de minuit attablé avec son poëte de Tibur, traduisant dans son cœur Lydie par Louise, et dans son verre Falerne par Saint-Émilion.

Ce fut là son dernier bonheur, le dernier rayon qui dora le soir de sa vie. Un jour, il trouva Colette étendue sur sa litière. Il l'appela vainement : pour la première fois, la noble bête ne répondit pas. Elle était morte de décrépitude. Une grosse larme tomba sur sa crinière : ce fut son oraison funèbre.

La mort de Colette fut pour Aristide un sinistre présage. Depuis longtemps il était souffrant et chétif ; bientôt il se prit à décliner visiblement. Il ne sortait plus de sa chambre, son jardin était négligé ; les ronces croissaient dans les plates-bandes ; les mauvaises herbes étouffaient les fleurs ; le gazon poussait dans les allées. Le docteur Herbeau vivait étranger à toutes choses. Vieux fidèle pourtant, il avait dévotement continué son abonnement à *la Quotidienne* ; mais, depuis plusieurs mois, il n'en avait pas ouvert un numéro : plein de confiance dans les destinées de la royauté, il ne s'inquiétait pas de s'enquérir de ses nouvelles.

Un dernier coup lui était réservé, le plus terrible peut-être de tous ceux qui l'avaient frappé jusqu'alors.

Un matin qu'il déjeunait tristement auprès de sa croisée ouverte, — c'était par un beau jour d'été, — il entendit une grande rumeur, pareille au bruit de la marée montante. Il n'y donna d'abord qu'une médiocre attention ; mais bientôt, des cris étranges étant parvenus jusqu'à lui, le docteur Herbeau se mit à sa fenêtre, et demeura glacé d'épouvante devant le spectacle invraisemblable qui s'offrait à ses yeux. Toutes les maisons de Saint-Léonard étaient pavoisées de drapeaux tricolores. Un drapeau tricolore flottait sur le clocher de l'église ; la mairie avait un drapeau tricolore ; on voyait un drapeau tricolore sur la caserne des gendarmes. Une foule bruyante encombrait la place des *Récollets*. Deux douzaines d'honnêtes bourgeois, armés de fusils sans chien, de gibernes sans cartouches et de

27

sabres sans lame, se livraient à des évolutions
guerrières au milieu des clameurs enthousiastes des
assistants. Le tambour battait; les cloches sonnaient;
un canon enrhumé toussait de quart d'heure en quart
d'heure. Au bout de quelques instants, M. Riquemont
déboucha sur la place, aux acclamations de l'assemblée. Il tenait d'une main la bride de son cheval, et
de l'autre un immense drapeau tricolore ; derrière lui
marchaient au pas de charge une trentaine de paysans armés de faux, de pioches et de bâtons. Après
avoir fait ranger sa troupe sur deux rangs, M. Riquemont prononça un discours qui fut plus d'une fois
interrompu par les cris de : *Vive la charte ! vive la
liberté de la presse ! vive l'École polytechnique ! vive
la garde nationale ! vive M. Riquemont ! vive Paris !
vive Saint-Léonard ! à bas les ministres !* Le discours
achevé, les deux troupes réunies exécutèrent de
brillantes manœuvres ; après quoi la foule, exaltée
par ces belliqueuses images, se dirigea vers la maison
du receveur des contributions pour brûler les registres.

Or, le docteur Herbeau se tenait toujours à sa fenêtre, la seule de la ville qui ne fût point pavoisée ;
il se tenait debout, l'œil hagard et les bras ballants,
ne pouvant imaginer ce que tout cela voulait dire. En
défilant devant sa porte, la sainte canaille, furieuse de
ne pas voir de drapeau tricolore aux croisées, et se
souvenant d'ailleurs des opinions du maître du logis,
se mit bravement à insulter ce vieillard inoffensif.
Puis, des cris on passa galamment aux pierres, on
lui brisa tous ses carreaux de vitre, et on ne parlait
de rien moins que de saccager sa maison, sous le pré-

texte de s'assurer que M. de Polignac ne s'y trouvait
pas, quand heureusement la garde nationale mit fin
à tout ce désordre.

C'était la révolution de juillet qui venait de s'accomplir à Saint-Léonard.

Quand le docteur Herbeau sut à quoi s'en tenir,
lorsqu'il sut, à n'en pouvoir douter, qu'une tempête
de trois jours venait de fracasser le vieux trône de
France et de jeter toute une dynastie dans l'exil, il
arracha le ruban rouge qui brillait à sa boutonnière,
et, courbant la tête, il se plaignit au ciel qui l'avait
laissé vivre assez longtemps pour être témoin d'un
si grand désastre. Son cœur, ses regrets et ses vœux
accompagnèrent pieusement les augustes proscrits
sur la terre étrangère.

Il ne lui restait plus qu'à mourir. Le docteur Herbeau ne tarda pas, en effet, à se sentir mortellement
atteint. Instruits de sa maladie, les deux jeunes docteurs se présentèrent pour lui offrir leurs soins; il les
fit remercier par Jeannette, et refusa de les recevoir.
La fin de toutes choses ne l'effrayait pas. Il souriait
doucement à la mort qu'il voyait s'approcher. Toutefois, un vieux remords troublait la sérénité de ses
derniers jours. Ne voulant pas quitter la vie sans
s'être réconcilié avec ceux qu'il avait offensés, il fit,
un matin, appeler à son chevet le gendarme Canon,
qui, grâce à son intelligence et à la belle conduite qu'il
avait tenue durant les trois glorieuses journées, était
passé brigadier après vingt-cinq ans de service. A la
sollicitation de Jeannette, Canon s'empressa d'accourir. L'ayant fait asseoir près de son lit, le moribond,

après s'être accusé d'avoir autrefois refusé ses soins
au respectable corps de la gendarmerie royale, pria
le brigadier de lui pardonner à cette heure suprême,
tant en son nom qu'en celui de ses camarades. Le bon
docteur s'exprima d'une façon si humble et si touchante, que Canon, ne pouvant retenir ses larmes,
demanda à M. Herbeau la permission de l'embrasser,
ce qui lui fut accordé de grand cœur. Il se retira tout
ému, non sans avoir promis solennellement au docteur d'assister, lui et ses camarades, à son enterrement, de le conduire jusqu'au champ des morts et
de ne le quitter que lorsqu'il serait à six pieds sous
terre.

Après s'être humilié devant les hommes, le bon
docteur demanda au repentir le pardon de fautes plus
graves. Il s'accusa devant Dieu des égarements où
l'avait jeté l'amour. Il s'accusa d'avoir troublé un
jeune cœur et trop justifié peut-être la jalousie d'A-
délaïde. Tout entier désormais au salut de son àme,
il acheva d'éteindre avec les larmes de la pénitence
les cendres encore brûlantes d'une ardeur criminelle.
Résolu d'en finir avec les vanités de ce monde, craignant d'ailleurs de laisser après lui des traces qui
pourraient compromettre l'honneur et le repos de
Louise, il fit apporter près de son lit un réchaud
embrasé ; puis, ayant tiré de dessous son oreiller un
paquet de lettres liées entre elles par un ruban rose,
— c'étaient, pour la plupart, des invitations à dîner,
assaisonnées coquettement de tendres bonjours et de
caresses innocentes, — après les avoir baisées une
dernière fois, après en avoir respiré le parfum, ce

doux parfum, ce parfum enivrant qui s'exhale des
lettres aimées, il les livra une à une aux flammes.
Lutinées par les brises d'avril que laissait entrer la
fenêtre ouverte, les feuilles consumées, après avoir
voltigé dans la chambre, gagnèrent les plaines de
l'air ; le vieillard les suivit longtemps d'un regard
mélancolique ; il les vit flotter, s'élever, disparaître
dans l'azur du ciel, où son âme, qu'à vrai dire elles
emportaient tout entière, ne devait pas tarder à les
suivre. Il brûla du même coup, à la même flamme,
les fleurs qu'il avait rapportées, durant les jours heureux, du château de Riquemont : il ne voulut pas
qu'aucun de ces chers souvenirs pût être profané
après sa mort.

Bien qu'il sentit sa fin prochaine, il refusa de faire
appeler son fils. Il ne souffrait pas, il s'éteignait. Des
pensées austères occupèrent ses derniers jours. Les
poëtes profanes s'étaient vus exilés de son chevet ; il
ne lisait plus que des livres pieux qui lui enseignaient
à mourir. Il avait pardonné dans son cœur à Célestin,
à lord Flamborough, à M. Riquemont, aux huissiers,
à l'homœopathie et à tous ceux qui l'avaient abreuvé
d'amertume. Détachée des passions de la terre, son
âme était prête à comparaître devant le souverain
juge.

Un soir de mai, comme le soleil, près de se coucher, inondait de lumière les prairies qu'arrose la
Vienne, le bon docteur se fit porter dans un fauteuil
près de sa fenêtre. Il voulait dire un dernier adieu à
cette belle nature qu'il aimait. C'était une soirée enchantée. Les coteaux nageaient dans la vapeur en-

flammée du couchant. La rivière roulait des flots
d'or que voilait, sans les cacher, un rideau de feuilles
naissantes. L'air était chargé des senteurs embau-
mées de l'aubépine. La ville se taisait comme pour
écouter les bruits de la campagne; les tintements de
l'*Angelus* se mêlaient seulement aux harmonies de la
nature.

Le docteur Herbeau avait plongé ses regards dans
la vallée que sillonnait le sentier de Riquemont. Il se
tenait depuis une heure immobile et recueilli, bercé
par les mélodies du soir qui lui arrivaient comme un
écho lointain de son bonheur évanoui, quand il tressaillit soudain ; ses yeux éteints s'animèrent ; la pâleur de ses joues s'alluma ; un dernier éclair de jeunesse et d'amour illumina son front livide. Dans le
sentier qui blanchissait à travers la verdure, il venait
d'apercevoir une jeune amazone glissant le long des
haies, sur un coursier rapide, les cheveux épars, en
corsage blanc, comme un lis emporté par la brise.

Quand le soleil eut disparu derrière les collines,
Jeannette, qui redoutait pour son maître la fraîcheur
des soirées sereines, entra dans la chambre et s'approcha du docteur Herbeau. Il n'avait pas changé
d'attitude : la tête appuyée sur le dos du fauteuil, les
yeux tournés vers le château de Riquemont. Il ne répondit pas à la voix de sa servante. Jeannette lui prit
une main ; cette main était glacée. La bonne fille s'a-
genouilla auprès du fauteuil et pleura : le docteur
Herbeau était mort.

A quelques jours de là, madame Riquemont et son

mari se promenaient ensemble dans l'allée de leur garenne. Louise avait recouvré depuis longtemps tous les trésors de la santé. Sa démarche était souple et légère. La vie brillait dans son regard : son frais visage rayonnait du pur éclat de la jeunesse. Ses blonds cheveux ruisselaient le long de ses joues en flots de boucles luxuriantes. Jeune reine du printemps en fleurs, il y avait autour d'elle comme une atmosphère de bonheur, on eût dit que le soleil la contemplait avec amour.

Le galop d'un cheval se fit entendre, et bientôt M. Savenay parut à la grille du parc. Il mit pied à terre et s'avança vers les deux promeneurs. Un voile de tristesse était étendu sur sa figure. Après avoir salué madame Riquemont avec respect et serré cordialement la main du campagnard :

— Je vous apporte une fâcheuse nouvelle, dit-il d'un ton pénétré.

— Quoi donc, mon Dieu? s'écria Louise.

— Qu'y a-t-il? demanda le châtelain.

— Vous n'ignorez pas, repartit le jeune docteur, que M. Herbeau était souffrant depuis quelques mois? Eh bien,...

— Eh bien? dit Louise avec inquiétude.

— Eh bien, madame, le docteur Herbeau a trouvé le mot de la grande énigme que cherche vainement la science. Le docteur Herbeau n'est plus : nous l'avons conduit avant-hier à sa demeure dernière.

Deux larmes roulèrent sur les joues de Louise.

— Pauvre vieil ami ! dit-elle.

— Ah! il est mort, s'écria M. Riquemont en se frottant les mains ; cela prouve qu'il y a une justice au ciel. Papa Herbeau doit se trouver au cimetière en pays de connaissance.

— Mon ami, dit Louise, vous avez assez tourmenté la vie de cet excellent homme ; vous devriez au moins ménager sa mémoire.

— Allons donc ! s'écria le châtelain. Un cafard ! un carliste ! un sot qui m'a ruiné en frais de tout genre, et qui n'a pu faire en deux ans ce que mon ami Savenay a fait en dix mois ! Et puis, docteur, croiriez-vous que ce vieux diable était amoureux de ma femme ?

— En vérité? répondit Savenay.

— Quelle folie ! dit Louise en rougissant.

— Oui, oui, oui, répéta M. Riquemont, en appuyant sur chaque mot ; le docteur Herbeau était amoureux de ma femme. Maintenant qu'il est mort, convenez, docteur Savenay, que le vieux mécréant n'a jamais rien compris à la maladie de Louison.

— Monsieur, répondit le jeune homme, le temps est magnifique, et, si vous le voulez, nous irons visiter vos poulains.

FIN.

Corbeil, typ. et lith. de Crété.

LITTÉRATURE FRANÇAISE.

xve et xviie siècles.

		vol.
LE ROI LOUIS XI	100 Nouvelles nouv.	2
RABELAIS.	OEuvres.	1
MALHERBE.	Édit. Andr. Chénier.	1
SATIRE MÉNIPPÉE.	Édition Ch. Labitte.	1
J. RACINE.	Théâtre complet.	1
MOLIÈRE.	OEuvres complètes.	3
CORNEILLE (P. et T.)	OEuvres.	2
BOILEAU.	OEuvres poétiques.	1
PASCAL.	Pensées, nouv. édit.	1
—	Lettres provinciales.	1
LA FONTAINE.	Fables.	1
LA BRUYÈRE.	Caractères.	1
BOSSUET.	(V. Biblioth. chrét.)	
LESAGE.	Gil Blas.	1
PRÉVOST (L'ABBÉ)	Manon Lescaut.	1
MARIVAUX.	Marianne.	1
VOLTAIRE.	Siècle de Louis XIV.	1
J.-J. ROUSSEAU.	Émile.	1
—	Nouvelle Héloïse.	1
—	Confessions.	1
ANDRÉ CHÉNIER	Poésies complètes.	1
M. J. CHÉNIER.	OEuvres.	1

xixe siècle.

AIMÉ MARTIN.	Éducation des mères	1
—	Lettres à Sophie.	2
BALZAC (H. DE).	Physiol. du mariage	1
—	Scènes, vie privée.	2
—	— de province.	2
—	— parisienne.	2
—	Lambert, Seraphita.	1
—	Eugénie Grandet.	1
—	Histoire des Treize.	1
—	Peau de chagrin.	1
—	César Birotteau.	1
—	Médecin de campag.	1
—	Lys dans la vallée.	1
—	Rech. de l'Absolu.	1
—	Le père Goriot.	1
BARANTE (DE).	Tabl. de la littérat.	1
BLAZE (HENRI).	Poésies.	1
BRILLAT-SAVARIN.	Physiolog. du Goût.	1
CAPEFIGUE.	Hugues Capet.	1
—	Philippe-Auguste.	1
—	Philippe d'Orléans.	1
—	Hist. de la Restaur.	4
BENJAM.-CONSTANT.	Adolphe.	1
CASIM. DELAVIGNE.	Messéniennes.	1
—	Théâtre.	3
CHARRIÈRE (Mme).	Caliste.	1
DELÉCLUZE.	Romans, contes, etc.	1
DESPLACES (A.).	Les Poètes vivants.	1
FERRY.	Voyage au Mexique.	1
GAUTIER (THÉOPH.)	Poésies complètes.	1
—	Voyage en Espagne.	1
—	Nouvelles.	1
—	Mademlle Maupin.	1
GIRARDIN (Mme DE).	Poésies complètes.	1
—	Lettres parisiennes.	1
GUIZOT.	Essais sur l'histoire.	1
POUSSAYE (A).	Portr. du XVIIIe siècl.	1
	Le 2e vol. se vend sép.	
HUGO (VICTOR)	N.-Dame de Paris.	2
—	Han d'Islande.	1
—	Le Dernier Jour.	1
—	Bug Jargal.	1
—	Odes et ballades.	1
—	Orientales.	1
—	Feuill. d'automn.	1
—	Chants du crépus.	1
—	Voix intérieures.	1
—	Rayons et Ombr.	1
—	Théâtre complet.	3
—	Cromwell.	1
—	Littérature et phil.	1
—	Le Rhin.	3
JURIEN.	Guerres maritimes.	2
KRUDNER (Mme DE).	Valérie.	1
LAVALLÉE (THÉOP.)	Hist. des Français.	4
—	Géographie.	1
MAISTRE (JOSEPH)	Du Pape.	1
MAISTRE (XAVIER).	OEuvres complètes.	1
— (X).	Souven. de voyage.	1
—	Nouv. Souvenirs.	1

		vol.
MAGU	Poésies.	1
MÉRIMÉE (P).	Chroniq. Charles IX.	1
—	Colomba, etc., etc.	1
—	Clara Gazul.	1
MILLEVOYE.	Poésies.	1
MUSSET (ALFRED).	Poésies complètes.	1
—	Comédies et prov.	1
—	Confes. d'un Enfant.	1
—	Nouvelles.	1
MUSSET (PAUL).	Origin. du XVIIe s.	1
—	Femmes de la Rég.	1
—	Mémoires de Gozzi.	1
PLANCHE (GUSTAV.)	Portraits et critiques	2
REBOUL (JEAN).	Poésies nouvelles.	1
RÉMUSAT (Mme).	Éduc. des femmes.	1
S.-MARC-GIRARDIN.	Cours de littérature.	1
	(Le 2e vol. se vend sép.	
—	Essais de littérat.	2
SAINTE-BEUVE.	Tabl. de la poésie.	1
—	Volupté.	1
—	Poésies complètes.	1
SAINTINE.	Picciola.	1
SAND (GEORGE).	Consuelo.	1
—	Comtesse Rudolsta.	2
SANDEAU (JULES).	Madeleine, n. édit.	1
—	Mlle de la Seiglière.	1
SÉNANCOURT.	Obermann.	1
SOUZA (Mme DE).	Romans choisis.	1
STAEL (Mme DE)	Corinne.	1
—	Delphine.	1
—	De l'Allemagne.	1
—	Révolution français.	1
—	Mémoires.	1
—	De la littérature.	1
—	Nouvell. genevoises.	1
TOPFFER.		
VALMORE (Mme).	Poésies.	1
VIGNY (ALFRED).	Cinq-Mars.	1
—	Stello.	1
—	Servit. et Grandeur.	1
—	Théâtre.	1
—	Poésies.	1
VITET.	Études sur les beaux-arts.	2

Philosophie et Sciences.

DESCARTES.	OEuvres, éd. Simon.	1
MALEBRANCHE.	OEuvres, éd. Simon.	2
LEIBNITZ.	OEuv., éd. Jacques.	2
BACON.	OEuv., édit. Riaux.	2
BOSSUET.	OEuv. phil (V. Bibl. chrétienne).	2
FÉNELON.	OEuv. Philosop. id.	1
BUFFIER.	OEuv., éd. Bouillier.	1
EULER.	Lettres à une princ.	1
ARNAULD.	OEuv., édit. Simon.	1
CLARKE.	OEuv., éd. Jacques.	1
SPINOZA.	OEuv., trad. Saisset.	2
LE PÈRE ANDRÉ.	OEuv., édit. Cousin.	1
VICTOR COUSIN.	Philos. cartésienne.	1
ÉMILE SAISSET.	Philos. et Religion.	1
DUG. STEWART.	Élem. de Philosoph.	3
HIPPOCRATE.	OEuv. t. d'Arremberg	1
CABANIS.	Physique et moral.	1
BICHAT.	Vie et Mort.	1
ZIMMERMANN.	De la Solitude.	1
ROUSSEL.	Syst. de la Femme.	1
J. LIEBIG.	Lettres s. la Chimie.	1
F. KLÉE.	Le Déluge.	1
MAHOMET.	Le Koran.	1
CONFUCIUS.	Les 4 liv. de la Chine.	1

Bibliothèque latine-française.

TACITE.	OEuvres compl., trad. Louandre.	2
(Sous presse) PLAUTE	Horace. César, Virgile, Térence, Suétone, etc.	

Bibliothèque grecque-française.

ARISTOPHANE.	Comédies, t. Artaud.	2
ARISTOTE.	Politique, etc., etc.	1
DÉMOSTHÈNES.	Chefs-d'œuvre.	1
DIODORE DE SICILE.	Biblioth. historique.	4
DIOGÈNE DE LAERTE.	Vies des Philosoph.	1
ESCHYLE.	Théâtre, t. Pierron.	1
EURIPIDE.	Théâtre, t. Artaud.	2

		vol.
HÉRODOTE.	Histoire, t. Larcher	
HOMÈRE.	Iliade, tr. Dacier.	
—	Odyssée, tr. Dacier.	
MARC-AURÈLE.	OEuv., tr. Pierron	
MORALISTES GRECS.	Socrate, Épictète.	
ORATEURS GRECS.	Choix de Harangues	
PLATON.	La République.	7
—	Les Lois.	
—	Dialogues biograph.	
—	Dialogues métaphy.	
PLUTARQUE.	Grands Hommes, tr. Pierron	
—	Traités de morale.	
POLYBE.	Histoire, tr. Bouch.	
SOPHOCLE.	Théâtre, tr. Artaud	
THUCYDIDE.	Histoire, tr. nouv.	
XÉNOPHON.	OEuvres complètes	

Bibliothèque anglo-française

WALTER-SCOTT	OEuvres, trad. Wail	
	12 vol. se vendent sép.	
—	Waverley.	
—	Guy Mannering.	
—	L'Antiquaire.	
—	Rob Roy.	
—	Les Puritains.	
—	Le Nain noir.	
—	La Prison d'Édimb.	
—	Fiancée de Lam.	
—	L'Offic. de fortune	
—	Ivanhoé.	
—	Le Monastère.	
—	L'Abbé.	
—	Kenilworth.	
—	Quentin Durward.	
LINGARD	Hist. d'Angleterre	
ROBERTSON	Hist. de Ch.-Quint	
MILTON.	Paradis perdu.	
STERNE.	Voyage sentim.	
	Tristram Shandy.	
ROBERT BURNS.	Poésies, tr. Wailly	
GOLDSMITH.	Vicaire de Wakefield	
FIELDING.	Tom Jones, t. Wailly	
MISS INCHBALD.	Simple Histoire.	
MISS BURNEY.	Évelina, tr. Wailly	

Biblioth. allemande-française

GOETHE.	Théâtre, t. Marmier	
—	Faust, tr. H. Blaze	
—	Wilhelm Meister	
—	Werther, t. Marm.	
—	Affinités, t. Carlowi	
—	Poésies, tr. H. Blaze	
—	Mémoires, nouv. tr	
SCHILLER.	Théât. t. Marmier	
—	Guerre de 30 ans,	
—	Poésies, t. Marmier	
KLOPSTOCK.	La Messiade, trad.	
HOFFMANN	Contes, tr. Marmier	
POÈTES DU NORD.	Chants populaires	
CONTEURS ALLEM.	Nouvelles allemand	

Biblioth. ital., espag. port. fran.

LE DANTE.	Divine Comédie	
LE TASSE.	Jérusalem délivrée	
MANZONI.	Théât. et Poés.	
	Les Fiancés.	
SILVIO PELLICO.	Mes Prisons, tr. Lat.	
ALFIÉRI.	Mémoires.	
MACHIAVEL.	Hist. de Florence	
ROMANCERO.	Espagnol, Cid, etc.	
CERVANTES.	Don Quichotte	
CALDERON.	Théâtre.	
LOPE DE VEGA.	Théâtre.	
CAMOËNS.	Les Lusiades.	

Bibliothèque chrétienne.

SAINT-AUGUSTIN.	Confessions, t. Sel.	
BOSSUET.	Hist. des Variations	
—	Discours sur l'Hist.	
—	Élévations, Myster.	
—	Méditations, Évang.	
—	OEuvres philosoph.	
—	OEuvres philosoph.	
FÉNELON.	Morale de J.-Chris.	
JÉSUS-CHRIST.	OEuvres théol. et chr.	
TERTULLIEN.		

Près de 300 vol. — Prix de chaque volume : 3 fr. 50 c.

Corbeil, impr. de Crété.

www.ingramcontent.com/pod-product-compliance
Lightning Source LLC
Chambersburg PA
CBHW050151030726
47505CB00005B/1328